자작나무 아래로 내리는 눈

자작나무 아래로 내리는 눈

발행일   2020년 4월 1일

지은이   문희용
펴낸이   한세현
펴낸곳   (주)그룹에이치컴퍼니
표지 구상   한세현
출판등록   2018.11.20.
주소   경기도 파주시 회동길 521-1 그룹에이치컴퍼니
홈페이지   www.grouphcompany.com
전화번호   T) 031-955-9886 F) 031-955-9887
이메일   no1@grouphcompany.com

편집/디자인 (주)북랩
제작처   (주)북랩 www.book.co.kr

ISBN   979-11-969987-1-4 03810 (종이책)   979-11-969987-3-8 05810 (전자책)

이 도서의 국립중앙도서관 출판예정도서목록(CIP)은 서지정보유통지원시스템 홈페이지(http://seoji.nl.go.kr)와
국가자료공동목록시스템(http://www.nl.go.kr/kolisnet)에서 이용하실 수 있습니다.
(CIP제어번호: CIP2020012312)

걷다가
멈춰 서면…

문희융 장편소설

자작나무
아래로
내리는
눈

GROUP
COMPANY

화목 난로 위 포트에선

항상 뜨거운 김이 뿜어져 나오고

실내는 적당히 따뜻할 거예요.

침대 옆 창문에는 뿌연 김이 서려 밖이 잘 보이지 않아도

커피 한 잔을 들고 창가에 앉게 하기엔 충분할 거예요.

김 서린 창문을 손바닥으로 쓱 문지르면 자작나무 숲 사이로 난

다차로 들어오는 길은 흔적도 없이 쌓인 눈에 사라지고

그리 넓지 않은 평원 너머 보이는 자작나무 숲은

우리가 상트페테르부르크에서 봤던 이동파 화가들의 그림처럼

온통 하양, 하양… 일 거예요.

눈이 자작나무인지,

자작나무가 눈인지도 모를 만큼 세상은 하양일 거예요.

커피 잔이 반쯤 비워질 때쯤 쓸쓸하다는 생각이 들지도 몰라요.

하지만 지워놓은 창문에서 다시 김이 서리게 될 때쯤,

그때쯤 반전이 일어나는 거예요.

누군가가 쌓인 눈을 뚫고 눈보라를 헤치며 내 쪽으로 다가오는 거예요.

자세히 보지 않으면 사람인지 눈사람인지도 모를 만큼

온몸이 눈으로 덮인 사람….

그때쯤 나는 소원하게 될 거예요.

그 사람이… 일 년 중 낮이 가장 긴 백야를 함께 보낸 그 사람…

그 사람이길….

그 사람과 함께한 백야는 내게 온통 들끓음만 남겨 주었으니

시베리아 한지대의 추위 속,

밤이 가장 긴 극야에 그 사람이 내게로 와서

내 들끓음에 마침표를 찍어 주기를….

그렇게만 된다면… 거친 눈발을 뚫고 내게로 다가온 그 사람에게 나는,

돌아가서 처음인 듯 깃들 수 있는

그런 집이 될 거예요, 그런 따뜻한….

- 나타샤의 말 중에서

차 례

　자작, 자작….

　창문 틈에서 부대끼는 바람 소리가 들렸다.

　아침에 눈을 떴을 때, 자작나무 숲을 지나온 바람이 유월의 칼날 같은 벼 잎들 위를 융단처럼 훑고, 푸릇푸릇 아버지가 가꿔놓은 남새밭을 지나 내 창문까지 와서 자작자작… 소리를 내고 있었다.

　창문께로 다가가 문을 열었다. 무엇엔가 홀린 듯….

　자작나무 향이 기다렸다는 듯 머릿속으로 맑게 치고 들어왔다.

　간헐적으로 질끈 생머리가 아파왔던 도시에서의 아침과는 다른 투명한 아침이었다.

　아버지는 벌써 숲의 입구까지 다녀오시기라도 한 듯 아버지가 키우는 백구 진순이와 함께 막 대문을 들어서고 계셨다.

　"밤새 뭔 바람이 그리 분대냐?

　백구가 창문 아래까지 와서 나를 반기듯 폴짝폴짝 뛰어 올랐다.

　"아침은 니 엄마가 먹고 간 것들로 먹자."

　어제는 어머니의 길일이었다.

어머니의 제수 음식들은 아버지께서 손수 장만하셨다.

그 수고를 알지만, 특별히 하는 일이 없었던 전날이나 무료하게 오전을 보냈던 제사 당일에도 아침 일찍 내려온 적이 없다. 아버지께서 제수 음식의 재료를 사러 읍내 장에 가실 때 따라 나가 흥정을 돕는다거나 투박한 아버지의 손으로 뒤집는 전이나 부침개를 대신 한 번 뒤집어 줄 법도 했으련만 나는 단 한 번도 그러지 않았다.

전화로 간혹, 아주 간혹이라도 아버지께 전화를 걸어 안부도 묻지 않았으며 아버지 역시 내 존재 자체를 잊고 사는 듯 나에게 무심했다.

"오늘?"

오늘 아침, 어머니의 기일임을 알려주는 아버지에게서 온 문자는 짧았지만 내 생각은 길어졌다. 아버지의 문자는 작년이나 재작년이나 별반 다를 바 없이 그렇듯 명료하고도 확실할 만큼 짧았지만 나는 작년이나 재작년과는 뭔가 느낌이 달랐다.

운전을 해서 인제로 내려올 때도 나는 단 한 번도 휴게소에서 쉰다거나 중간에 식사를 한다거나 하지 않았고 도착할 시간을 일부러 밤열 시나 열한 시경에 맞추려 시계를 흘끔거리며 가속 페달의 속도를 조절하지도 않았다.

평소에는 밤 열 시나 열한 시쯤에 인제에 도착해 엄마의 제사를 지내고 곧장 다시 서울로 돌아오곤 했지만 나는 그러지 않았다.

아버지가 준비한 음식들로 제사를 마치고 나니 자정이 넘어섰다.

자고 가겠다는 내 말에 미처 생각 못 했다는 듯 아버지가 내게 보이는 난감해하는 표정까지 감수하면서까지 내가 인제에서 하룻밤을 보내야 하는 뚜렷한 이유 따위도 없었다.

자작나무 아래로 내리는 눈

내겐 적어도 아버지는 부자지간에 나눌 법한 살가운 얘기를 나눈다거나 일상의 시시콜콜한 얘기들 따위를 나눌 수 있는 상대는 아니었기에 어머니의 제사상을 물리고 아버지와 두런두런 이런저런 얘기를 나눌 생각도 없었지만 나는 아버지에게 자고 가겠다고 말했다.

나는 새벽에 잠이 들었고 아침이 되어 잠에서 깼다.

잠의 중간에 그 어떤 뒤척임도 어지러운 꿈도 없었던 편한 잠이었다.

아버지와 아침 식사를 하는 동안에도 우리 둘 사이엔 그 어떤 대화도 오가지 않았다.

～✵～

아버지 집에서 돌아오던 길, 유월의 하늘은 맑았고 바람은 투명한 유리에 살을 갖다 댈 때처럼 선선했다.

아버지가 가꿔 놓은 자작나무 숲이 시작되는 언저리에서 잠시 차를 세웠다.

서울이 아니라서일까?

공기는 맑았고 시야는 더 맑았다. 늘 만성으로 달고 살던 머리 지끈거림 역시 없었다.

해마다 유월은 내게 불면과 함께 찾아왔다.

잠이 오질 않는 피곤한 몸의 밤 시간은 내게 고역이었다. 그럴 때면 오히려 밤이 차라리 낮이었으면 할 때도 많았다. 적막한 어둠 속, 혼자 침대에 누워 내일을 위해 잠을 억지로 청해야 하는 일은 선잠에 뒤척이던 고역이었다.

하지만 지금 내가 자작나무 숲을 바라보는 이 순간만큼은 전혀 그런 것을 느낄 수 없었다.

'이상하다'라고만 생각을 하려다 그것도 시들해지려는데 그제야 나는 그 이유를 알아차렸다.

어젯밤, 열두 시에 맞춰 시작된 제사는 십 분도 채 지나지 않아 모든 것이 마무리 지어졌다.

그리고 상을 물리고 잠자리에 들었었다.

아무런 잡생각도 들지 않았고, 눕자마자 나는 마치 그러자고 약속한 것처럼 잠으로 빠져 들었다.

잠은 산처럼 깊었다.

그렇게 중간에 어떤 뒤척임도 없이 처음부터 끝까지 한잠이었다. 그랬으니 몸이, 내 시력이 정상으로 되돌아와 저렇듯 맑은 하늘과 저렇듯 맑은 자연을 맘껏 바라볼 수 있지 않나 싶었다.

내가 태어나던 그해 여름, 산림 공무원이었던 아버지는 인제군에서 시작한 조림 사업의 일환으로 자작나무를 심으셨다.

그것으로 말았으면 나에게 자작나무는 산에 무작위로 심겨지거나 스스로 자라난 여러 자작나무들처럼, 그냥 자작나무로 끝나고 말았을지도 모른다.

하지만 아버지는 거기서 끝내지 않으셨다.

아버지는 그것들이 마치 보물이라도 되는 듯 아끼고 가꾸셨다.

내가 커 오는 동안 본 아버지는 늘 자작나무였고 자작나무가 아버지였다.

내가 열여섯 살이던 그해, 어머니가 오랜 병마와 싸우다 돌아가실 때까지 아버지에게 최우선은 자작나무였다.

여느 가정에서나 봄 직한 아버지의 모습과 내가 느끼고 생각하는 아버지는 달랐다.

어머니가 병원에서 숨을 거두는 그 시간까지 아버지는 자작나무 숲에 계셨다.

방치….

아버지는 몇 년째 암으로 투병 중인 어머니를 그렇듯 방치… 했다.

아버지가 살리고자 한 것은 어머니가 아니라 자작나무 숲이었다.

허망하게 세상을 달리한 어머니를 보내고 난 이후부터 나는 단 한 번도 아버지와 눈을 마주치지 않았다.

아버지가 어머니를 방치하면서까지 자작나무 숲에 매달렸던 이유에 대해서도 알려고 하지 않았다.

그렇게 내게 아버지라는 존재는 어머니에 대한 상실감을 안겨준 대상이었고 아픈 어머니를 방치한 증오심의 대상일 뿐 그 이상도 그 이하도 아니었다.

그랬으니 아버지를 미치게 한 자작나무도 내게 그런 존재였다. 일부러 보기 싫어서 학교에서 돌아올 때 자작나무 숲에서 시선을 멀리하거나 아예 땅만 보며 집으로 돌아오곤 했다.

어머니를 납골당에 모시고 집으로 돌아와 어머니의 유품들을 정리하던 나와는 반대로 아버지는 잠시 헛헛하게 어머니의 영정사진을 바라보셨을 뿐, 곧장 자작나무 숲으로 가셨다.

열여섯의 나는 어머니를 잃었고, 아버지란 존재는 애초부터 내 옆에도 없었던 듯 두서너 배의 텅 빈 상실감이 분노와 함께 몰려왔다.

아버지가 키워 놓은 자작나무를 베어버리기 위해 무작정 톱을 들고 산으로 향했다.

하지만 나는 단 한 그루의 나무도 베어내지 못했다.

"네가 태어나던 날 네 아버지가 심었던 자작나무다. 네가 자작나무처럼 곧게 잘 자랐으면 하더구나. 그러니까 저 나무가 바로 명호 너고, 네가 저 자작나무인 셈이지."

이장님 때문이었다.

분노에 얼룩진 표정으로 씩씩거리며 톱자루를 들고 산으로 올라가는 열여섯 살의 분노를 읽으셨던 걸까? 산의 초입에서 우연히 만난 이장님은 내게 수많은 자작나무들 가운데 하나를 가리키며 자작나무가 나고, 내가 자작나무라고 말씀하셨다.

나는 들고 있던 톱을 그냥 땅에 묻었고, 또 다시 자작나무에게서 무심해져야 했다.

내게 자작나무의 의미는 단지 그뿐이었다.

그랬는데도 내가 서울로 돌아오는 길에 차를 세우고 자작나무를 우두커니 바라보는 일이란 처음 있는 일이었다. 하지만 그렇게 오랫동안 세세하게 자작나무 숲을 훑는 내 시선에 자작나무는 내가 가지고 있던 어떤 분노와 애써 외면하려 했던 마음을 달래기라도 하듯 서서히 내 안으로 들어오는 것을 느꼈다.

아무런 느낌이나 감정도 싣지 않은 자작나무가 그렇게 천천히 내 안으로 들어오는가 싶게, 나는 자작나무에서 자잘하게 피어나는 꽃을 봤다.

자작나무가 꽃을?

그럴 리는 없을 터였다. 하지만 다시 봐도 유월의 자작나무에선 밝은 코발트 빛 다닥다닥한 꽃이 피어 있었다.

“저녁은?”

김 교수의 전화를 받은 건 막 서울로 들어서는 초입, 차량 정체에 막혀 오도 가도 못하고 멈춰 선 도로 한복판에서였다.

“어제 인제엘 내려갔다 오는 길이에요.”

저녁은 먹었느냐는 말에 나는 다르게 대답했다.

“아! 어머니? 그래 늘 이맘때였었지. 고생했다.”

김 교수는 인제까지 내려가서 어머니 제사를 모시고 돌아오는 수고를 거친 내게 뭉뚱그려 고생했다는 말로 대신했다.

“메일 보낸 거 받았지?”

“수신 확인까지 했을 거면서 뭘 또 물어요.”

퉁명한 내 대답을 예상이나 했다는 듯 개의치 않고 김 교수는 다시 말을 이었다.

“괜찮지 않아?”

“글쎄요.”

“뭐야? 무슨 대답이 그렇게 성의가 없냐?”

“예산 초과라는 건 아실 테고, 돌파구를 찾아야 하는 건 제 몫으로 남겨 주시니 그렇죠.”

정년퇴임을 하자마자 김 교수는 마지막 희망이 소극장을 짓는 것이었던 듯 본격적으로 서둘기 시작했다.

하지만 한평생 교수라는 타이틀이 재무 관계에 막대한 부를 축척해 주는 것이 아니었던 듯, 빠듯한 경제력에도 불구하고 김 교수가 불현

듯 꿈을 실행해야겠다고 내게 얘기했을 때, 나는 반신반의했다.

"네가 도와주면…."

김 교수는 말의 말미에 그 말을 하면서 나를 바라보며 씽긋 웃었다.

그 웃음 때문만은 아니었을 것이다.

내가 김 교수의 꿈에 어떤 촉매제 역할을 하든 그를 위해 내 역할은 다해야 할 그런 사람이었다.

그는 새내기 건축학도 대학생인 내가 본의 아니게, 그래… 정말 본의 아니게 교양 과목으로 선택한 '러시아 문학' 과목의 문창과 교수였다.

전공도 다르고 그저 한 학기 수강 신청을 하고 그의 수업을 들었던 인연이 이렇게까지 질기게 이어질 줄 그때는 상상도 하지 못했지만 그와의 인연은 그 이후로도 동아줄처럼 어디든 나와 연결되어 있었고 지금의 친한 선후배 사이처럼 되어 버렸다.

"너 또 현실적으로 접근하고 그런다?"

예산을 걱정하는 내 의중을 꿰뚫고 있으련만 대수롭지 않다는 듯 김 교수가 말을 돌렸다.

"아, 현실적이고 뭐고 사실이…."

"그러니까 니가 혼자인 거야, 인마."

내 말을 잘라 먹듯 마치 벼르고 있었다는 듯 김 교수가 말을 이었다.

"그게 현실적인 것과 무슨 상관이 있다고 그래요?"

"혼자 맞잖아."

또 이런다 싶어 대답도 않고 뚱해져 있는데 마치 확인 사살을 하려는 듯 "빨리 장가 가! 아님 동거라도 하든가"라는 말로 마무리 짓는다.

늘 그렇게 김 교수는 내게 핀잔을 주고 싶을 때마다 딱 거기까지 말

자작나무 아래로 내리는 눈

하곤 했었다. 딱 거기까지.

그랬으니 늘 같은 패턴인 김 교수의 말이 이젠 뭉툭한 칼날도 되지 못하고 가슴으로도 박히지 않았다.

"사랑을 해 보란 말이야, 사랑을. 얼굴은 멜로같이 생겨 가지고 하는 짓은 다큐멘터리 같으니 여태 장가를 못 가지."

하지만 이번에는 업그레이드시킨 버전으로 다시 한 번 내 가슴을 파고들려는 듯 평소 하지 않던 말들로 내게 상처를 주려 작정한 듯했지만 정작 듣는 나는 별다른 느낌이 없었다.

빠듯한 예산으로 좋은 재료들을 사용해서 건축을 하는 일이란 사실 불가능했다. 하지만 그 불가능한 일 앞에서 나는 조금이라도 김 교수의 꿈에 보탬이 되려 애를 쓰고 있다는 걸 물론 김 교수도 모르지는 않을 터였다.

그 미안함을 미안하다는 말로 하기 미안해서일 것이다. 그 마음을 내가 왜 모를까.

"운전 중이에요. 집에 가서 메일 다시 확인하고 연구해 볼게요."

"집 가는 길이면 들렀다 밥이나 먹고 가."

잠시, '그럴까?' 싶었다. 음식 냄새도 없는 어둡고 쓸쓸한 집에 들어선다는 건 듬성듬성 이가 빠진 낡은 나무판자의 다리를 건너는 심정만큼이나 마음이 짙은 어둠 같은 게 깔리곤 했으니까.

"그냥 갈게요."

나는 권태가 풀어져 내리는 듯한 목소리로 대답했다.

그런 내 속마음을 읽은 걸까? 김 교수가 마지막 한 방을 날렸다.

"그러니까 사랑을 해 보란 말이다, 사랑을!"

미처 내가 뭐라 하기도 전에 김 교수의 전화는 끊겼고 동시에 적막이 몰려왔다. 저만치 멀리 보이는 신호등이 파란불로 바뀌었는데도 앞차들은 전혀 움직이질 않았다.

누군가는 경적을 울렸고 누군가는 답답하다는 듯 차에서 내려 앞을 살폈다.

사랑이라….

나도 모르게 중얼거리는데 마음속에서 뭔가가 들끓음 같은 것이 서서히 피어오르려 하고 있었다.

그러자 그 사무친 눈이… 그 눈빛이 떠올랐고, 나는 이내 생각을 떨쳐버리려는 듯 설레 고개를 젓곤 피식 웃었다.

얼마의 시간이 지났을까?

정체의 원인은 교차로에서의 교통사고였다.

정체가 풀리며 요란한 교통경찰의 수신호에 의해 교통사고가 난 자리를 지나쳐 올 때 이동침대 위, 사고자의 몸이 침대에 딸린 벨트로 고립된 채 구급차에 실리고 있었다.

서로 그러자고 하던 약속을 깨뜨렸으니 그 대가가 따랐을 것이다. 하지만 그러자고 약속도 한 적이 없었던 나는?

그런 생각이 들자, 가슴속 어딘가가 베이는 듯한 공포가 밀려왔다.

꼬리

김 교수에게 집으로 가겠다고 했지만 나는 연구실로 향했다.

밤의 캠퍼스는 조용했다.

멀리 야간학부의 건물들에서 뿜어져 나오는 불빛이 이마를 찌르고

자작나무 아래로 내리는 눈

마침내 뇌리 속으로 파고드는 듯 예리하고 날카롭게 여겨졌다.

가로등 불빛 사이를 지나며 연구실로 운전해 가던 차 안에서 나는 그제야 아차 싶었고 김 교수에게 전화를 넣었다.

"미친놈!"

화난 것도 아니고 어쩌면 비웃는 쪽이 더 강한 어투로 딱 잘라 김 교수는 "미친놈!" 했다. 자작나무도 꽃을 피우느냐고 물었더니.

헛된 질문에 제대로 된 대답을 받고 보니 괜히 황당했다.

자작나무가 꽃을 피우느냐고 묻다니….

내 질문을 받은 김 교수도 얼마나 황당했으면 평소 잘 쓰지 않던 말까지 써 가며 "미친놈!" 했을까를 생각하니 피식 웃음이 나왔다.

연구실은 어제 아침, 아버지의 문자를 받고 다시 커피 한 잔을 내려 마시고, 잠시 생각에 잠겼다가 인제로 향하기 전의 모습 그대로였다.

커피부터 한 잔 내려놓고 나는 습관적으로 컴퓨터 앞에 앉았다.

어제 아침, 김 교수의 메일을 확인하긴 했으나 세세히 들여다보기도 전에 아버지로부터 문자가 왔었고 그때부터 마음이 괜히 싱숭생숭해서 결국 김 교수의 메일을 닫았었다.

그랬으니 다시 김 교수의 메일을 확인하고 김 교수가 제안한 것들의 수용성 여부를 판단하는 일이 우선이었다.

메일을 열었는데 다른 메일 하나가 더 와 있었다.

'나타샤의 친구 미하일입니다.'

메일의 제목은 러시아어로 그러했다.

메일의 제목을 읽는 순간 심장 한쪽에서 간당하게 버티던 무언가가 툭 떨어져 내리는 것만 같았다.

나타샤….

그냥 그렇게 어렴풋이 내 곁을 스쳐 지나갈 것만 같았던 여자, 그 여자의 이름자를 보자 가슴께에서 물같이 먹먹한 감정들이 차올라오는 듯 여겨졌다.

나는 서둘러 메일을 열었다.

유창하지 않은 내 러시아어 실력에 문제가 있기도 하지만 대략 미하일이 보낸 메일의 내용을 요약하자면 '내가 자신이 보낸 영상을 꼭 봐주길 바란다. 그리고 이 모든 것에 대한 판단은 내가 하길 바란다'라는 정도의 내용이었다.

마주하고 있는 것도 아니고 그저 메일을 받았을 뿐이니 미하일이란 사람에 대해선 잘 알지 못해 그렇다 치더라도 '그런 그가 나타샤를 알고 있고 나한테 메일까지 보낼 정도로 뭔가 간절한 무언가가 있나?' 싶은 마음이 미하일이란 남자에 대해 궁금증을 자아냈다.

나는 미하일이 보낸 첨부 파일을 다운 받았다. 영상 파일인 듯 보였다. 나는 서둘러 영상을 열었다.

　　　　　　　　　　　　　자작나무 아래로 내리는 눈

흔들리는 화면이 제자리를 잡은 듯 어느 정도 흔들림이 멈추자마자 화면 가득 나타나는 얼굴… 나타샤였다.

쿵!

나타샤의 얼굴을 보자마자, "나타샤…" 나도 모르게 혼잣말이 나와 버렸다.

놀란 나만큼이나 화면 속 그녀도 놀라거나 당황하는 기색이 역력해 보였다.

누군가가 그녀에게 예고 없이 카메라를 들이댄 듯한 느낌? 하지만 모니터에 비춰진 그녀는 나를 바라보고 있었고 내가 지금 느끼는 것 과 같은 동질감, 그런 느낌에 대한 당황스러움과 놀라움이 나타샤의 얼굴에 고스란히 묻어났다.

"지금까지 맡아 온 역할들에 대해서 이야기를 해 주시겠습니까?"

카메라를 들고 촬영을 하고 있는 듯한 남자의 음성이 들렸다.

하지만 그 순간까지도 나타샤의 얼굴에는 '이게 뭔가?' 의아해하는 기색이 역력해 보였다.

그녀가 촬영된 공간은, 적어도 그녀에게 익숙한 장소인 것 같았으나 화면 속 작은 공간이 어디인지 왜 나타샤가 거기에 갔었는지에 대한 것을 알려주기에는 플레이된 화면의 시간이 부족했다.

화면을 가득 차지하는 나타샤의 얼굴에는 나는 나도 모르게 정지 버튼을 눌렀다.

그 몇 초도 되지 않는 순간에 내 머리를 텅 치고 달아나는 무게를 알 수 없는 충격에 나는 잠시 화면 속에서 놀라는 나타샤의 얼굴을 멍하니 바라보았다.

거대한 나무를 가르는 전기톱의 굉음이 뇌리 속에서 끊이지 않고 끝없이 이어졌다.

〰️

"러시아에 다녀올래?"

나무를 파고드는 톱날의 소리가 너무 커서 처음엔 김 교수의 말을 알아듣지 못했다.

제재소 쪽창을 밀고 들어오는 햇살 속에서 톱밥들이 폭죽처럼 날아오르는 모습에 정신을 빼앗긴 탓도 있었지만 김 교수의 음성이 목재소 안 거대 톱날이 뿜어내는 높은 데시벨의 소음을 넘어서지 못했기 때문에 알아듣지 못한 게 당연한 것인지도 몰랐다.

"러시아에 한 번 다녀오겠냐고!"

톱날의 소리가 잠시 멈춘 틈을 타서 김 교수가 다시 물었을 때에서야 나는 김 교수의 물음이 처음이 아니라는 것을 알아차렸다.

"러시아엔 왜요?"

자작나무 아래로 내리는 눈

"자작나무 보러."

김 교수의 말에 나는 그냥 피식 웃었다. 자작나무를 보러 러시아까지 간다고?

"선배님께서 고집을 부리셔서 자작나무하고 이렇게 씨름하고 있는데 그것도 부족해서 자작나무를 보러 러시아까지 가라고요?"

"왜? 싫어?"

"안쪽은 그냥 부직포나 코르크로 채우는 방법도 생각해 봐야 할 거 같아요."

"한 교수야."

나는 그제야 건성으로 대답해 나가다가 김 교수 쪽으로 바라봤다. 역시나 사람 좋은 얼굴로 미소를 지으며 찡긋 윙크까지 하는 김 교수를 보곤 그냥 나도 모르게 피식 웃음이 나왔다.

"또, 또… 하지만 이번엔 안 통해요. 맨날 제가 그 미소에 넘어간다고 너무 남발하시는 거 아시죠? 이제 그 미소도 약효 다 떨어진 맹탕입니다."

"그래? 그럼 안 되는데? 한 교수야! 내가 왜 극장 방음을 굳이 자작나무로 해야 한다고 고집 피우는지 알지?"

잘려져 나간 자작나무들이 한쪽에 차곡차곡 챙겨지는 모습을 보며 저걸 언제 다 다듬나 걱정인 나와는 달리 김 교수는 아무 걱정도 없다는 듯 말을 이었다.

"친환경적이고 불에 잘 타면서도 습기에 강하여 쓸모가 있다. 그리고…"

내가 다 알고 있다는 듯, 수십 번도 더 들어서 이미 외우다시피 하고 있는 김 교수의 말을 이어 나갔다.

"자작나무 껍질은 천 년이 지나도 썩지 않는다. 그리고 또 경주 천
마총 얘기 하실 거죠?"

역시나 사람 좋은 웃음으로 씩 웃는 김 교수를 보며 나는 절레절레
고개를 저었다.

경주 천마총에서 천마가 그려진 바탕 재료가 자작나무였다는 것을
알게 된 것도 김 교수를 통해서였다. 자작나무 껍질에는 부패를 막는
성분이 들어 있고 물에 젖어도 불이 잘 붙어서 물속에 흠뻑 담갔다가
꺼낸 것도 성냥불을 대면 즉시 불이 붙는다는 것도.

"그럼 다른 거 알려 줄까?"

"아뇨, 됐습니다."

나는 아예 김 교수의 말을 듣지 않겠다는 듯 설레 고개를 저었지만
내가 그런다고 말 김 교수가 아니란 것쯤은 진작에 잘 알고 있었다.

"자작나무 껍질은…."

내가 김 교수의 말을 막으며 말을 이어 나갔다.

"자작나무 껍질은 백화피(白樺皮), 혹은 화피(樺皮)라고도 부르며 황
달이나 설사, 폐결핵과 위염을 치료하는 데도 아주 좋다. 그 말씀 하
시려던 거죠?"

김 교수로부터 지겹도록 들어서 이미 뇌리에 각인되어 버린 내용들
을 막힘도 없이 줄줄 내뱉자 김 교수는 만족한다는 듯 역시나 사람
좋은 웃음을 내게 지어 보이더니 한술 더 떠 박수까지 짝짝 쳐 댔다.

"역시 목재 전문가 다 됐다. 그러니까 더더욱 자작나무로 해야지, 안
그래?"

자작나무 아래로 내리는 눈

"예산 초과되는 건 어떻게 하고요?"

"한 교수가 조금 깎아 주면 되지, 안 그래?"

"그러려고 직접 제재소까지 와서 이러는 거 몰라요? 그것뿐이에요? 저걸 대패질하고 사포로 다듬고 하려면… 아, 답 없다. 답 없어."

"좋을 거 같지 않아? 대패질하고 사포질하고 부비고 문지르다 보면 나무에서 올라오는 나무 냄새도 즐길 수 있고. 한 교수야! 너 작업하면서 힐링하는 거야."

내가 아예 답이 없다는 듯 다시 고개를 저으며 체념하는 투의 역력한 모습을 보이자 김 교수가 묻는다.

"한 교수는 나무 말고 자작나무 숲을 본 적이 있어?"

"숲! 나 인제군 원대리가 고향인거 몰라요? 제가 자작나무와 함께 자랐다면 믿겠어요?"

"아! 그렇지. 강원도 인제 촌놈이 출세했다."

엉뚱한 방향으로 말꼬리를 트는 김 교수에게 어이없다는 듯 피식 웃어주곤 다시 굉음을 일으키는 톱날 쪽으로 시선을 돌렸다.

"Неизвестна судьба!"

갑작스러운 러시아어에 나는 생뚱맞은 표정으로 무슨 소리냐는 듯 김 교수를 바라 봤다.

"Неизвестна судьба! 알 수 없는 인연!"

"알 수 없는 인연?"

그 말이 이 상황에 왜 필요한지 의아해하는 내게 김 교수는 양복 상의 안주머니에서 봉투 하나를 꺼내 내게 디밀었다.

'이게 뭔가' 하곤 의미 없이 받아드는데 김 교수가 말한다.

"학회가 있는데 내가 양보하지. 특별히 준비해 갈 건 없고, 그냥 듣는 척하며 졸다 와도 무리 없을 듯! 훌륭한 기회야!"

"러시아가 옆 동네도 아니고, 어떻게 이렇게 갑자기…"

"앞으로 잘 봐달라는 뇌물이야."

장난이거나, 나를 놀리려고 그러는 것 같아 피식 웃곤 봉투를 열어보았다. 하지만 거기엔 김 교수의 말대로 정말 러시아행 비행기 왕복 티켓이 들어 있었다.

✈

모니터엔 정지 화면으로 나타샤의 얼굴이 멈춰져 있었다.

내가 알지도 못하는 사람에게서 받은 이메일에 첨부된 동영상 속에서 설마 나타샤를 마주하게 되리라는 생각은 꿈에도 하지 못했다. 하지만 지금 나는 나타샤와 마주하고 있었다. 그것도 아주 가까운 거리를 두고.

나는 모니터에 나타난 나타샤의 얼굴을 한참이나 멍하니 바라본 후에야 다시 플레이 버튼을 눌렀다.

이게 뭔가 놀라던 나타샤의 표정이 언제 그랬냐는 듯 차분한 표정으로 바뀌고 있었다.

"지금까지라고 하셨나요?"

나타샤의 얼굴에서 잠시 침묵이 흘렀다.

"지금까지라…"

나타샤는 소파 쪽으로 향하며, 이미 소파에 앉아 있는 한 남자를 향해 아는 척을 했다.

"이고르."

검정 슈트를 차려입고 콧날만큼이나 잘빠진 몸매를 가진 이고르라고 불리는 남자가 반갑다는 듯 나타샤에게 하이파이브를 하자는 듯 손바닥을 보이며 들어 올렸다.

그런 이고르의 손을 자연스럽게 잡아 답례를 해주곤 나타샤는 소파에 털썩 주저앉았다.

"여기 이렇게 앉아도 되는 건가요? 아니면… 이고르 옆에서?"

"아, 그냥 편하게요. 평소 일상이라 생각하시고. 이건 다큐멘터리니까."

나타샤의 시선 너머 존재하는 카메라를 들고 있는 남자가 다큐멘터리라고 설명을 하는 목소리가 들려왔다.

"다큐멘터리요?

"내가 졸랐어, 그렇게 하자고. 미안, 미리 얘기 못해서."

"제가 허락한 적이 있었던가요?"

나란히 앉아 있던 이고르가 나타샤에게 정말 미안하다는 투의 표정을 지어 보였고 나타샤는 뭔가 잠시 고민하는 기색이 역력해 보였다.

"인사해, 내 친구 미하일."

나타샤가 카메라의 정면을 보며 살짝 고개를 끄덕였다.

화면엔 보이지 않아도 카메라를 든 이가 미하일인 듯 보였다.

"싫음 여기서 접을까?"

이고르가 조심스럽게 나타샤에게 물어 왔을 때까지 나타샤의 눈빛에선 목적을 잃은 듯한 어지러움이 묻어났다.

"미안해, 나타샤. 미리 설명을 했어야 하는 건데."

이고르의 말을 잠시 듣고 있던 나타샤가 자리에서 벌떡 일어났다.

"여기까지. 일단 생각을 좀 해 봐야겠어요."

별로 기분이 좋아 보이지 않는 듯 나타샤가 일어서서 나가자 따라 일어서는 이고르의 어깨 너머로 보이는 액자에는 백조 분장을 했던 발레리나 나타샤의 우아했던 순간이 천천히 화면 위로 흘러가고 있었다.

화면을 정지시킨 것처럼 잠시 그녀 모습에 초점을 맞추고 있던 미하일의 카메라가 극장 밖으로 향해서 그들을 찾았을 때 둘은 극장 앞 회색의 석조 계단 위에서 흑백 영화 속의 인물처럼 대치하고 서 있었다.

"난 도와주려고 그랬던 거야, 알아?"

이고르의 목소리가 커졌다.

그런 이고르에게 잡힌 팔을 내치며 계단을 내려가던 나타샤가 멈춰서더니 이고르를 올려다보며 따져 물었다.

"누가 누구를? 누가 누굴 도와준다고?"

"이건 감정이 아니라 이해의 문제야!"

"뭐든 니 멋대로 일을 저지르고 나선 나한테 이해를 해 달라지."

"내가 무대에서 너를 예전처럼 그런 눈빛으로 볼 수 있을까?"

이해를 못하겠다는 듯 설레 고개를 흔드는 나타샤의 얼굴에 순간적으로 지나가는 짜증이 화면으로 보고 있는 내게도 고스란히 전해졌다.

설레 고개를 흔들던 나타샤가 순간 고개를 치켜들어 나를 쳐다봤다. 그 눈빛이, 나를 바라보는 그 눈빛이, 아니 실상은 내가 아니라 미하일이 들고 있는 카메라를 바라보고 있는 나타샤의 그 눈빛이 사르르 풀어지는가 싶게 어느샌가 그 사이 앙칼지게 이고르를 대하고 나쁜 말을 쏟아내게 했던 분노를 다 놓아버린 편안한 얼굴로 변했다.

"늘 이런 식이지."

무슨 말인가 무심히 나타샤를 바라보는 이고르의 모습에선 의아함이 묻어났다.

"카메라 좀 치워 줄래요?"

화난 것도 아닌, 그렇다고 화가 나지 않은 것도 아닌 나타샤의 말투였다.

나타샤의 요구에 화면은 스르르 내려가 인도의 바닥을 비추고 있었지만 오디오는 계속 진행 중이었다.

나타샤가 자리를 벗어나는지, 화면 역시 도로의 바닥을 보이며 이고르와 나타샤를 따라가는 듯 보였다.

"오해는 안 했으면 좋겠어, 나타샤!"

도로만 보이던 화면에서 이고르의 음성이 들려왔다.

"나도 그랬으면 좋겠다!"

앙칼진 나타샤의 목소리가 들려왔다.

"오우, 나타샤 제발…."

"넌 내가 복잡한 여자라고 생각하지? 그러니 넌 여전히 네 행동들에 대해서 나한데 이해해 달라는 말만 하고 있잖아. 내 감정은 생각 안 해? 니가 그렇게 잘났니?"

나타샤와 이고르가 멈춰 섰는지 화면 역시 멈춰진 채로 바닥만 비추고 있었다.

"난 다시 무대 위에서 너와 함께 춤을 추고 싶었을 뿐이야!"

"그런 일은 없을 거야."

다시 나타샤가 그들에게서 멀어지는지 그들의 뒤를 따라가기라도 하는지 화면이 움직이기 시작했다. 하지만 얼마 가지 않아 화면은 다시 멈추며 도로를 비추고 있었다.

"이런 식이란 거지?"

"이 다큐멘터리는 널 위한 거야. 그러니까 화만 내지 말고 진지하게 생각해 봤으면 좋겠어."

잠시 그 누구도 말이 없는 채, 화면만 인도의 바닥을 비추고 있었다. 나도 침묵과 함께 마른침을 꿀꺽 삼켰다.

얼마의 시간이 지났을까? 내내 인도 바닥을 비추던 화면이 주뼛주뼛거리며 위로 올라가더니 저 앞, 이고르와 나타샤를 보이기 시작했다. 무슨 생각인가를 하는 듯 바닥만 바라보고 있던 나타샤가 고개를 들어 카메라 쪽을 바라보자, 당황한 듯 다시 카메라는 바닥을 향해 미하일의 신발을 비추고 있었다.

"찍어요, 괜찮으니까."

그제야 화면은 다시 잽싸게 나타샤의 얼굴 쪽으로 향하고 있었다.

⌒⌒

이고르와는 헤어진 듯, 혼자 거리를 걷는 나타샤의 뒷모습이 보였다.

"길거리를 걸어가는 것도 찍어요?"

잘 걷던 나타샤가 걸음을 멈추고 카메라 쪽을 바라봤다.

"찍어두면 필요할 때가 생기죠."

"매일 지나다니는 길인데요? 그리 특별한 것도, 특별한 일도 일어나지 않을 것 같고."

"같아 보여도 그날그날의 감정에 따라 달라 보이는 법이죠."

"카메라에 담기는 건 다 같을 텐데요? 저 건물, 저 가로등, 저 불빛이

자작나무 아래로 내리는 눈

어제와는 다를 리 없잖아요."

"다르다는 걸 알 수 있는 방법이 있어요."

"뭔데요 그게?"

"지금 나타샤의 감정을 춤으로 표현해 줄 수 있어요? 그러면 카메라에 담기는 사물들의 느낌도 달라 보일 거예요."

"네? 여기서요?"

"네, 간단하게라도."

"글쎄요? 아직 무리한 부탁은 하지 마세요. 카메라와 대화한 지 겨우 한 시간이라고요."

피식 웃곤 돌아서 다시 거리를 걷던 나타샤의 걸음이 조금씩 바뀌기 시작하고 있었다.

빠르게 걷다가 턴을 하는가 하면 살짝 공중으로도 백조처럼 날아올랐다 착지했다.

지나가는 사람들 몇이 그런 나타샤를 힐끔거렸지만 나타샤는 그런 사람들에게조차 미소로 화답해 주곤 다시 날아올랐다.

모스크바 도심의 야경을 배경으로 한 나타샤의 날아오르는 점프에서 화면은 정지하듯 멈췄다.

"조금 더 친해지면 그땐 좀 더 보여 줄 수 있죠?"

"글쎄요, 난 전혀 안 친해질 수도 있어요. 미래는 알 수 없는 거니까."

고요함, 아무 소리도 아무런 움직임도 없는 고요함이 화면과 내 연구실 안으로 흘렀다.

미래는 알 수 없는 거니까….

영원히 끝나지 않을 것 같던 정지 화면 위로 들리던 그들의 대화, 그리고 이어지는 침묵은 역시나 깊은 바다처럼 깊었다.

미래는 알 수 없는 거니까…. 나타샤의 그 말이 평범하게 쓸려 가 버리지 않고 가슴에 떨어져 물방울처럼 맺혀지고 있다는 걸 알아차렸을 즈음에야 영상 속 나타샤의 시간이 바뀌었다.

화면 가득 제법 오래된 듯한 사진들이 차례로 탁자 위로 놓이고 있었다.

"이게 첫 공연 때의 사진이에요."

나타샤가 가리키는 사진 속으로 초점이 천천히 맞춰졌다.

풋풋해 보이는, 아니 어쩌면 아직은 어려 보이는 나타샤가 사진 속에서 해맑게 웃고 있었다.

"오우, 아름다워요."

"그렇게 보여요?"

"많이 말랐네요, 지금보단."

"힘들었어요. 점프에는 자신 있었지만 무대 위에서 감정을 어떻게 표현해야 하나 그 생각을 하느라 밥도 못 먹을 지경이었어요. 난 그랬는데 예술 감독은 전혀 아니었죠. 내 점프 능력에만 줄곧 엄지손가락을 치켜세웠으니까."

"그랬어도 좋은 평가가 있었던 걸로 아는데요?"

"처음 주인공을 맡았었어요. 사랑의 감정을 만들어 내야 하는데 열

자작나무 아래로 내리는 눈

여덟의 제가 뭘 알았겠어요. 사랑도 해보지 않은 아직은 어린 여자애가 사랑의 표현을 하려니⋯."

"그때까지 사랑에 대한 경험이 없었다?"

"그러게요."

"첫사랑 같은 거라도?"

"그래서 힘들었죠. 마른 것 보이죠? 이렇게 말라갔어요. 근데 마르니깐 더 좋은 평가가 이어지더군요. 사랑 때문에 괴로워하고 고뇌하는 주인공의 모습과 닮았대나? 호호."

"어떻게 극복했어요? 그 부족한 감정들을?"

카메라가 옛날을 회상하는 듯한 나타샤의 얼굴로 향하고 있었다. 배경으로 보아 장소는 나타샤의 집인 듯 보였다.

"연습을 하고 또 했어요. 초여름 공연이라 백야가 있어서 연습에 집중하기 좋았어요. 그리고 연습하는 걸 무척 좋아했고요."

사진을 들여다보던 나타샤가 다시 한숨과 함께 사진을 탁자 위에 내려놓았다.

"연습으로 어떤 역할이든 만들어 낼 수가 있다고 생각하던 때였죠. 그런데 지금은⋯ 지금은 어디가 문제인지 모르겠어요."

갑자기 어떤 억눌린 감정이 터지는 듯 나타샤는 손으로 얼굴을 감쌌다. 그리고 잠시 그녀의 시간이 흘렀다. 나타샤는 자신의 감정을 잠시 기다려준 카메라에게 대고 이내 미소를 지어 보였다.

"오늘은 여기까지 할까요?"

"네, 그래요. 여기까지. 고마워요."

"뭐가 고맙죠?"

"여러 가지로… 이렇게 다큐멘터리를 만들 수 있게 허락해 주셔서?"

"허락… 한 건가요?"

"그럼… 아닌가요?"

"생각보단 나쁘진 않네요. 가끔은 내가 어떻게 살았는지 그 시간들을 돌아보고도 싶었고, 그리고 지금의 나는 또 어떻게 살아가나 궁금해지던 참이었거든요."

"그래서 고마워요 내가. 그리고 이 카메라는 두고 갈게요."

카메라를 들고 움직이는 듯 미하일의 움직임이 있고 나서 카메라는 나타샤의 방 거실을 중심으로 각도를 잡아서 고정되었다.

"여기가 좋을 것 같네요. 가끔 일상의 모습을 담고 싶거나 뭔가 얘기하고 싶을 때, 그냥 편한 친구를 앞에 두고 얘기하듯이 카메라에 대고 기록을 남겨 보세요."

카메라를 바라보며 나타샤가 피식 웃었다.

그 웃음의 의미를 알고 싶다는 듯 어깨를 으쓱해 보이는 미하일의 뒷모습이 어린아이처럼 귀여워 보였다.

"감시 카메라는 아니죠?"

"아! 녹화 스위치는 꺼 둘게요. 나타샤의 의지로 기록하는 거니까… 음… 그러니까 감시 카메라가 아니라 일기 카메라? 그게 좋겠네요."

미하일이 고정해 놓은 카메라의 전원을 끄려는 듯 손을 뻗는 그 짧은 순간, 처음 화면으로 본 미하일은 전형적인 러시아 사람의 모습이었다.

잘생기고 콧날이 오똑하면서도 눈이 깊어 선량해 보이는….

하지만 곧 카메라가 꺼지자 미하일의 얼굴도 사라졌다.

　　　　　　　　　　　자작나무 아래로 내리는 눈

화면도 잠시 어둠이었다. 하지만 그렇게 처음 본 미하일의 모습이 조금 짧아서 아쉬웠다는 생각도 잠시, 이내 다시 화면이 밝아지며 미하일이 모습을 드러냈다.

거리로 나서는 미하일의 모습을 나타샤가 창가에서 카메라를 들고 찍는 듯 보였다. 하지만 그런 사실을 아는지 모르는지 그냥 돌아서 가는 미하일이 어느 순간, 걸음을 멈추고 뒤돌아 보았다.

그리고 카메라가 있는 쪽으로 조용히 응시했다.

순간, 그런 미하일의 모습을 줌 인으로 당겨 카메라로 담았는지 미하일의 얼굴이 화면 가득 들어왔다.

그 때문에 볼 수 있었다. 미하일의 눈빛… 카메라 쪽으로 응시하는 미하일의 한없이 깊은 듯한 눈빛… 어디선가 본 듯한 친숙한 눈빛….

한없이 갈구하지만 드러낼 수 없는 욕망을 감추고 사는 사람의 눈빛, 내 것이 아닌 걸 알면서도 결코 놓기 싫은 것들을 끝까지 쥐고 있는 듯한 아슬한 눈빛….

그때, 열아홉의 내가 지혜를 바라보던 그 눈빛도 지금 저 미하일이란 남자의 눈빛처럼 처절했을까?

🌸 3. _____ 그 꽃이 다시 돌아서 질 때…

아지랑이처럼 멀어지고 있었다.

태어나 처음으로 가슴을 설레게 했던 사람, 활짝 열린 꽃처럼 마음을 단숨에 열리게 만들었던 사람… 그 사람이 저 멀리 아지랑이처럼 잡풀이 무성한 농로를 간들거리며 멀어지고 있었지만 나는 어쩌지도 못하고 주먹을 꾹 쥔 채 그 뒷모습만 바라보고 있어야 했다.

그때… 열아홉 겨우 고등학교 3학년이던 아직은 어린 남자가 견디는 것조차 뭔지도 모르던 그때, 그 안타까움을 견디려 손바닥에 핏기가 사라져 하얘지는 줄도 모르고 꾹 주먹을 움켜쥐면서까지 견뎌야 했던 것은 아픔이었을까, 아니면 존재가 사라져 가는 빈자리였을까?

나는 멀어져 가는 지혜의 뒷모습을 그렇게 우두커니 바라보고 있었다. 어쩌지도 못한 채로.

가물가물 아지랑이처럼 내 눈앞에서 사라져가는 한 사람의 뒷모습을 보며 그때의 나는 왜 마음이 들끓었을까?

자작나무 숲에 고요히 깔리는 팬 플루트 음에 이끌려 내 의지로 단한 번도 가 본 적이 없는 곳으로 나는 취한 듯 이끌렸다.

아버지의 자작나무 숲….

팬 플루트 소리는 거기서 퍼져 나와 자작나무 숲 사이사이를 마치요술처럼 젖어 들어가고 있었고, 거기 모인 사람들이 자작나무라도된 것처럼, 혹은 자작나무가 사람이라도 된 듯 모두 꼿꼿하게 자세를흐트리지 않고 그 음악을 몸으로 감싸고 있었다.

행사였고, 군민의 날을 앞두고 인제군에서 주최한 자작나무 숲 음악회였다.

거기서 나는 지혜를 처음으로 보았다.

자작나무 숲 사이에 작게 마련된 무대 위에서 연주를 하던 세 여자,그 가운데 내 귀를 홀린 팬 플루트를 연주하던 여자, 지혜였다.

세상에 저리도 맑은 사람도 있었던가?

세상에 어떤 악기가 저리도 투명한 음을 낼 수 있었던가?

연주가 끝나고도, 사람들이 하나둘 자리에서 빠져나가고도 나는 그자리를 벗어날 수 없었다.

마음을 움직인 그 무엇, 마음의 들끓음이 숨을 고르고 잦아들 때까지 나는 그 숲, 자작나무 숲을 떠날 수 없었다.

유월의 하늘은 맑았고, 나는 정신이 혼미해졌다.

마치 꿈을 한바탕 생생하게 꾼 듯한 느낌을 안고 집으로 돌아왔을때, 나는 그때까지 간당간당하게 잡고 있던 목숨 줄 같은 끈을 놓아

버린 듯 '후웁!' 숨을 가슴께로 몰아 올렸고 그러자 숲의 향기가 깊게 들어왔다.

아버지가 전선 타래를 얻어 와 사포질하고 불에 그슬려 자연스러운 목재의 느낌을 살리고 니스까지 반들반들하게 칠해 만든 마당 한편 테이블에 거짓말처럼 그녀, 지혜가 혼자 앉아 있었다.

내가 들어선 것도 모른 채 악기를 만지작거리던 그녀와 눈을 마주칠 때까지도 나는 주저하며 어쩔 줄 몰라 했다.

이윽고 그녀가 고개를 들어 나를 바라봤을 때, 나는 도둑질하다 들킨 아이처럼 시선을 외면했다.

"미안, 마당이 너무 이뻐서."

그녀의 첫 마디였다, 나를 향한.

그렇지만 나는 서둘러 집 안으로 달려 들어갔다. 무슨 생각에선가 그때의 나는 그녀에게 무언가를 해 주어야 한다고 생각했다. 무엇을 해 줄 수 있을까? 그녀에게 해 줄 무언가의 생각을 떠올렸을 때 공교롭게도 아버지란 말이 흘러 나왔다.

아버지는 대화가 없었어도 내 친구들이 가끔 집에 왔을 때 절대 그냥 친구들을 돌려보내는 일이 없었다. 친구들에게 무언가를 먹이려 들었고, 그것도 여의치 않으면 내게 돈을 쥐여 주며 친구들과 음료수를 사 마시라 했다.

그런 아버지의 심성을 물려받았던 걸까? 그래서 내 집에 들어 온 그녀에게 무언가를 대접해야겠다고 생각했던 걸까?

하지만 막상 집 안으로 들어왔지만 그녀에게 뭘 해 주어야 할지 알 수가 없었던 내가 선택한 것은 아버지가 즐겨 마시던 인스턴트 커피였다.

자작나무 아래로 내리는 눈

나는 서둘러 주전자에 물을 올리고 데워지길 기다리는 동안 컵에 커피를 옮겨 담았다. 물은 금세 끓어올랐다.

뜨거운 탓도 있지만 커피 잔만 달랑 들고 나가기가 뭐해 다 쓰고 버리려고 내놓은 내 연습장 노트를 커피 받침대 삼아 들고 다시 밖으로 나갔을 때, 그녀는 아버지가 키워 놓은 마당 가장자리의 야생화들 가운데 유독 붉게 핀 봉숭아 꽃 속살을 따서 손바닥에 모으고 있었다.

내 기척에 돌아보던 그녀가 하얗게 웃으며 묻지도 않았는데 대답을 해 왔다.

"봉숭아 꽃물 들이고 싶어서…"

그녀의 손에 들린 선홍빛 봉숭아 꽃잎들이 그녀의 하얀 웃음과 함께 유독 붉게 다가왔다.

그녀가 다시 탁자로 가서 앉았고 나는 그때까지도 엉거주춤하게 서 있었다.

"그거 나 주려고 가지고 온 거 아냐?"

그녀의 물음에 그제야 나는 아차 싶어 들고 있던 커피 잔을 그녀 앞, 그녀가 딴 봉숭아 꽃잎 옆에 내려놓았다.

"고등학생?"

나는 어설프게 고개를 끄덕였다.

"앉아, 애. 땅 안 꺼져."

나는 그녀 앞에 앉고도 차마 그녀를 정면으로 바라볼 수가 없었다.

"정말 그럴까? 첫눈이 올 때까지 봉숭아 꽃물이 지워지지 않으면… 난 그런 것을 믿지 않았는데…"

그녀의 느닷없는 말에 그제야 나는 그녀를 설핏 바라봤다.

그녀의 시선은 커피 잔 옆 봉숭아 꽃잎을 향하고 있었다,

그 눈빛, 봉숭아 꽃잎을 바라보는 그녀의 눈이 깊어져 있다는 것을 알아차렸다. 그 깊어진 눈매가 무얼 의미하는지 나는 전혀 알지 못했다.

대화는 끊어지고, 그렇게 어색하게 앉아 있는 시간을 무찔러보려고 나는 괜히 그녀가 탁자 위에 놓아 둔 악기, 팬 플루트만 우두커니 바라보았다.

"불어 볼래?"

그녀가 다시 말을 꺼냈을 때에는 아까 봤던 그 깊은 눈매는 어느새 사라진 후였다.

나는 설레 고개를 저었다.

"팬 플루트 소리 들어 본 적 있니?"

"봤어요, 아까…"

"아! 연주회?"

나는 고개를 끄덕였고 그 사이 그녀는 내가 끓여 준 커피를 한 모금 마셨고 멀리 자작나무 숲으로 시선을 향했다.

그녀의 옆모습은 아름다웠다. 살랑 바람결에 드러나는 귓불이며 하얀 목선이 아름다운 여자였다.

그녀가 다시 시선을 내게로 돌렸을 때, 나는 그녀의 모습을 훔쳐 본 것을 들키기라도 한 듯 얼른 시선을 돌려 이번에는 내가 멀리 자작나무 숲으로 시선을 돌렸다.

숲을 지나온 바람이 그녀의 머리칼 향기를 싣고 다가왔다.

"한 잔의 술을 마시고 우리는 버지니아 울프의 서러운 생애와 목마를 타고 떠난 숙녀의 옷자락을 이야기한다…"

자작나무 아래로 내리는 눈

느닷없이 시를 읊조리는 그녀에게로 내가 시선을 돌렸을 때, 그녀는 내가 커피 받침으로 가져온 연습장의 첫 표지에 각인된 박인환의 「목마와 숙녀」를 읽고 있었다.

"너 시 좋아하는구나?"

"이 동네 분이셨어요. 그 시를 쓴 박인환 시인님, 여기 사람들은 다 좋아하세요."

"그러셨구나!"

나는 씩 웃으며 고개를 끄덕였다.

잠시 무슨 생각인가를 하던 그녀는 가방을 뒤지기 시작했다. 그녀의 가방에 새겨진 대학교의 로고가 눈에 들어왔다.

그녀가 가방을 뒤져 꺼낸 것은 마이마이였다.

그녀는 몇 번 그것들을 조작해보더니 이내 뭔가 결심한 듯 버튼을 눌러 놓고는 들숨과 날숨을 길게 한 번 내쉬었다.

"너 읽어 줄래? 「목마와 숙녀」."

내 앞으로 그녀가 연습장을 쑥 하고 내밀었다. 그녀가 팬 플루트를 불어 주었다.

이미 암송을 하고 있던 「목마와 숙녀」였지만 내 시선은 연습장에만 고정되어 있었고 입은 음악을 따라 달싹이고 있었다. 뭔가 알 수 없는 것들이 속 깊은 데에서 아니 그보다 더 깊디깊은, 그 깊이를 형언할 수 없을 것 같은 깊은 곳에서부터 오롯이 차오르고 있었다.

음악이 시를, 시가 음악을 이야기하는 동안 바람도 소리를 내지 않았고, 마당의 꽃들도 꽃잎을 터뜨리지 않았다. 모두가 침묵으로 집중했다.

연주가 끝나고 한참을 침묵으로 앉아 우두커니 따다놓은 봉숭아 꽃을 바라보고만 있던 그녀가 이윽고 뭔가 작정이라도 한 듯, 아니면 마음을 추스르기라도 한 듯 한숨을 길게 내쉬곤 마이마이의 버튼을 눌러 껐다.

시가 녹음된 마이마이를 그녀는 내 앞으로 밀쳐주며 씁쓸하게 웃어 보였다.

그 웃음, 그 쓸쓸한 웃음의 의미를 알기엔 나는 어렸고 그녀는 나의 그런 마음을 안다는 듯 아무렇지도 않은 표정을 지어 보였다.

"서울 가는 막차 아직 있겠지?"

서두르는 그녀를 보고 있자니 찬바람이 옷섶을 파고들듯 찬기가 온몸으로 밀려왔다. 그런 와중에도 나는 그녀가 급하게 들고 일어서는 가방에 찍힌 대학교 이니셜과 로고를 물끄러미 바라보았다. 마치 놓쳐서는 안 될 것을 다시 확인이라도 해 두어야겠다는 심정으로.

그녀는 이미 식어 버린 커피를 단숨에 들키고는 대문으로 향하다가 말했다.

"그건 선물."

그녀는 탁자 위에 우두커니 놓인 마이마이를 눈짓으로 가리키며 쓰게 웃었다.

나는 어찌할 바 모르고 그녀가 나가는 뒷모습만 우두커니 바라보고 있었다.

대문까지 간 그녀가 다시 휙 뒤돌아봤을 때, 나는 그녀에게서 처음으로 시선을 돌리지 않았다.

"얘! 너 커피 처음 끓여봤지?"

밝게 웃어주고는 대문을 빠져나가는 그녀의 말에 당황하는 것도 잠

자작나무 아래로 내리는 눈

시, 나는 서둘러 그녀를 따라 대문으로 향했다.

그녀는 이미 저만치에서 뒷모습을 보이며 걸어가고 있었고 그런 그녀의 뒷모습을 바라보는 내 맘은 도무지 형언할 수 없는 감정들로 소용돌이쳤다.

그 소용돌이를 잠재우려 나도 모르게 주먹을 꾹 쥐었다.

처음엔 또렷하고 크게 보이던 그녀의 등이, 차츰 실루엣처럼 멀어 보이다가 아지랑이처럼 사라져 버릴 때까지 나는 대문 밖에서 그녀가 사라진 쪽을 우두커니 바라보고 서 있어야 했다.

무언가를 깨뜨리는 균열, 무언가를 사라지게 만드는 마술, 무언가를 엎어버리는 난장판 같은 마음들이 복합적으로 밀려와서 나는 그녀가 사라진 쪽에서 시선을 거둬들였다.

다시 그녀가 두고 간 마이마이와 그녀가 희디흰 손으로 따 모았을 선홍빛 봉숭아 꽃잎들과 비워진 커피 잔을 물끄러미 바라보는데 뭔가 가슴 한쪽을 생채기 내듯 날카롭게 지나가고 있었다.

그런 와중에도 나는 사람이 뭔가를 간절히 원하는 순간, 무엇엔가에 대한 의지를 가지게 되는 순간에 꺼져가는 불씨가 다시 타오르는 것 같은 희망 하나를 품었다.

그녀의 가방에 새겨졌던 대학교의 이니셜과 로고가 내 마음 깊숙한 데를 이미 채우고 있다는 것을 알아차렸을 즈음 나는 그녀가 주고 간 마이마이가 어쩌면 그녀와 나 사이를 이어 줄 매개체가 될지도 모르겠다는 막연한 생각을 했다.

그녀가 따 놓은 봉숭아 꽃잎들은 이미 떨어져 바닥에 나뒹구는 다른 봉숭아 꽃잎들 사이로 섞어 넣으며 중얼거렸다.

이게 끝이 아니기를….

이 꽃이 다시 돋아서 질 때쯤 다시 너를….

~~~

나타샤를 바라보는 미하일의 눈빛은 여전히 내 컴퓨터 화면 속에서 정지 화면으로 멈춰 있었다.

미하일의 눈빛은 나로 하여금 세월이 흩어놓은 그녀, 지혜와의 추억들을 불러 내 퍼즐처럼 조각을 맞추게 했고, 그렇게 조금씩 맞춰지는 퍼즐들을 떠올리며 나는 잠시 숙연해졌다.

다시 만나기를….

그리 원했던 소망은 실제로 그리되었다.

처음 그 대학에 들어섰을 때의 느낌을 아직도 생생히 기억한다.

캠퍼스의 아름드리나무들과 오솔길, 여유가 보이는 잔디밭과 벤치들, 그 모든 것에 나는 그녀를 연관시켰다.

'저 나무를 그녀도 매번 보고 지나쳤겠지. 저 벤치엔 그녀가 앉았을지도 모르겠고, 저 오솔길을 걸었을지도 몰라' 그런 생각들.

내 모든 주파수는 그녀를 향해 있었지만 드넓은 캠퍼스에서 우연히라도 그녀를 만나는 것은 어려웠다.

나는 그녀의 이름도 몰랐고, 그녀가 다니는 학과도 몰랐으며 그녀의 전화번호 따위도 가지고 있지 않았다.

운명이었을까? 아니면 우연이었을까?

그녀를 만난 곳은 뜻밖에도 교양 과목으로 내가 신청한 러시아 문학사 시간이었고 이제 막 시간강사를 시작해서 교수로서는 어설퍼 보이는 김 교수의 과목이었다.

수업을 듣는 학생 여럿 속에도 나는 단박에 그녀를 알아봤다.

하지만 그녀는 나를 단박에 알아보지 못했다.

내가 그녀 앞에 다시 섰을 때, 그녀는 어디선가 봤던 사람, 더 나아가 간다면 그럼에도 불구하고 이름이나 어디서 만났던 사람인지조차 기억이 나지 않는다는 어정쩡한 표정으로 날 쳐다봤다.

내가, 수도 없이 들었던 마이마이를 그녀에게 보여주었을 때에야 그녀는 크게 놀랐고 그녀와의 인연은 그렇게 다시 이어졌다.

노래 부르기에 그다지 재능도 없는 나를 그녀가 활동하는 '바람소리' 동아리에 합격시켜준 것도 그녀였다.

다시 만나기를 그토록 소원했던 마음은 이루어졌다.

느닷없이 찾아온 행운처럼 내 집으로 들어와 커피 한 잔을 마시고, 봉숭아 꽃잎을 따 모아두고 나에게 시를 읽게 해주고 간 그녀는 같은 대학 캠퍼스에서 같이 점심을 먹고 같이 음악을 듣고 같이 노래를 부르고 가끔씩은 같이 동아리 방에서 녹화된 러시아의 유명 무용단인 볼쇼이와 마린스키 발레단의 공연도 감상하는 사이가 되었다. 지혜는 발레를 보는 것을 좋아했고 나는 그 모습의 지혜를 보는 것을 좋아하고 있었다.

그게 사랑이었을까, 정말?

가끔 살아오면서 그런 질문을 스스로에게 던지다 보면 급하게 마음이 쓸쓸해지는 걸로 봐선 아마 그랬을지도 모르겠다.

그렇지만 그녀에게 나는?

나중에, 아주 나중에 그때 그녀의 마음이 그러했을 거라는 걸 알아차렸을 때는 늘 그랬듯 마음이 처져 내리곤 했다.

모르긴 해도 얼마나 쓰라리고 아팠을지 이제는 알고 있다.

진작 알았더라면… 그랬더라면 나는 그녀가 앓고 있는 마음 앓이에 대한 치료제가 되어 줄 수 있었을까?

그땐 내가 뭘 몰라서 지혜… 그녀에게 그랬을 수도 있다고 쳐도 지금의 나는?

나타샤에게 지금의 나는?

거기까지 생각이 미치자 가슴속 어딘가가 베이듯 서걱거렸다.

～✖～

나타샤를 바라보는 미하일의 깊은 눈빛에서 느닷없이 지혜를 떠올린 것이 쑥쓰러워서 나는 다시 화면의 플레이 버튼을 눌렀다.

미하일의 눈빛은 사라졌고, 화면은 거리를 걸으면서 촬영 중인 듯 모스크바 시내가 흔들리고 있었다.

이윽고 화면은 어느 카페를 찾아 들어가고 있었고, 창가 자리에 무심코 카메라를 놓았는지 그제야 화면은 고정되었다.

"많이 기다렸나요?"

"아니에요, 더 일찍 오고 싶었는데 그러질 못했어요."

나타샤의 목소리가 이어졌다.

미하일이 나타샤가 놓아 둔 카메라를 집어 들어 나타샤 쪽으로 향하게 했는지 나타샤의 모습이 환하게 나타났다.

"더 일찍 오고 싶었던 이유라도? 설마 날 기다리는 게 행복해서는 아닐 거고."

"호호, 그렇다고 말해줄 수 없어서 미안해요."

"그럼 진짜 이유는?"

나타샤가 창 쪽으로 시선을 돌렸다.

"여기서 저 호텔을 보고 있는 게 좋아서요."

나타샤가 창밖을 물끄러미 내다보고 있었다.

그런 나타샤의 시선을 따라 미하일이 창밖으로 카메라를 돌렸는지 창밖 풍경이 화면 가득 드러났다.

"우크라이나 호텔!"

웅장해 보이면서도 러시아 전통 양식을 고스란히 보여주는 듯한 낯익은 건물.

한 번쯤은 건성으로 지나치다가도 다시 한 번 바라보게끔 만드는 묘한 매력을 가진 건물, 우크라이나 호텔.

창밖으로 보이는 우크라이나 호텔의 건물을 보고는 나도 모르게 저절로 혼잣말이 나와 버려 쑥스러워지려는데 내 그런 쑥스러움을 메워주기라도 하려는 듯 화면 속 선명하게 보이는 우크라이나 호텔에서의 선명한 기억들이 소용돌이처럼 밀려왔다.

⌁

"감시하는 거 아니죠?"

모스크바까지 가는 여정은 길었고 나는 그 무료함을 무찔러 보려고 비행기 안에서 내내 잠을 자려 애썼다.

하지만 잠은 서서히 잦아들다가 말고 다시 끊어지며 현실과 합쳐지고, 다시 이어졌다 끊어졌다만 반복했다.

모스크바 공항에서 나와 택시에 막 올랐을 때, 기다렸다는 듯 김 교수로부터 전화가 걸려왔고 내 첫마디가 그랬다.

"둔하긴. 이제야 눈치 채다니. 그러니 여태 혼자지."

"이런 일에도 그런 걸 엮어요?"

"엮는 거 아니다. 지금 좋은 시간 보내고 있는 중이잖아."

"세미나 대타로 온 사람에게 뭘 원해요? 그냥 관광이나 해요?"

전화기 너머로 대뜸 김 교수가 껄껄 웃었다.

"재미없게 세미나가 뭐야? 그건 그렇고 지금 어디?"

"막 공항에서 나와 택시 탔어요."

"역시, 내가 시간을 잘 짚었군. 택시 운전사 바꿔 봐."

아직은 서툰 내 러시아어 때문에 걱정이라도 하는 걸까? 호텔 정도는 충분히 내가 택시 기사에게 설명할 수도 있다 여기는데도 불구하고 나는 그냥 김 교수가 시키는 대로 운전사에게 내 휴대전화를 건넸다.

김 교수가 무슨 말을 하는지는 몰라도, 전화를 받는 운전사는 짧게 대답만 했고 중간중간에 간헐적으로 미소만 살짝 지어 보였다.

전화기를 내게 다시 돌려주곤 운전을 해 나가는 운전수의 입에선 러시아의 가요 「카츄샤」가 의미 없이 흘러나오고 있었고 나 역시 무의미하게 처음으로 와 본 모스크바의 풍경을 창밖으로 내다보고만 있었다.

모스크바의 풍경은 딱딱했다.

건물들도, 사람들의 표정도, 그리고 유월의 비교적 따뜻한 날씨인데도 불구하고 차갑게 느껴지는 날씨마저도 딱딱한 느낌으로 다가와서 어쩌면 이 도시가 얼음에 갇힌 얼음왕국이 아닐까 여겨질 정도였다.

"도착했습니다. 우크라이나 호텔."

창밖 풍경만 물끄러미 바라보고 있었는데 운전사가 차를 세우고 내 쪽으로 돌아다보며 말했다.

나는 서둘러 차에서 내리려다 말고 멈칫했다.

"우크라이나 호텔이라고요? 제가 가야 하는 호텔은…."

"아, 아까 전화를 바꿔 준 당신 친구가 호텔로 가기 전에 이곳으로 안내를 부탁했어요."

별일이다 싶어서 그냥 피식 웃음이 나왔다.

"주변에 국제 비즈니스 타워 같은 더 높은 곳도 생겼지만 그래도 모스크바에서는 여기가 최고죠."

김 교수가 굳이 다른 데가 아니라 이 호텔로 날 보내고 싶어 했던 데는 이유가 있을 터였고 그 이유가 어찌되었건 김 교수의 선택이 나에겐 불리할 것이 전혀 없는 건 기정사실이었지만 나를 이곳으로 몰고 가는 김 교수의 저의를 파악할 수가 없었다.

대체 나더러 어떻게 하라는 건지, 미리 김 교수가 예약해놓은 호텔의 예약을 위약금을 물더라도 취소하고 우크라이나 호텔에서 머무르라는 것인지, 그렇지 않으면 그냥 우크라이나의 독특한 건물을 직접 눈으로 확인하고 건축 양식이라도 배워 오라는 것인지 도무지 김 교수의 저의를 알 수 없어 막막해하던 참이었다.

"그리고 그 친구가 말하기를 세미나는 그리 중요하지 않다던데요?"

운전사가 다시 날 돌아다보며 씽긋 미소를 지었다.

"그리고, 저 꼭대기 스카이라운지에서 술을 한잔하면 좋죠. 혹 알아요? 모스크바에 대해 안 좋았던 감정들도 사라지게 만들어주고 모스크바에 있는 내내 좋은 일만 생기게 될지."

나는 그제야 김 교수의 저의를 파악했고 운전사에게 대답하는 대신 그

냉 씩 웃어주곤 창문을 내려 휴대전화로 우크라이나 호텔의 전경을 찍었다.

"이제 제가 아까 말씀드린 호텔로 가서도 됩니다."

"술 한잔 안 해요?"

"이제 막 모스크바에 도착했는데 술부터 한잔 하기엔 좀 그렇지 않아요?"

"백야! 스카이라운지에서 백야를 보면서 즐기는 것도 좋죠. 당신 친구가 그런 걸 바라는 것 같은데."

"백야라…."

"여긴 러시아니까요."

나는 다시 한 번 창밖, 우크라이나 호텔의 건물을 우두커니 올려다보았다.

Неизвестна судьба!

알 수 없는 인연… 이라고 했던가?

나는 김 교수의 말이 문득 떠올라 다시 헛웃음을 지었다.

김 교수의 의도대로라면 우크라이나 호텔에서 백야를 바라보며 보드카라도 한잔 즐기라는 것일 것이다. 그 시간 속에서 어쩌면 우연이나 운명처럼 만나질지도 모를 알 수 없는 인연에 대한 기대치가 작용하고 있을 것이다.

김 교수의 속마음을 알아챘으므로 나는 헛헛하게 웃었고 그런 이유로 인해 우크라이나 호텔에서 백야를 바라보며 보드카를 곁들일 생각은 없었다.

설령 내게 인연이 우연으로 다가와 준다고 해도 내게는 먼 러시아까지 와서 일탈을 하고 싶은 생각이 없었다.

　　　　　　　　　　　　　　　　자작나무 아래로 내리는 눈

존재에 무심해지며 살아온 지도 벌써 수십 년이 지났고 다시 뭔가를 시작할 만큼의 가슴 떨림이나 설렘 따위가 내 안에 존재하고 있을 리 없다고 믿었기 때문이었다.

그렇듯 김 교수의 제의도 무시하고, 거기다 택시 운전사의 권유마저 뿌리치고 대수롭지 않게 벗어났던 우크라이나 호텔이 정말 김 교수의 말대로 내게 알 수 없는 인연을 만나게 해 줄 줄은 그 당시의 나는 꿈에도 알지 못했다.

그리고 미하일과 나타샤가 나란히 카페에 앉아 지금 바라보고 있는 저 화면 속 우크라이나 호텔….

어쩌면… 정말이지 어쩌면 저때, 나타샤가 바라보고 있던 우크라이나 호텔을 나 역시 같은 시간, 같은 나타샤가 앉아 있는 카페와 그리 멀지 않은 곳에서 바라보고 있지는 않았을까?

그런 생각이 들자 갑작스러운 오한이 지나가듯 차갑고 무언가가 깨지는 듯한 차가운 느낌들이 온몸을 훑고 지나갔다.

내가 김 교수의 느닷없는 부탁으로 택시 운전사에 의해 데려와 지고 그들의 권유처럼 멈춰 섰던 그 거리, 그 거리 옆 어느 카페 건물에서 지금의 저 화면 속 나타샤와 내가 그렇게 지척의 거리를 두고 같은 곳을 바라보았을지도 모른다는 생각….

같은 시각, 같은 장소에서 같은 곳을 바라보고 있었을지도 모를 아이러니함이란….

하지만 그 아이러니한 일이 어쩌면 사실일지도 모른다는 생각이 들었다.

그때, 나타샤는 정말 내가 서 있던 그곳의 거리 카페에서 나와 같은 곳을 바라보고 있었던 걸까?

"식사는?"

나타샤에게 묻는 미하일의 음성이었다.

화면에서는 보이지 않는 미하일이었지만 그 짧은 질문만 봐도, 나타샤를 배려하는 미하일의 마음이 묻어나는 듯 느껴졌다.

"그냥 커피 마실게요."

"그럼 나도."

미하일이 웨이터에게 커피 두 잔을 주문하는 소리가 두런거리며 들렸다.

여전히 화면은 우크라이나 호텔을 보여 주고 있었다.

잠시 침묵이 지난 후, 먼저 반응한 것은 카메라였다.

마치 잊고 있었다는 듯 미하일이 그녀 쪽으로 화면을 향하게 만들었고, 화면 속의 그녀는 왠지 살짝 들뜬 표정이었다.

"어땠어요? 셀프카메라."

잠시 생각을 하던 나타샤가 입을 열었다.

"처음엔 좀 어색해서 어떡하나 했는데 배웠어요."

"배워요? 누구한테?"

"딱히 누구랄 것도 없고요. 그냥 이 사람, 저 사람이랄까?"

"그렇게 많아요? 나타샤가 알고 있는 사람이 많은가 봐요?"

미하일의 물음에 나타샤는 싱긋 웃었다. 아주 짧게 싱긋.

"유튜브를 봤어요. 거기 유튜버들이 셀프 촬영하는 거 열심히 봤어요."

나타샤는 살짝 민망하다는 듯이 부끄럽게 웃었다.

"아, 좋아요. 그런 방법을 찾아내시다니."

"그렇지만 뭐 쓸 만한 것이 있으려나 모르겠네요. 집 안에서의 생활이라고 해 봤자 별것도 없고, 변화 같은 것도 있을 리 없는 단조로운 패턴뿐이라."

순간, 나타샤 앞으로 불쑥 디밀어지는 빨간 장미 다발에 미하일을 바라보는 나타샤의 눈은 놀란 듯 보였다.

"나한테 주는 건가요?"

"선물이에요. 셀프 촬영 성공을 기념하는."

"내가 셀프 촬영을 성공했는지도 몰랐으면서…. 하여튼 고마워요. 이 꽃에 무슨 의미 같은 건 달지 않을게요. 그냥 받아서 기분이 좋으면 되는 거죠?"

"편하실 대로."

"그래요, 저 기분 굉장히 좋아졌어요. 모스크바에서의 빨간 장미라…."

"꽃은 많이 받아 보지 않았던가요?"

나타샤는 빨간 장미 다발에 코를 묻고 한참을 무슨 생각인가를 하다가 고개를 들었다.

"많이 받았죠. 커튼콜이 끝나고 나가려 할 때나, 공연이 끝난 후까지 기다리고 있던 사람들에게서."

"그럼 뭐 새로울 것도 없겠네요? 선물을 잘못 골랐나?"

"아니에요, 꽃을 선물 받을 땐 언제나 새로운 법이거든요."

나타샤는 다시 장미 다발에 코를 묻었고, 정말 새롭고 행복한 기분을 느끼는 모습이었다. 하지만 이내 나타샤는 창 쪽으로 우두커니 시선을 돌렸다.

"다시, 그 많은 꽃들을 받아 볼 수 있는 기회가 올까요?"

"나타샤 생각은?"

잠시 생각을 하던 나타샤는 설레 고개를 저었다.

"글쎄요. 난…."

둘 사이에 잠시 침묵이 흘렀다.

침묵을 먼저 깬 것은 미하일이었다.

"다시 무대에 서서 날아오르고 관객들로부터 수많은 꽃을 받을 수 있으면 좋겠지만 나타샤, 그러지 못하더라도 아쉬워하면 안 돼요."

나타샤가 카메라를 정면으로 응시하듯 미하일을 바라봤다.

"나타샤는 이미 성공한 거니까. 아니에요?"

"글쎄요."

"수많은 발레리나와 발레리노들이 꿈을 꾸지만 입단하기조차 어려운 세계 최고의 발레단에서 나타샤는 훌륭한 모습들을 보여줬죠. 누구보다 많은 꽃을 받은 것도 알고 있어요."

"그때는 누구보다 점프에 자신이 있었죠. 화려하게 차고 오르면 그

높이에 감정도 필요 없다는 착각을 하죠."

"나도 나타샤의 그 점프를 아직도 기억하고 있고 또 다시 보고 싶은 사람이에요."

그건 보는 관객들의 입장에서도 그렇죠. 평론가들은 뛰어난 테크닉의 소유자라고 이름 붙여 주거나 비상을 향한 그녀의 노력들이란 말을 줄곧 달아 주었죠. 테크닉과 노력 그것뿐일 때도 있었죠."

한숨을 푹 내쉬며 다시 창밖으로 시선을 돌리던 나타샤가 자신 없는 목소리로 낮게 되뇌었다.

"그땐 그랬고… 하지만 지금의 나는…."

더 이상 말을 잇지 못하고 입술을 꾹 깨무는 나타샤의 모습에서 나는 그녀가 지금 감정을 누르고 있다고 믿었다.

오래 사무칠수록, 오래 신념을 잡아둘수록 겉으론 표출하지 못하는 그 쓸쓸함에 대해 알기에, 그녀의 표정을 바라보고 있는 내 코 언저리 어딘가가 찡했다.

나타샤를 비추던 카메라를 잠시 탁자에 놓아두는 듯 초점을 잃은 화면은 나타샤의 가슴께를 정지 화면처럼 비추고 있었다.

그리고 지퍼를 열고 가방에서 뭔가를 꺼내는 듯한 미하일의 소리가 들리는가 싶게 미하일은 나타샤 쪽으로 불쑥 무언가가 내밀었다.

그걸 본 나타샤의 눈빛은 언제 감정을 누르고 그랬냐는 듯이 초롱하게 빛나며 입가에 미소까지 번지게 만들었다.

"이건… 오 마이 갓!"

미하일이 건넨 것을 집에 들여다보는 나타샤의 얼굴에는 어떤 회환이나 잊고 있었던 추억들을 만난 것처럼 놀라워하면서도 한편으로는 물기에 젖은 듯은 눈빛을 하고 있었다.

"이고르가 당신과 처음으로 공연을 했던 포스터예요."

"그래요, 맞아요."

"난 그때 당신에 대해선 몰랐어요. 이고르는 내 친구였고, 내 친구가 처음으로 주인공을 맡은 공연이니 그냥 기념으로 내가 가지고 있다 나중에 깜짝 놀래 주려고 했었는데… 근데 주인이 바뀌었어요."

회한과 감격에 젖은 듯 미하일이 내민 오래된 공연 포스터를 바라보던 나타샤가 다시 미하일 쪽을 바라봤다. 말로 묻지는 않아도 무슨 의미냐는 듯한 표정을 지어 보이며.

"그게 필요한 건 이고르가 아니라 나타샤일 거란 생각이 들었거든요. 봐 봐요, 지금 나타샤의 표정. 굉장히 들뜬 표정이잖아요. 내가 이고르에게 이걸 줬을 때, 이고르도 지금의 나타샤와 같은 표정을 지어 주었으면 좋겠다고 생각만 하고 원하고 있었거든요. 하지만 이고르는 지금 나타샤가 느끼는 감정을 느끼지 못할 거예요. 그래서 이 포스터의 주인이 바뀐 거예요."

"고마워요, 고마워요, 미하일."

다시 포스터로 시선을 돌리는 나타샤의 표정은 정말 고마운 듯, 정말 소중한 것을 의도치 않게 얻은 것같이 들뜬 표정이었다.

포스터를 물끄러미 바라보던 나타샤가 다시 미하일에게 포스터를 보이며 자랑하듯 말했다.

"잠자는 숲속의 미녀! 봐 봐요, 이때의 감정과 표현들을요. 지금은 완벽하지 않아요?"

"내가 생각하고 있는 나타샤는 언제나 최고였거든요. 그리고 우린 이고르를 통해 서로를 알게 되었지만 겨우 두 번째 만남이잖아요."

"그러네요. 근데 아주 오래전부터 알고 있었던 느낌이 들어요. 그래서 하는 말인데 지금의 전 이 포스터 속의 주인공이 아니에요. 미하일이 생각하는 나타샤랑 지금의 나타샤는 굉장히 많은 차이가 있다는 걸 말해 드리고 싶어요."

다시 깊은 한숨과 함께 나타샤는 창밖을 바라봤다.

정지 화면처럼 창 쪽으로 시선을 돌리고 있는 나타샤의 모습에서 나는 그녀가 다시 더 아프게 감정들을 누르고 있다고 생각했다.

채우고 싶으나 채워지지 않는 지독한 허기증 같은 것이거나, 섣불리 짚어봐선 안 되었는데 그냥 손을 담그고 만 뒤의 낭패감 같은 것이거나, 버티며 잡고 있어야 할 그 무엇인가를 단숨에 놓아버리고 빈손을 펄럭이는 그런… 그런 마음을 다 놓아버린 듯한 표정이어서.

침묵은 오래 지속되었다.

나타샤의 아스라한 표정에서 정말이지 아무도 근접해선 안 될 것 같은 공식이 주어진 듯 미하일 역시 아무런 말도 못하고 있었다. 그런 침묵이 어색한지, 그 어색함을 무찌르려는 듯 먼저 말을 꺼낸 건 나타샤였다.

"저 위 스카이라운지에 가 본 적 있어요?"

"예? 아, 예. 예전에 몇 번? 근데…."

'갑자기 호텔 스카이라운지는 왜?'라는 듯 말꼬리를 흐리는 미하일의 의도를 정확히 짚어낸 나타샤가 대답했다.

"좋다고 하던데…."

"예?"

미하일의 살짝 놀라는 듯한 대답이 재미있다는 듯 이내 나타샤는 창밖에서 시선을 거둬 와 달뜬 표정이 되어 미하일에게 다시 물었다.

"왜 놀라요?"

"정말 저길 못 가봤어요?"

"네."

나타샤의 대답에 놀랐는지 아니면 어이가 없었는지 미하일은 잠시 아무런 반응도 없다가 다시 물었다.

"정말요?"

"그렇다니까요. 일상적이지 않아서 그랬나?"

"오 마이 갓! 나타샤 같은 사람이 저곳에 못 가봤다는 것이 의외인데요?"

"저긴 저 같은 사람이 꼭 가야 하는 곳인가 봐요?"

미하일의 표정이 여전히 재밌다는 듯 생글거리며 나타샤는 미하일을 바라봤다.

"그냥요. 뭐랄까, 나타샤는 저런 곳과 어울리거든요. 적당히 화려하고 적당히 멋지고 적당히 세련된… 뭐 그런 느낌?"

"화려하지도 멋지지도 세련되지도 않아서인가 봐요. 가 봐야지, 가 봐야지 했는데 근데 결국엔 한 번도 못 가 봤네요."

"약속 같은 걸 저곳에서 잡아도 되잖아요."

"그러게요. 왜 그런 생각을 못 했을까요, 나는?"

"그럼 우리, 다음 약속은 저곳에서 만나는 걸로 하죠."

"좋아요. 미하일 덕분에 가 보게 되는 거라면 저도 좋아요. 아 참, 물어보고 싶은 게 있었어요."

자작나무 아래로 내리는 눈

"얼마든지요."

"왜 제가 다큐멘터리의 소재가 된 거죠?"

"흠… 그건… 다음에 저기서 만났을 때 얘기해 줄게요. 궁금하면 약속 시간 어기지 말고 제 시간에 나오기예요."

픽! 웃는 나타샤 역시 아무래도 상관없다는 듯한 표정이었다.

"아! 궁금하면 지금 가르쳐 줄게요. 당장 가 봐요."

"네?"

'어디를?'이라는 듯 나타샤는 미하일을 바라봤다.

미하일이 들고 있던 카메라를 창밖 우크라이나 호텔 쪽으로 비추었고 그제야 나타샤가 미하일의 의도를 알아차린 듯 대답했다.

"나중에요."

나중에… 나중에….

나타샤의 그 말이 마치 각인처럼 내 머릿속 어딘가로 와서 박히며 뜬금없이 나를 돌아보게 했다.

               꿍

"나중에요."

당신 친구의 말대로 저곳에서 보드카라도 한잔하면 아주 좋을 거라고 재차 말하는 택시 운전사의 말에 내가 했던 대답이었다.

하지만 나는 그날, 김 교수가 예약했던 호텔로 가기 전에 우크라이나 호텔 스카이라운지에 앉아 있었다.

택시 운전사는 더 이상 내 선택에 대해 딴지를 걸지 않았다.

택시가 김 교수가 예약해 놓은 호텔을 향해 다시 가고 있을 때쯤이었다.

오 분쯤?

그쯤 달렸을 무렵, 내 그런 의도를 잘 알고 있다는 듯 김 교수로부터 다시 전화가 왔었다.

나중에 가 보겠다고 대답했을 때, 김 교수는 "네 이놈!" 소리부터 질렀다.

내 머리 끝까지 들어와 내 속이며 마음이며 다 알고 있었던 듯, 스카이라운지를 외면하고 그냥 호텔로 향할 거라는 것까지 다 알고 있었던 듯, 다시 걸려온 김 교수의 전화로 인해 어쩔 수 없이 나는 다시 우크라이나 호텔 쪽으로 가 줄 것을 택시 운전사에게 부탁했다.

김 교수가 인증 샷을 찍어 보내라는 것도 아니고 직접 스카이라운지에 있는 나와 영상통화까지 해야겠다고 해서.

그거 보라는 듯, 좋은 선택이 될 거라며 운전사는 흔쾌히 유턴을 해 주었고 나는 얼마 지나지 않아 우크라이나 호텔 스카이라운지에 앉아 있었다.

"나중에요…"라고 내가 운전사에게 했던 말은 헛된 것이 돼 버렸지만 미하일과 만나고 있는 카페에서의 나타샤 역시 "나중에…"라고 했기에, 나는 혹 나타샤의 그 말도 어쩌면 헛되이 되어 버리지나 않을까를 생각했다.

아니, 그 생각은 생각을 넘어 확신을 갖게 했다.

우크라이나 호텔 스카이라운지엔 내 평생 처음으로 가 봤고, 거기서 나타샤를 처음 만났으니까.

아니나 다를까, 먼저 일이 있어서 일어나겠다며 빈 커피 잔만 남기고 미하일은 떠났다.

카메라는 혼자 남겨진 나타샤의 몫이었고 나타샤는 무심하게 카메라를 창 쪽으로 향하게 두고는 커피를 마시는지, 아니면 포스터를 보며 회한에 젖어 있는지에 대해선 보이지 않으니 알 수 없었다.

제법 시간이 지났다. 화면 속에는 오디오도 없었으며 나타샤의 모습도 없는 무중력 상태 같은 느낌이었다.

선택해, 어서. 나타샤…

나는 정지 화면처럼 보이는 모니터의 창밖 풍경을 바라보며 그 말만 되뇌었다.

아니나 다를까, 나타샤가 결심한 듯 카메라를 집어 들었다.

흔들리는 카메라는 나타샤의 움직이는 방향을 충분히 말해주고 있었다.

카페 계단을 걸어 내려와 도로로 나왔고, 지나는 차들 사이를 건너 도로를 건너왔다.

그리고 거침없이 우크라이나 호텔 스카이라운지 쪽으로 향하고 있었다.

뭔가 잘 맞물린 톱니바퀴가 한 치의 오차나 삐걱임도 없이 잘 맞물려 돌아가고 있다는 생각이 들었다.

그녀가 미하일에게는 "나중에"라고 말하곤 혼자 스카이라운지로 향하고 있는 저때, 나는 이미 그 스카이라운지에 앉아 있었다.

스카이라운지 창밖으로 석양이 물들고 있었다.

낯선 도시에서 마주하는 석양이었지만 새롭다는 생각은 들지 않았다. 다만 백야의 석양을 바라보고 있다는 특별한 느낌만이 새로운 도시에 내가 와 있다는 것을 실감나게 해 주었을 뿐이었다.

보드카는 향도, 색도 없다.

러시아를 상징하는 술… 러시아어의 물이라는 단어의 뜻에서 시작된 무색 무향의 술.

추위를 견디기 위해 러시아 사람들은 보드카를 단숨에 물처럼 입안으로 털어 넣는다고 하지만 내게 그런 방식은 무리였다.

나는 독한 술을 좋아하지도 않았지만 그렇다고 싫어하거나 한 적도 없었다. 내가 보드카처럼 독한 술을 마셔 봤으니 싫어하고 말고 할 이유조차 없었으니.

내가 시킨 보드카 잔이 내 앞으로 왔을 때, 때를 맞춰 김 교수로부터 전화가 왔다.

마치 내 동선을 속속들이 파악하고 있다는 듯이, 그것도 영상통화였다.

피식 웃고는 전화를 받는데 들려야 할 목소리 대신 피아노 소리가 먼저 휴대전화를 통해 흘러 나왔다.

김 교수가 피아노를 연주하고 있었다.

피아노를 치면서도 진지하지 않은 김 교수의 얼굴엔 웃음기가 가득했다.

"벌써 보드카에 취한 건 아니지?"

"낮술 먹고 취하면 어떻게 된다는 거 보여 드려요?"

나는 농으로 되받아쳤다.

김 교수는 대답 대신 피아노 연주에 더 열을 올리고 있었다.

"피아노 소리 듣기 좋은데요? 거기다 보드카에 백야에 석양에, 저 어쩌면 내일 세미나 못 갈지도 모르겠는데요?"

"협박이냐?"

나는 피식 웃곤 잠시 김 교수의 피아노 소리를 배경으로 호텔의 건너편 타워에서 카운트되고 있는 대형 시계 너머로 걸린 석양을 물끄러미 바라봤다.

시간은 밤 열 시를 향해 가고 있지만 아직도 지지 않는 석양.

그제야 정말이지 이곳이 러시아라는 것이 실감나는 것 같았다.

김 교수의 피아노 연주는 수준급이었다. 슬쩍슬쩍 뒤에서 내 모습을 지켜보고 있던 웨이터가 다가와 내 스마트폰을 잠시 빌리자고 했다. 잠시 후 그는 미소와 함께 스마트폰을 돌려주며 라운지 안에 있는 티브이에 미러링 기능을 작동시켰다. 티브이를 통해 김 교수의 연주가 확대되어 흘러나오자 티브이를 흘끔 본 몇몇의 러시아인들이 내게 눈

인사를 보내 주는 것 같아 나도 가볍게 눈으로 답을 해 주었다.

김 교수의 피아노 연주와 느리게 지나가는 모스크바의 풍경들은 어느새 긴 여행에 지친 여행자의 마음을 쓰다듬어 주고 있었다.

보드카는 얼음보다 차가웠다. 빙점 아래에서 마셨을 때 그 진가를 알 수 있는 술, 그래서 겨울에 어울리는 술이라고 했던가….

빙점 아래까지 내려간 보드카의 차가운 첫잔은 향도, 알코올 도수도 느낄 틈도 없이 목 속으로 깨끗하게 넘어갔다. 몸속으로 들어간 보드카의 알코올은 몸속 체온으로 인해 단번에 불기운처럼 퍼져 나갔지만 비로소 편안해지는 기분처럼 달아오르고 있었다.

그때, 내가 보드카 첫잔을 막 입안으로 털어 넣고 그 뜨거움에 온몸을 오싹하던 그때… 그때였을까?

나는 그제야 옆자리에서 누군가가 나를 바라보는 것 같은 시선을 느끼고는 아차 싶어 스마트폰의 미러링 기능을 멈췄다. 스카이라운지 안은 언제 그랬냐는 듯이 잔잔히 시간이 흘러가고 있었다. 웨이터의 짓궂은 배려로 나 혼자만이 잠시 착각의 시간을 다녀온 느낌이랄까,

남의 나라 카페에서 남을 배려하지도 않는 무례한 동양인이 되어 버린 듯한 느낌이 들었다.

"죄송합니다."

나는 서둘러 죄송하다는 듯 옆자리 사람에게 고개를 까딱해 보였고, 허둥대느라 옆자리의 사람을 자세히 볼 겨를조차 없었다.

"차이코프스키!"

하지만 돌아온 대답이 의외여서 나는 그제야 대놓고 옆자리의 사람에게로 시선을 돌렸다.

　　　　　　　　　　　　　　　자작나무 아래로 내리는 눈

가냘픈 여자였다. 여느 러시아 여자들처럼 머리카락은 황금색으로 빛나고 있었지만 그 모습에서 뭔가 부조화스러운 모습이 얼핏 보였다. 하지만 아름다운 여자였다. 목선이 길고, 어깨는 좁았으며, 날렵한 콧날은 얼음처럼 냉정해 보였다.

첫눈에 본 그녀는 그랬다.

"친구가 연주해 주고 있어요, 지금. 차이코프스키였군요."

대답 대신 미소를 지어주던 그녀가 손짓으로 내가 당신 옆자리로 옮겨도 좋겠느냐는 듯 묻고 있었다.

나는 얼른 옆자리에 놓아 둔 외투며 가방을 치워주는 것으로 대답을 대신했다.

그녀가 내 옆으로 와서 앉았다.

러시아의 냄새가 그녀에게선 맡아지지 않았다. 그제야 나는 그녀가 모습은 러시아 사람 같은 차림이었지만 동양인일 거라는 직감을 했고 막 그에 대해 물어볼 참이었다.

"일본 사람이신가요?"

그녀가 먼저 물었고 아니나 다를까 내가 그녀에게 물어보고 싶은 질문을 먼저 내게 하는 그녀를 보며 '뭔가 통했나?' 싶어 피식 웃었다.

"아닌가?"

내가 피식 웃는 모습에 그녀는 자신이 잘못 짚었다고 생각한 모양이었다.

"아뇨, 잘 짚었어요."

나는 기분 좋게 대답해 줬다.

"아, 그러시구나. 일본인…"

"그런 소리 많이 들어요, 무척. 저한테 일본스러운 모습이 있나 봐요. 전 모르겠는데."

"그럼?"

나를 빤히 보며 놀라는 듯한 그녀는 내가 대답도 하기 전에 단박에 다시 물어왔다.

"혹시 한국 분?"

한국말이었다. 어설픈 한국말이 아니라 진짜 한국 사람만이 할 수 있는 발음과 악센트를 가진, 그것도 한국과는 멀리 떨어진 남의 나라 러시아 모스크바에서 듣게 되는.

아, 이 여자도 한국 사람이구나. 나는 그제야 그녀 역시 나와 같이 김치를 좋아하고, 때로는 파전에 막걸리 한잔하는 그 맛을 아는 한국인이라는 것을 알아차렸다.

무작정 반가웠다. 먼 타국, 그것도 러시아에서 우연히 만나게 된 한국인이라니.

"그럼 그쪽도?"

내 말이 끝나기도 전에 그녀는 정말이지 반가워 죽겠다는 표정으로, 그곳이 카페가 아니라면 거의 폴짝폴짝 뛰어가며 반가움을 표출할 정도의 감정으로 내게 손을 내밀었다.

"반가워요, 반가워요."

그녀의 목소리를 살짝 들떠 있었다.

먼저 내게 악수를 청하는 그녀의 손은 차가웠다.

유월인데도 모스크바의 십일월이나 십이월 칼바람 속에 있다 따뜻한 곳을 막 찾아 들어온 사람의 손처럼.

그녀는 들고 있던 카메라를 탁자에 올려두고는 내 옆자리에 앉았다.

카메라를 보며 나는 그녀가 어쩌면 러시아의 풍경들이나 사람들을 최대한 많이 카메라에 담고 싶어 하는 한국에서 여행 온 여행자일지도 모른다는 생각을 잠시 했다. 하지만 그러기에는 그녀에게 풍기는 전체적인 느낌은 너무 러시아적이어서 잠시 의아해하던 참이었다.

"다시 연주를 부탁해 줄래요? 「잠자는 숲속의 미녀」."

이번에는 내가 김 교수에게 전화를 걸어 연주를 부탁했다. 블루투스 이어폰을 통해 음악이 흘러 나왔다.

여전히 김 교수의 연주는 열정적이었고 내가 블루투스 이어폰을 그녀에게 전해 주자 그녀 역시 김 교수의 열정에 답하기라도 하려는 듯 열심히 음악을 듣는 모습이었다.

김 교수의 피아노 연주를 들으며 멀리 백야의 석양을 바라보는 그녀의 얼굴엔 따스함이 가득 묻어나고 있었다.

김 교수는 연주가 끝나자 어떤 코멘트도 없이 먼저 전화를 끊었다.

내가 지금 누군가와 함께 있다는 사실을 알아차린 김 교수의 배려를 모르는 바는 아니었지만 잠시 서운한 마음이 들었다.

"좋은 친구를 뒀네요."

그녀가 내 휴대전화를 바라보며 말했다.

"네, 좋은 친구죠."

"나도 운이 좋은데요? 그쪽의 좋은 친구 때문에 여기서 차이코프스키도 듣게 되다니 말이죠."

"그런가요?"

"그럼요, 이건 대단한 행운일 수도 있는걸요."

나는 대수롭지 않은 일에 행운을 말하는 그녀가 고마웠다.

"자주 오세요, 여기?"

내가 물었고 그녀는 처음이라고 짧게 대답했다.

"어? 저도 처음이에요."

묻지도 않은 말을 해 놓고 보니 괜히 쑥스러워지려는 걸 만회라도 하듯 나는 보드카로 짧게 입술을 축였다.

그사이 그녀는 카메라를 만지작거렸고 그런 그녀가 만지작거리는 카메라를 우두커니 바라보고 있는데 이윽고 그녀의 카메라에 시선이 가 있는 나를 의식한 것인지, 그녀는 그제야 서둘러 카메라의 전원을 껐다.

"여태 촬영을 하고 계셨던 거네요?"

"아, 미안해요. 허락도 없이 막 찍어서. 그렇지만 그쪽 얼굴은 안 담겼으니 초상권 침해는 아니죠? 원하시면 아까부터의 영상은 편집으로 싹둑 해 드릴 수도 있고요."

그녀는 해맑은 표정으로 나를 바라봤고 나는 그녀의 그런 표정 앞에서 감히 어떻게 해 달라는 말 따위는 할 수 없었다.

"유튜버이세요?"

내가 물었고 그녀는 설레 고개를 저었다.

"그냥 제 모습을 찍는 거예요. 저의 일상이나 생각, 그리고 제가 보고 느끼는 것들…"

"그렇군요. 자기 자신을 바라보기 위해 자신을 찍는 사람들은 몇 없을 것 같아서 물어보는 건데… 왜 그런 생각을 하신 거예요?"

"그러게요. 그걸 몰라서 저도 이러는 건데 그걸 물으시면 뭐라 답하죠?"

나는 피식 웃었고 그녀는 창밖 석양 쪽으로 물끄러미 시선을 돌리고 있었다.

그리고 어떤 얘기를 나누었더라?

잘 기억이 나지 않는 것은 아마도 무리하게 마신 보드카 탓이었을지도… 그렇지도 않으면 긴 여정에 대한 피로감으로 인해 보드카의 술기운이 정신마저 잠령했을지도… 그래서일지도.

깜빡 잠이라도 들었던 것일까?

아니, 낯선 곳에서 보드카 몇 잔 마시고 눈을 붙인 것이라 잠이라고까지 할 건 못 되었을 것이다. 잠시, 아주 잠시 졸았을 것이다.

웨이터가 날 깨웠고 깨고 보니 그녀는 가고 없었다.

설마, 꿈?

그녀가 앉았던 빈자리를 물끄러미 내려다봤다.

마치 환상이나 꿈처럼 있다가 없어진 것들에 대한 서운함들이 몰려왔다.

잠시였지만 그녀와의 대화는 즐거웠고, 말의 중간에 짬짬이 들이키던 보드카는 그래서 더 달았다.

어느새 창밖엔 그녀와 함께 바라봤던 석양은 사라지고, 모스크바의 야경이 아름답게 펼쳐져 있었다.

어떤 날은 나쁜 일, 나쁜 일만 연속이다가 또 어떤 날은 좋은 일, 좋은 일만 연속적으로 일어나는 것처럼 내게는 석양이 그랬고, 지금 바라보는 야경이 그렇다고 생각했다. 좋은 일, 좋은 일의 연속.

그리고 또 하나 좋은 일… 그것은 그녀와의 만남이었다.

나는 그녀가 가고 없는 빈자리를 물끄러미 바라보다 김 교수의 말이 문득 떠올라 헛웃음이 나왔다.

알 수 없는 인연….

나도 모르게 그 말을 중얼거리며 자리에서 일어서는데 웨이터가 다가와 메모를 전해줬다.

"아까 먼저 가신 손님께서 전해 주라고 하셨습니다."

꼬깃하게 접힌 메모를 받아 들고 나는 한참을 만지작거리며 바라보기만 했다.

만나서 반가웠고 즐거웠다는 표현이 쓰여 있을 거란 생각이 들었다. '하지만 나는 인사도 못했는데…'라고 생각하니 괜히 미안해졌다.

나는 메모를 읽는 대신 주머니에 넣고는 스카이라운지를 나섰다.

밖에 나오자 훅 찬 기운이 온몸으로 들이닥쳤다.

서둘러 택시를 잡아타고서야 나는 다시 우크라이나 호텔 라운지를 물끄러미 올려다봤다.

들어갈 때와는 달리 따뜻한 밤의 온기를 녹이는 듯한 건물의 불빛 때문인지는 몰라도 건물이 참 따뜻하다는 생각이 들었다.

알 수 없는 인연…. 나는 그 말을 혼자 중얼거렸다.

처음으로 도착한 모스크바에서 그렇듯 만난 인연이니 충분히 그럴 만도 했다.

그 밤… 백야의 석양을 바라보며 그녀와 나눠 마셨던 보드카 때문에 얼마나 내가 그녀와 더 많은 얘기를 나누었는지. 하지만 그렇게 많은 얘기를 했음에도 불구하고 기억해 내려 하면 하나도 기억이 안 나는 건 그렇다 쳐도, 처음 나타샤가 내 옆자리에 앉았을 때 꺼 버린 카메라로 인해 미처 우리의 대화를 담지 못했다는 것에, 그래서 미하일

자작나무 아래로 내리는 눈

이란 사람이 보내 준 화면에 그런 것들이 녹화되어 있지 않다는 사실에 더 아쉬웠다.

어쩌면 녹화가 되었었지만 미하일이 편집을 했을지도, 그랬을지도 모른다는 생각이 잠시 들기도 했지만 이렇게 영상까지 보내준 그 사람은 그런 행동을 하지 않았을 것이라는 생각이 금방 들었던 작은 의혹을 지워 버렸다.

나는 다시 화면을 살짝 앞으로 돌려 봤다.

나타샤가 막 호텔 스카이라운지로 들어서는 장면부터였다.

나타샤가 들고 있던 카메라가 스카이라운지의 내부를 쭉 훑듯 지나가고, 다시 지나갔다 급하게 되돌아와 멈춘 곳, 거기에는 백야의 석양을 바라보는 한 남자의 가파른 등이 있었다.

그 가파른 등을 가진 남자가 바로 나였다는 사실을 알고는 나는 그제야 피식 웃었다.

나타샤는 그리 많지는 않으나 스카이라운지 곳곳에 자리한 사람들 가운데 내게로 왔다.

'왜 하필 나였을까?'라는 물음 따위는 그리 중요치 않았다. 내가 동양인으로 보여서든, 혹은 내가 켜 놓은 김 교수의 피아노 소리에 이끌려서든 그녀에게도 그녀 나름의 그러해야 했던 이유에 대한 선택 기준이 있었을 것이다.

택시는 서둘러 우크라이나 호텔 앞에서 벗어났다.

차창으로 펼쳐지는 모스크바의 야경이 어떠했는지 그에 대한 기억은 전혀 없다.

김 교수가 예약해 놓은 호텔로 가는 내내 차창 밖만 바라보았으면서 모스크바의 밤 풍경이 어떠했는지, 냉기를 가득 품고 총총히 걸음을 옮기고 있었을 거리를 지나치는 사람들의 옷차림새와 표정들이 어떠했는지에 대한 기억도 없다.

직접 눈으로 보고 지나쳐 왔으면서도 그 풍경들을 하나도 기억하지 못하는 아이러니함이라니.

아마도 그때 나는 취해 있던 것이 틀림없다는 생각이 들었다.

보드카가 아니라 어쩌면 알 수 없는 인연… 그녀, 나타샤란 여자에게.

━━◆◆◆━━

스카이라운지에서 처음 그녀를 만났던 때의 추억이 어떤 회한처럼 몰려와서 잠시 생각에 몰두해 있는 사이 화면은 천천히 지나가 어느샌가 그녀가 날아오르고 있는 모습으로 변해 있었다.

「잠자는 숲속의 미녀」가 아다지오 멜로디에 맞춰 흘러나오고 있었고 선율에 따라 바쁘듯, 그러나 때론 섬세하고 아름다운 몸놀림으로 춤사위를 만들어 내는 그녀의 자태에 놀라 입을 멍하니 벌리게 만드는 화면이었다.

살아오면서 발레에 대해 그리 관심도 없어서, 그래서 발레 공연이나 그런 데를 물론 한 번도 가 본 적이 없었고, 그 때문에 자세히 춤사위를 볼 수 없었고 그런 만큼 관심 밖의 일이었지만 화면에 나타나는 나타샤의 춤사위는 그 자태에 빠져 들게 하기엔 충분했다.

숨을 헐떡이며 바닥에 주저앉은 나타샤는 그제야 누군가가 자신을 찍고 있다는 것을 알아차린 듯 활짝 카메라 쪽을 보고 웃었고 가까이 다가오라는 듯 손짓했다.

자작나무 아래로 내리는 눈

얼굴이 땀에 젖은 나타샤의 친근한 미소까지 가까이 다가가며 담고 있는 카메라맨은 미하일이었다.

"최고예요, 최고!"

"그러지 말아요. 괜한 칭찬인 거 알아요."

"정말인 걸요? 제 평생 가장 아름다운 날개를 본 것 같았어요. '아직도'라는 표현이 어울릴지는 모르겠지만 하여튼 최고였어요."

미하일은 정말이라는 듯 확신에 찬 목소리였다.

카메라는 계속해서 나타샤의 얼굴만을 담고 그녀의 주변을 빙글빙글 돌고 있었다.

"정식 공연 스케줄이 있는 것도 아니고 몸이 굳어질까 봐 일상처럼 하는 연습인데 그런 소리를 듣는다는 것이 어째 좀 그런데요?"

"이렇게 가까이서 본 적이 없어서요."

"근데 기분은 좋네요. 어디 한 번 봐요."

"네?"

화면은 거기서 끊겼고 미하일에게 촬영된 자신의 연습 장면을 보여 달라는 요구의 미소를 보내는 나타샤의 얼굴에서 나도 화면을 정지시켰다. 오후의 창을 통해 들어온 햇살은 황금빛으로 나타샤의 머리칼 위에 머물고 있었다. 다시 화면을 앞으로 돌려 춤을 추던 첫 부분부터 플레이를 했다. 아마도 끊긴 화면의 다음 시간은 연습장 바닥에 앉아 지금 내가 보고 있는 장면을 나타샤도 보는 것이었을 테다. 춤은 미하일의 말처럼 최고였다.

"그렇군요. 근데 정말 무대에 다시 설 생각은 없어요? 최고던데…."

화면은 연습장을 나와 거리를 걷고 있는 나타샤의 모습을 비추고 있었다. 가벼운 트레이닝복 차림에 백팩을 메고 있었다.

"무대 위에서 지금의 모습이 나와 줄까요? 그게… 그게 사실 좀 두려워요."

"오래 해 온 일이잖아요."

"공연은 앙상블인데. 어제의 기분이 좀 남달랐다고 해서 내일도 그 기분이 이어지지는 않잖아요."

"그건 그렇지만 나타샤는 기본이 훌륭하니까…"

"그런 적 없어요? 카메라는 어제와 같은 카메라인데, 어제와 같은 장소에서 똑같은 걸 찍으려 카메라를 들이대도 어제와는 뭔가 다른 것 같은…"

"왜 없겠어요."

"그런 걸 거예요. 혼자 하는 연습 모습이 무대 위에서 나와 주리라는 보장이 없거든요."

잠시 침묵이 흘렀고 그사이 미하일이 뭔가 단서를 알아차린 탐정처럼 확신으로 나타샤에게 물었다.

"어제 무슨 일 있었구나, 맞죠?"

나타샤가 카메라를 보고 싱그럽게 웃었다.

그런 나타샤에게 궁금하다는 듯 "무슨 일 있었던 거예요?" 미하일이 재차 물었다.

"보드카를 조금 마셨어요."

"보드카… 설마 보드카가 나타샤에게 활력을 넣어 준 거라고 나한테 그걸 믿으라는 말은 아니겠죠?"

나타샤가 비밀을 감추고 있는 사람처럼 느긋하게 다시 싱긋 웃었고

자작나무 아래로 내리는 눈

그런 나타샤에게 뭔가를 알아내고 싶은 듯 미하일이 물었다.

"근데… 혼자서 보드카를?"

"음… 혼자였어요. 근데 나중엔 혼자가 아니라… 뭐랄까 그냥 옆자리에서 혼자 보드카를 마시는 어떤 동양인과 같이?"

"오! 그러면 그 동양인을 찾아야겠군요."

"찾아요?"

"나타샤를 다시 무대 위에서 보려면 그 동양인을 찾아서 같이 보드카를 몇 잔 마시게 하고…"

미하일이 채 말을 끝내기도 전에 나타샤는 웃음을 터뜨렸다. 그 웃음은 단순한 웃음이 아니라 정말 즐거워 보이는 듯한 모습의 웃음이었다.

"미하일."

미하일은 대답 대신 카메라를 그녀 얼굴로 향하게 했다.

"왜… 그러니까 그게… 왜…"

미처 질문을 마무리 짓지 못하는 나타샤의 의중을 깨달은 듯 미하일이 대답부터 먼저 해 왔다.

"소재로 삼았는지가 궁금한 거죠?"

나타샤는 대답 대신 고개를 끄덕였다.

"내가 처음 발레 공연을 본 것이 아마 열여덟 살 무렵. 이고르가 초대를 해 줬죠. 자기가 첫 주인공을 맡았다고. 근데 이고르 녀석은 좀 특별했어요. 자신이 주인공을 맡은 공연보다 상대역에 더 관심이 많았거든요."

뭔가 생각난 듯 나타샤가 고개를 끄덕이곤 미하일의 말을 이었다.

"그 상대가 바로 나?"

"맞아요."

"나도 알고 있었어요. 이고르가 고백했었으니까…. 나하고 주인공을 하기 위해 죽어라 연습했다고."

둘 사이에 잠시 침묵이 흘렀고 침묵을 먼저 깬 것은 미하일이었다.

"이고르와 함께 하는 당신의 공연을 보고 제가 맨 처음 들었던 생각이 뭔지 알아요?"

뭐냐는 듯 나타샤가 미하일 쪽으로 물끄러미 바라봤고, 미하일은 말을 이었다.

"부럽다는 생각요."

"부러워요? 뭐가요?"

"이고르가요. 발레를 하는 빼빼 마른 녀석을 부러워한 것은 그때가 처음이었죠. 난 그날 처음으로 보드카에 취했어요."

"보드카?"

그제야 무슨 생각이 난 듯 깔깔거리며 나타샤가 박장대소를 터뜨렸다.

"그럼 그 사람이? 하하, 맞네, 맞아요. 그때 공연이 끝나고 이고르의 친구들과 어울렸던 것이 기억나요. 그때 친구 중에 한 명이 보드카에 만취해서 이고르에게 네가 부럽다고 했는데… 그래서 부러워 말라며 이고르가 그 친구 이마에 키스를 해 줬는데 그게 미하일 당신이었어요? 그렇구나. 그때 그 자리에 미하일도 있었구나. 하하."

"네, 그리고 나서 당신은 이고르와 키스를 했죠."

"그래요. 난 그때 이미 이고르와 사귀던 중이었으니까."

"난 이고르와 당신이 잘될 줄 알았어요."

자작나무 아래로 내리는 눈

나타샤는 보일락 말락 쓰게 웃었고 그 모습을 바라보는데 왠지 마음 어딘가가 찡했다.

"우린 둘 다 어렸어요. 열정만이 앞섰을 뿐이었죠."

앞서 걷고 있는 나타샤의 등에서 범접할 수 없을 것 같은 침묵이 흘렀다.

낮고 조심스러운 목소리로 침묵을 먼저 깬 것은 미하일이었다.

"당신이 무용을 포기한다는 것을 신문 기사를 통해서 봤어요."

"포기한다는 것이 아니라 은퇴를 준비한다고 했을 텐데요?"

"같은 의미 아닌가요? 당신 같은 발레리나에게는?"

나타샤가 고개를 돌려 미하일 쪽을 우두커니 바라봤다.

무슨 말을 할 것인가를 생각하는 사람의 표정이 아니라, 이미 무슨 말을 다 한 것 같아 보이는 표정, 그 표정이 너무 공허해서 그걸 바라보고 있는 내 눈이 다 감겨질 정도였다.

잠시 벤치에 앉는 나타샤는 무릎을 세워 감싸 안으며 생각에 잠기는 듯했다.

"잠시만요, 마실 것 좀 사올게요."

미하일이 들고 있던 카메라를 바닥에 놓았는지 카메라는 나타샤의 모습을 온전히 담아내고 있었다.

잠시 무슨 생각인가를 하던 나타샤는 애벌레처럼 동그랗게 몸을 말고는 무릎에 얼굴을 묻었다.

그 모습이 마치 사람이 아니라 석고상이나 오래된 중세의 동상 같아서 마음에 차오르던 물기에 결국 나 역시 화면을 정지시키고 자리에서 일어났다.

마치 아무런 일도 없었던 것처럼, 아까 만들어 온 커피가 마시지도 못한 채 싸늘히 식어가고 있었던 탓에 다른 마실 것이 필요하기라도 하다는 듯 나 역시.

아니, 솔직히 말하자면 그 때문이 아니었을 것이다.

나타샤가 지금 바로 내 앞에 앉아 있는 것도 아니고, 내가 비록 화면이지만 나타샤의 모습을 바라본다는 것이 조금은 현실과는 떨어질지라도 그런 나타샤의 모습을 바라보고 있다는 것이 스스로 견딜 수 없이 힘겨워서였다.

싱크대 구멍으로 차갑게 식은 커피물이 빨려 들어갔다.

그 모습을 멍하니 지켜보고 있자니 마음이 쓰렸다.

다시 커피 한 잔이 만들어지는 동안 나는 싱크대에 엉덩이를 붙이고 아무것도 하지 못한 채 멍하니 서 있었다.

나타샤의 웅크린 모습을 보고는 물처럼 가슴 깊숙이 차오르던 그 쓰라림에 대한 어떤 느낌은 커피 한 잔이 다 만들어지고도 한참이 지나도록 사그라들지 않았다.

나는 다시 멍하니 책상 위를 바라보았다.

책상 위 모니터에 나타난 웅크린 나타샤의 모습은 여전히 정지된 채 그대로였다.

멍하니 그 모습을 바라보다가 나는 결심한 듯 만들어진 커피를 꺼내지도 않고 화면 앞으로 다시 가서 앉았다.

"슬프거나 아픈 것들에게 오래 머물 필요는 없지."

김 교수가 말했었다.

몇 년 전, 김 교수의 어머님이 아흔이 넘은 나이로 세상을 달리했을 때, 장례를 마치고 돌아온 김 교수는 피곤할 법도 하련만은 당장 그의 어머니께서 쓰시던 유품들부터 집 안에서 몰아내기 시작했다.

버린 뒤 어쩌면 나중에 생각이 나면 아쉬울 법도 할 만한 물건들까지 깡그리 김 교수는 박스에 차곡차곡 정리하고 있었다.

"사랑했다면서, 그게 적어도 어머니라면서 그렇게 간단하게?"

나는 의아해서 김 교수에게 넌지시 물었었다.

그렇게 간단하게 어머님의 흔적을 지우려 하는 건 좀 그렇지 않느냐고 묻는 내 얼굴에서 김 교수는 내가 뭘 묻고자 하는지를 파악한 듯 씁쓰레하게 웃었다.

"세상에서 내가 제일 사랑하는 사람이야. 아직도 사랑하지. 하지만 어머니도 그걸 원하지 않을 거야. 자식이 돌아가신 어머니 때문에 질질 짜고 앉아 있는 거 말이야. 그럴 바엔 씩씩하게 밥 먹고 씩씩하게 웃고 씩씩하게 일하는 모습이 더 나을 거 같지 않아? 어머니도 그걸 바라지 않으실까?"

다시 씩 웃는 김 교수의 얼굴에는 씁쓰레함이 묻어났다.

슬프거나 아픈 것들에게서 오래 머물 필요는 없다…. 김 교수가 그때 내게 했던 말들의 의미가 이제야 확실해졌다.

크게 한숨을 내뱉고는 플레이 버튼을 다시 눌렀다.

아니나 다를까 다시 이어진 영상에는 커피 한 잔이 나타샤의 웅크린 그 앞에 놓여졌다.

"나타샤가 좋아하는 거예요."

미하일의 말에 그제야 고개를 들어 제 앞에 놓인 커피를 보고는 언제 그랬느냐는 듯 나타샤의 얼굴은 꽃처럼 활짝 폈다.

자작나무 아래로 내리는 눈

"커피!"

잔을 감아쥐는 나타샤의 표정은 정말이지 행복해 보였다.

조용히 향을 느끼다 한 모금 커피를 마신 나타샤가 맛있다는 표현으로 미하일에게 오싹 어깨를 움츠렸다 펴 보였다.

"생각해 봤는데…."

나타샤의 말에 카메라를 집어 들고 다시 나타샤를 비추는 미하일은 서두르는 듯 보였다.

"아닌 거 같아요…. 은퇴가 포기를 의미하는 건…."

"아, 역시 나타샤예요!"

좋아라 하는 미하일의 표정이 화면으로 보이지 않는데도 느껴질 정도로 미하일의 음성은 들떠 있었다. 다시 미하일의 음성이 이어졌다.

"이고르가 그러더군요. 발레에 대한 열정이 저만큼 강한 여자를 본적이 없다고. 나타샤의 그 집념은 도저히 따라갈 수 없다고도 했어요. 당신을 사랑했기 때문에 당신과 함께 무대에 서기 위해 자신이 최고로 노력을 할 수 있었다고…."

"꼭 그렇지만은 않을 거예요. 이고르는 타고난 발레리노예요. 신체적으로나 정신적으로나 축복받은 발레리노. 거기다 무대 위에선 누구와도 사랑을 나눌 줄 아는 감성도 지녔어요. 그런 감성을 지닌 사람은 늘 현재 진행형으로 무대에 설 수 있거든요."

"그럼 나타샤는?"

"전, 음…."

마시려다 말고 스르르 잔을 내리는 나타샤의 얼굴에 잠시 복잡한 생각이 스쳐 지나갔다.

나타샤의 대답을 기다리며 그걸 지켜보는 미하일의 마음도 그랬을까? 지금 화면으로 바라보는 내 마음처럼 미하일도 초조했을까?

그녀에게서 좋은 대답이 나와 주길 간절히 기도하는 그 짧은 순간, 나타샤는 생각 끝에 결국 설레 고개를 저었다.

나타샤의 고개 저음을 보고 내쉬는 미하일의 한숨 소리가 다 들릴 정도였다. 그 한숨으로도 미하일이 얼마나 실망을 하고 있는지 알 것 같았다. 비단 미하일뿐만이 아니라 나 역시 그러했으니.

"그게 잘 안 될 거라는 걸 알아차렸거든요."

"언제부터 그런 생각을…?"

커피 잔을 꼭 움켜쥐고는 나타샤는 다시 걷기 시작했다.

"몸이 내 의지대로 될 때는 그것이 발레의 전부인 줄 알았어요. 근데 몸만으로는 한계가 있다는 것을 알게 되기까지 걸린 시간이 지금이랄까?"

횡단보도 앞에 멈춰 서서 작은 한숨을 몰아쉬고 나타샤는 커피가 고맙다는 듯 미하일 쪽을 한번 돌아보고는 길을 건너갔다.

"다음 스케줄은?"

미하일이 멈춰 선 채로 길 건너 멀어지는 나타샤에게 물었다.

"자작나무를 보러 갈 거예요."

"갑자기 자작나무는 왜요?"

"그러게요, 혹시 알아요?"

"혹시라는 게 뭐죠?

길 건너편에서 나타샤를 따라서 걷던 미하일이 물었으나 나타샤로부터의 대답은 없었다.

"혹시 어제 만났다던 그 남자랑 무슨 상관이라도 있는 거예요?"

미하일이 다시 물었으나 나타샤는 여전히 대답을 하지 않고 다가온 트롤리버스에 올랐다. 그녀를 태운 트롤리버스가 움직이려 하자 미하일은 달렸다.

나는 그녀와 내가 만난 어제를 되짚어 보았다.

내가 그녀에게 자작나무에 대한 얘기를 했었던가? 모르긴 몰라도 그런 얘기까지 나눈 기억이 나지는 않았다. 그런데도 왜 갑자기 나타샤는 자작나무를 보러 가야겠다고 마음먹었을까?

가까스로 나타샤의 옆자리에 앉은 미하일의 인터뷰가 다시 시작되었다.

"자작나무는 처음을 생각나게 해주거든요."

미하일이 물었던 물음에 대한 대답을 한참만에야 나타샤는 미하일에게 해 주고 있었다.

"처음? 그게 뭐예요?

대답을 기다리던 사이 나타샤에게로 전화가 걸려왔고 나타샤는 액정화면을 보고는 잠시 망설이다 전화를 받았다.

전화를 받은 나타샤는 저쪽 상대방의 목소리만 듣고 있는지 한참을 말이 없었다.

"내가 관심 없다고 했잖아!"

나타샤가 처음으로 휴대전화 너머의 사람에게 하는 말은 그리 폭력적이진 않았지만 폭력적이었고, 화난 것도 아니었지만 화가 나 있었고, 비웃는 것도 아니었지만 비웃고 있다고 나는 생각했다.

그런 나타샤의 표정이나 말투에서 미하일 역시 나와 같은 낌새를 느껐던 걸까?

"이고르?"

미하일이 낮게 나타샤에게 물었고, 나타샤는 고개를 끄덕여 주었다.

또 한참을 이고르의 휴대전화 너머의 목소리를 듣고 있던 나타샤가 다시 말을 이었다.

"뻐기는 게 아니라 그건 내가 할 수 없기 때문이야. 마가리타가 있잖아, 그녀라면 충분히 이번 공연에서 오데트를 맡아 잘 해낼 거라고. 나보다 너하고는 그게 어울린다는 거야."

아까보다 조금 더 옥타브가 올라간 나타샤의 표정엔 화가 잔뜩 묻어나 보였다.

"그 얘긴 벌써 끝났다고 생각하니까 끊을게."

아니나 다를까 나타샤는 휴대전화 너머 이고르의 입장 따위는 생각지 않고 먼저 전화를 끊었다.

나타샤는 잠시 짜증이 묻어난 얼굴로 한숨을 푹 내쉬었다.

"화났어요?"

아무런 말도 않고 앞만 보는 나타샤에게 미하일이 물었다.

"일상이죠. 이쪽 세계에서는 늘 있는 일."

나타샤의 목소리는 낮고 짧았다.

"캐스팅 문제 때문이죠?"

나타샤는 살짝 고개를 끄덕였다.

"왜 거절했어요?"

"이고르는 좋은 안무가이면서 탁월한 발레리노이고. 누구나 발레리나라면 이고르와 함께 공연을 하고 싶어 하지 않나요?"

"근데 왜?"

"감정의 문제가 아니라고 한 적이 있죠. 나보다 뛰어나고 호흡이 잘 맞는 발레리나가 지금 그의 곁에 있잖아요."

"그래서 거절했어요?"

나타샤는 그저 앞만 보며 고개를 살짝 끄덕였다.

"이고르의 생각은 다르지 않았을까요?"

미하일 쪽으로 슬쩍 바라보는 나타샤의 얼굴에선 이젠 그만 얘기하고 싶다는 간절함 같은 것이 묻어났다.

나타샤의 그런 표정을 미하일 역시 읽었을 것이다.

"얘기 그만할까요, 그럼?"

다시 앞만 보며 물끄러미 앉아 있는 나타샤의 옆모습을 미하일은 놓치지 않고 고스란히 카메라에 담고 있었다. 신호가 바뀌기까진 차 안에 마치 아무도 없는 것처럼 대화는 끊어지고 적막이 덮었다.

다시 차를 출발시킬 즈음에야 나타샤가 끝없이 자신 쪽으로 향하고 있는 카메라를 슬쩍 의식하곤 입을 열었다.

"이상하네요, 조용히 관찰당하고 있는 기분이란 게."

"침묵도 중요한 영상 언어죠. 때론 침묵이 사람 간에 더 공감을 만들어 줄 때도 있거든요."

"지금 내 얼굴을 찍지 않으면 조금 더 얘기를 할 수 있을 것 같은데…."

나타샤의 말이 떨어지기가 무섭게 미하일은 카메라의 방향을 바꿔 차창 밖으로 향했다.

다시 둘 사이에 잠시 침묵이 흘렀다.

모스크바 시내의 풍경들만 화면 가득이었고 한참이 지나서야 그 위로 더빙되듯 나타샤의 목소리가 들려왔다.

"점프를 할 자신이 없었어요. 그럴수록 더 열심히 연습을 했죠. 하지만 연습을 할수록 자꾸만 몸이 무거워지더군요."

카메라를 끄려는 듯 미하일의 손이 잠시 화면에 스쳐 지나갔고 이내 카메라는 꺼졌다.

밝았다.

다시 이어진 화면은 온통 밝음, 밝음이다가 아주 잠시는 너무 밝아서 반짝, 반짝이기도 했다.

그 반짝임 속에 자작나무들이 서 있었다.

웅장하다는 표현으로도 모자라고, 아름답다는 표현으로까지도 모자란 자작나무 숲의 위용은 언제나 봐도 무서우리만치 아름다웠다.

이윽고 자작나무 숲길을 걸어 들어가는 나타샤의 뒷모습이 나타났다. 그런 나타샤의 뒤를 간격을 좁혀 가며 미하일이 따르고 있었다.

"마가리타는 새털 같았어요. 그 기분은 느껴 본 사람만 알 수 있죠. 이고르를 바라보는 눈빛도 강렬했죠. 그녀는 어리고 순수했어요. 무대에서는 그래야 해요."

"이고르도 그렇게 느꼈을까요?"

미하일이 되물었다.

"누구보다도."

나타샤의 대답은 확고했다.

"하지만 이고르는 당신이 무대에 서 주길 원하는 거 아닌가요?"

"하지만 내가 서지 않을 거라는 것까지 알았을 거예요."

그녀가 뒤따라오는 미하일을 향해 잠시 돌아보며 싱긋 웃었다.

"정말 그랬을까요?"

다시 앞을 향해 숲길을 걸어가는 나타샤가 말을 이었다.

"이고르는 무대를 사랑하는 사람이죠. 집중력이 뛰어나요."

"욕심이 많다는 거군요."

나타샤는 다시 미하일 쪽으로 슬쩍 되돌아보며 고개를 끄덕였다.

"아주 많아요. 많아도 너무 많죠."

"내가 잘못 봤던 건가요? 전 이고르한테서 진심이 느껴졌었거든요."

"난 무대에 설 수 없다고 거절을 분명히 했고, 이고르도 마가리타와 감정이 더 잘 맞는다는 것을 이미 알고 있을 거예요."

나타샤는 멈춰 서서 자작나무를 올려다봤다.

그런 그녀의 옆으로 돌아가 미하일은 나타샤의 얼굴 가까이로 카메라를 들이댔다.

살짝 눈을 감고 자작나무가 주는 선물들을 느끼는 나타샤의 속눈썹이 파르르 떨리고 있었다.

흡사 다닥다닥 붙어선 자작나무들이 바람에 흔들리듯.

그렇게 나타샤가 갑자기 자작나무를 보러 가야겠다고 하며 어딘지 내가 모르는 장소를 찾아가 자작나무를 바라보던 그날, 나에게도 급작스럽게 계획이 변경되는 일이 벌어졌다.

보드카의 여파는 컸다.

잘 마시지도 않지만 스카이라운지에서 백야에 바라보게 되는 석양과 차이코프스키와 피아노 연주 그리고 러시아라는 이국적인 느낌들이 주는 약간의 자유 그리고… 그리고 내 곁에 있던 그녀… 이름도 모르는 그녀 때문에 한 잔, 두 잔 기울이던 보드카였다.

취한 것 같지 않았는데도 돌이켜보면 취했던 것이 분명했다.

어찌어찌해서 호텔까지 온 것은 기억나지만 그 이후론 잠에서 깰 때까지 모든 것이 까마득했다.

스마트폰 소리에 잠에서 깼다.

알람을 맞춰 놓은 기억도 없었으니 나아가 조마조마하며 잠을 잘 일도 없었다.

그랬으니 스마트폰 소리마저도 무의식 속에서조차 염두에 둔 적 없었다고 함이 옳았다. 그런 만큼 울릴 리 없는 전화 벨 소리가 울린다 하더라도 벨 소리를 온전히 들었을 리 만무했다.

꿈결인 듯 벨 소리를 듣긴 했다.

꿈결인 듯 그래도 생각으로는 '시간이 얼마나 되었기에 알람이 울리나?' 하다가 그제야 아차 싶어 벌떡 일어나야 했다.

서둘러 전화를 받고 보니 김 교수였고 서둘러 시간을 보니 늦어 있었다.

"바빠요, 좀 있다 전화 드릴게요."

나는 서둘러 전화부터 끊고 욕실로 향했고, 고양이 세수라도 할 수 있었던 것에 그저 감사했다.

세미나 때문에 먼 러시아까지 왔으면서 세미나에 참석을 하지 못하게 된다면 낭패였다.

시간은 이미 늦어 있었고, 나는 최대한 모든 외출 준비를 간단히 하고는 서둘러 호텔을 빠져 나왔다.

다행이 손님을 기다리는 택시가 있어서 무작정 올라탔다.

"모스크바 대학 부탁합니다. 좀 서둘러 주세요."

운전사에게 그 말만 해 놓고는 그냥 들고 나온 넥타이를 매느라 정신이 없었다.

"급하신가 봐요? 어느 쪽 길로 갈까요?"

"제가 모스크바가 처음이라…."

"아, 그러시군요. 지금 이 시간에 가까운 길은 막힐 게 뻔하고요, 돌아가는 길은 요금이 조금 더 나올 것 같지만 시간은 빠를 겁니다만…."

어쩔 거냐는 듯 택시 운전사는 룸 미러를 통해 나를 바라봤다.

"도착 시간이 빠른 쪽이면 됩니다."

나는 어디로 가든 상관이 없다고 생각했다. 세미나에 늦지 않으면 그깟 택시비 정도야 싶었다.

운전사는 내 부탁대로 서둘러 차를 몰았다. 도로는 막히지 않았으며 외곽도로인 듯 한산하기까지 했다. 얼마를 달렸을까?

"모스크바 대학에서 행사라면 호텔을 잘못 잡으셨네요."

무슨 소린가 의아해하고 있는데 택시 운전사가 말한다.

"세미나가 있으면 보통은 학교 근처에 호텔을 잡는 게 유리하죠."

"그렇군요. 다른 사람이 대신 예약을 해 놓은 곳이라서…."

"아무리 그래도 모스크바 대학이랑은 끝과 끝인데 거 참…."

운전수는 이상하다는 듯 혀까지 끌끌 찼다.

"워낙에 엉뚱한 사람이라서요."

"하하, 그런 거 같아요. 선생님 골탕 먹이려고 그랬나 본데요? 근데 모스크바는 처음이세요?"

"예."

"러시아 말을 잘하시네요?"

"대학 때 배웠어요. 좋아했던 여자가 있었는데 러시아 문학을 전공했거든요."

"그렇다면 천천히 주변을 둘러보세요. 서두를 필요 있나요? 혹시 압니까? 좋아했던 여자를 향한 감정들이 더 선명해질지…. 여긴 러시아니까요."

어제의 운전사와 비슷한 말로 나를 대하는 운전사와 룸 미러를 통해 눈이 마주쳤다.

운전사는 정말이지 하나도 바쁠 것 없다는 듯 여유롭게 미소까지 지어 보이고 있었다.

모든 것에 대한 이유로 러시아를 내세우며 이래도 좋고 저래도 좋고 하는 식이 러시아 방식이었던가, 생각해보니 그런 말은 어디서도 들은 적이 없는 것 같았다. 하지만 그런 방식이 어쩌면 세상 살아가는 데에는 도움이 될지도 모른다는 생각을 잠시 했다.

차창 밖으로 모스크바의 풍경들이 지나고 있었다.

운전사의 말대로 늦든 말든 느긋한 마음이 되기로 작정하자 금세

자작나무 아래로 내리는 눈

마음이 평온해졌다.

그러자 비로소 러시아의 풍경들이 제대로 눈에 들어오기 시작했다.

모스크바의 풍경은 음악 같았다. 풍경 속으로 음악이 스며드는 듯했다. 이국적인 가로등과 드문드문해 보이는 나무들과 러시아풍의 건물들 새새에 음악들이 출렁거리는 것만 같았다.

그런 내 맘을 알아차렸는지 운전사는 가는 길 내내 나타나는 건물이며 장소 따위에 대해 말해주며 가이드처럼 친절하게 설명까지 곁들였다.

"러시아는 푸시킨을 가장 사랑하죠. 오른쪽에 보이는 것이 푸시킨 미술관이랍니다. 나중에 한번 들러 보세요. 푸시킨의 자료는 없지만 러시아 사람들이 꽤나 좋아하는 장소거든요."

운전사의 친절에 나는 감사하다는 말 대신 휴대전화로 사진을 찍으며 관심을 표시했다.

"푸시킨은 자신의 명예를 지키기 위해 죽었다고 하지만 사실은 사랑 때문에 죽었죠. 자신보다 아내의 명예를 지키기 위해 결투에 나섰다가 치명상을 입고 죽었거든요."

"멋진 남자였군요."

"어떻게 하든 당신을 슬프게 하고 싶지 않다오. 침묵으로, 희망도 없이 난 당신을 사랑했소. 멋지지 않아요?"

운전사는 푸시킨의 시 가운데 한 구절을 읊어주면서까지 푸시킨을 찬양하느라 정신이 없었지만 나는 그런 운전사가 고마웠다.

요즘 같은 세상에… 시 한 줄 가슴에 품고 사는 사람이 드물어진 요즘 같은 세상에, 그나마 가슴속에 시 한 줄 품고 살아가는 그가 정말이지 고마웠다.

아까부터 느긋한 마음이 되었던 나는 정말이지 더 이상 바쁠 것도 없었다. 세미나 장소에 도착할 때까지 안달을 하며 시계를 보지도 않았으며, 혹여 늦으면 어쩌나 걱정 따위도 하지 않았다.

모스크바의 기운이, 푸시킨을 사랑하는 택시 운전사가 뱉어 낸 한 줄의 시가 나를 더 없이 순한 마음으로 만들고 있었으므로 목적지에 도착해서도 나는 서두르지 않았다.

"거스름돈은 됐습니다."

거스름돈보다 더한 것을 받았으니 나는 충분히 그 정도는 사례하고 싶었다. 그래서일까? 직접 택시에서 내린 운전사는 끝까지 내게 친절을 베풀었다.

"너무 늦지 않았나요?"

"여긴 러시아잖아요."

나는 미소를 지으며 그에게 대답했고, 그는 함박웃음으로 답례해 주었다.

"웰컴 투 러시아! 러시아에서는 꼭 여행을 하세요."

꾸벅 인사까지 하고 택시에 오르려던 그는 다시 내 쪽으로 돌아섰다.

"저기 보이시죠? 대학병원 우측으로 돌아가면 자작나무 숲길이 나옵니다. 꼭 한번 가 보세요. 세미나보다 좋을 겁니다."

나는 웃음과 함께 꼭 그러겠다는 듯 답례로 인사를 하곤 돌아섰다. 그런 내 등 뒤에서 그가 다시 소리를 질렀다.

"거긴 내가 첫사랑을 만난 곳이거든요."

나는 그의 사소한 말에 그가 단박에 좋아져선 이대로 보내기엔 좀 아쉽다는 생각이 들어 다시 그에게로 돌아섰다.

"혹시, 명함 있으신가요?"

"아, 예."

그는 서둘러 차 안에서 명함을 꺼내 와선 내게로 디밀었다.

"톨스토이, 제 이름입니다."

"톨스토이라…."

"그냥 이름만 같아요."

나는 고마웠다는 듯 손을 들어 보이곤 그제야 학교로 향했다.

세미나가 열리는 건물을 지나치는 학생들에게 물어 찾아냈지만 막상 세미나실 문을 열고 들어서려다가 나는 멈칫했다.

일탈….

갑자기 일탈이라는 단어가 떠올랐다.

살아오는 동안, 나는 그 누구와의 약속도 어기려 하지 않았으며, 학창시절에는 선생님의 말은 곧이곧대로 들었으며, 가지 말라는 금지된 장소엔 절대 가지 않았고, 지각이나 조퇴 따위도 한 적이 없었다.

그런 내가 다시 문을 닫고 돌아선 것은 이미 세미나가 진행되고 있었고, 늦어버린 마음에 대한 자책감 같은 것 때문이 아니었다.

살아오면서 내 의도로 단 한 번도 해보지 않았던 일탈을 해보고 싶다는 강한 충동을 느꼈기 때문이었다.

김 교수가 세미나에 가라 해서 러시아까지 왔고, 그랬으니 당연히 세미나에 참석해야 하는 것이 어제까지의 내 삶의 방식이었다.

그런 삶을 살아왔던 것이 한순간에 구차하게 여겨졌다. 그것이 나로 하여금 조용히 다시 세미나실의 문을 닫고 돌아서게 만들었을 것이다.

세미나실 맞은편 복도는 기다란 창문이었다.

창문 쪽으로 가서 '내가 왜 이러나?' 잠시 의아해하며 밖을 보는데 아나나 다를까 톨스토이가 말해 주었던 자작나무 숲이 저 멀리에서 보였다.

유월의 러시아… 그것도 모스크바에서 바라보게 되는 자작나무는 원대리의 자작나무와는 또 다른 느낌이었다.

나는 세미나를 포기하고 "여긴 러시아니까…" 하고 혼자 중얼거리며 기분 좋게 건물을 빠져 나갔다.

그렇게 찾아간 대학병원 옆 자작나무 숲길은 내가 여태 봐 왔던 자작나무 숲과는 다른 아주 새로운 느낌이었다.

굳이 원대리의 자작나무 숲과 비교하자면 별반 다를 게 없는 모습이었지만 나는 끝없이 자작나무가 새롭다는 생각을 했다.

마치 자작나무를 처음 보는 사람처럼… 하얀 목피의 아름다움 같은 것들을 처음 보는 사람처럼 신기해하며 숲길을 걸었다.

걷다가 지치면 나무에 기대어 숲 사이 하늘도 바라봤다. 가볍게 흔들리는 나뭇잎들 사이로 모스크바의 푸른 하늘이 언뜻언뜻 사라졌다 나타나기를 반복했다.

눈을 감고 최대한 나무의 속삭임이라도 들으려는 듯 눈도 감아봤고 주위의 소음들을 버리고 나무의 속삭임에 집중했다.

넣어 둔 줄 모르고 잊고 있었던 주머니 속, 나타샤가 준 메모가 만져졌다.

그제야 생각이 난 듯 나는 서둘러 나타샤가 준 메모지를 꺼내 펼쳤다.

자작나무 아래로 내리는 눈

'먼저 일어납니다. 웨이터에게 한 시간 후에 깨우라고 부탁해 놨어
요. 러시아에서 좋은 여행 만드세요…. 알 수 없는 인연으로부터.'

또박또박 적어 내려간 글씨체가 예쁘다는 생각이 들기도 전에 '알
수 없는 인연'이란 마지막 글귀에서 마음이 무너져 내렸다.
　한국에서라면 흔히 쓰일 만한 그 단어들이 가볍게 스쳐지나가지 않고
가슴에 맺히듯 들어와 박힌 것은 김 교수도 그 말을 했기 때문이었다.
　알 수 없는 인연….
　김 교수가 말한 알 수 없는 인연이 마치 나타샤를 지칭하듯 여겨져
서 놀랍기도 했지만, 미래에 벌어질 일들에 대해 족집게처럼 맞춰내는
예언가처럼 탁월한 능력 따윈 가지고 있지 않은 김 교수가 어떻게 이
번에는 이렇게 잘도 맞출 수 있었는지도 의아했다.
　처음부터 김 교수는 이러한 일들이 내게 벌어질 것이라 여겼던 걸까?
　그렇지 않으면 몰래 카메라처럼 모든 것이 김 교수의 각본대로 움직
여지고 있는 것일까? 도무지 모를 일이었지만 나타샤라는 존재는 현
실의 내게 생긴 확실한 일이었고, 김 교수가 나와 나타샤 사이를 몰래
카메라처럼 각본을 짜거나 할 그 정도의 사람도 아니어서 나는 더욱
놀라웠다.
　물론 한국에서라면 알 수 없는 인연이라는 말 따위는 쓰일 법도 했
다. 하지만 여긴 러시아였고, 수많은 사람들 중에 러시아에 와서 내가
만난 몇 안 되는 사람들 중에 한 사람, 그 사람이 공교롭게도 한국인
이었다는 것도 놀라운 일이었지만, 그녀가 한국에 있는 김 교수와 같
은 단어를 쓰다니….

우연이라기엔 너무 이상한 우연이다 싶었다.

다시 메모를 접어 주머니에 넣었다.

메모지 하나로 나타샤와 내가 연결되어 있다는 기분은 나쁘지 않았다. 다시 자작나무에 기대 눈을 살며시 감았다.

다시 만나고 싶다….

마음 한구석에서 자그마한 간절함 하나가 싹터 오는 것을 느꼈다. 하지만 그건 내 작은 바람일 뿐 그리될 일이 없다는 것쯤은 나 자신도 너무 잘 알고 있었다.

"세미나에 참석을 하지 않았군요."

소리에 눈을 떠보니 어느샌가 이만큼 톨스토이가 다가와 있었다.

"어? 지금쯤 운전을 하고 계셔야 하는 거 아닌가요?"

"저도 오랜만에 왔거든요. 이 대학을 다녔죠. 온 김에 저도 자작나무 숲길을 한 번 걷고 싶었거든요."

"근데 어떻게 알았어요? 제가 세미나에 참석 안 할 거라는 거?"

"숲을 보고 나면 다른 건 다 뒷전으로 밀리거든요. 세미나보다 여기 숲이 먼저 선생님을 부르지 않았던가요?"

나는 피식 웃었다.

톨스토이의 말은 틀렸다. 나는 세미나에 참석하려고 세미나 장의 문을 열었던 그때, 갑작스레 발동한 일탈하고픈 마음 때문에 다시 문을 닫았고, 그렇게 돌아서던 참에 보게 된 자작나무 숲이었다.

나는 자작나무 숲을 일탈을 결정한 후에 보게 되었으니 톨스토이의 말은 틀린 셈이었다.

하지만 분명한 건 그때, 내가 자작나무 숲길을 걸으면서 행복해하고 뭔지 모를 가득한 포만감까지 느낀 것의 이면에 어떤 또 다른 감정들이 싹트고 있다는 것이었다.

나를 미소 짓게 하고, 나를 자작나무와 속삭이게 하고, 나와 자작나무가 마치 한 몸인 듯 만들어 버린 이면엔 대체 무엇이 숨어 있었던 걸까?

잠시 곰곰이 생각했다.

나는 느닷없이 자작나무 숲을 찾아 떠나 온 나타샤의 모습을 화면으로 보며 어쩌면… 어쩌면… 했다.

&7.

어쩌면 그랬을지도 몰랐다.

그때부터… 내가 모스크바 대학병원 옆 자작나무 숲길을 걸으면서 느꼈던 새로운 감정들의 이면엔 나타샤의 존재가 온통이었을지도….

나타샤를 만나고 난 다음부터의 내 모든 일상들이 조금씩 흔들리고 있다는 것을 그때는 몰랐고 나는 영문도 몰랐었다.

저때부터였을 것이다.

저때부터 나로 하여금 자주 길을 가다 멍하니 멈춰 서게 하고, 밥을 먹다가도 멍하니 수저질을 멈춘 채 한참을 오래 앉아 있게 하거나, 평소 하찮게 여겨지던 유행가 가사에도 뭔가 새초롬해지게 했으니.

내가 그제야 그랬었구나… 그땐 왜 몰랐었나… 바보 같은 심정이 되어 답답해하는데 화면은 어느샌가 자작나무 숲에서 돌아 왔는지 도심에서의 나타샤의 모습이 흘러나오고 있었다.

기분이 좋은지 콧노래까지 흥얼거리며 나타샤가 찾아간 곳은 화장품 가게였다.

뭘 고를까 이것저것 만지작거리지 않고 나타샤는 평소에 쓰던 것들을 찾아낸 듯 화장품을 고르는 손길도 경쾌하고 빨랐다.

살 것들을 골라 계산대 앞으로 가서 내려놓았다.

"나타샤 맞죠?"

계산을 하려 나타샤가 골라 온 것들을 집어 들다가 말고 점원 여자가 대뜸 나타샤에게 물었다.

약간은 어리둥절한지 미처 채 대답도 못하는 나타샤 대신 점원이 말을 이었다.

"당신의 공연을 봤어요."

"아! 고마워요, 알아봐 줘서."

"아뇨. 유명하신 분이 저희 가게에 와 주시니 제가 오히려 고맙죠. 이렇게 만나게 되다니 영광입니다. 아, 잠시만요."

서둘러 계산대에서 빠져나와 화장품이 진열된 곳으로 향하던 점원이 돌아왔을 때, 그녀의 손에는 매니큐어 하나가 들려 있었다.

"이건 제가 드리는 선물이에요."

점원이 내미는 것은 매니큐어인 듯 보였다.

"검은색 매니큐어라… 언제 바를까요?"

"백조의 호수 공연 때 발라 주세요."

"토슈즈에 감춰져 보이지 않을 텐데요?"

"그러니까 더 의미가 있죠. 백조의 발톱은 검다…. 나만 알고 있는 사실이잖아요."

"그렇네요. 아무도 모르는…."

"약속한 거예요."

재촉하듯 말하는 점원에게 선뜻 대답하지 못하는 나타샤의 심경을 알 수 있어서 잠시 마음이 쓰렸다.

"다시 백조가 된다면요…"

대답하는 나타샤의 심정을 아는지 모르는지 점원은 연신 고맙다는 인사를 해 왔다.

집으로 돌아온 나타샤가 제일 먼저 한 일은 점원에게서 얻어 온 매니큐어를 바르는 것이었다.

카메라를 햇살이 쏟아져 들어오는 창문 쪽으로 고정시켜두고 천천히 창문틀로 다가가 창문턱에 걸터앉은 나타샤는 한 발은 그대로 바닥에 두고 한 발만 매니큐어를 바르기 위해 들어올렸다.

밝은 햇살 속에 드러난 나타샤의 발은 험해 보였다.

사람의 온전한 발이라고 하기엔 터무니없이 뒤틀어지고 아파보이기까지 했다.

하지만 하나하나 정성들여 매니큐어를 발라 나가는 나타샤의 모습이 얼마나 매니큐어를 바르는 데 공을 들이는지, 그 움직임이 마치 정지 화면같이 여겨질 정도였다.

양쪽 발의 발톱에 매니큐어를 다 바르고 난 후, 나타샤는 양발을 모두 올려 창문틀 위에 올리며 쪼그리듯 앉아 창밖을 바라보고 있었다.

모르긴 해도 발톱 위에 바른 매니큐어는 햇살에 나타샤가 원하는 대로 이쁘게 말라 줄 것도 같았다.

무심히 매니큐어가 잘 마르라고 창문 틈에 올라 앉아 있던 나타샤가 창밖에서 뭔가를 발견한 듯 서둘러 창문틀에서 내려왔다.

그 바람에 덜 마른 매니큐어가 살짝 망가졌는지 멈칫하며 들여다보고는 도둑고양이처럼 발을 살금살금 디뎌가며 문 쪽으로 향하는 모습

자작나무 아래로 내리는 눈

이 우습기까지 해 보였다.

문 열리는 소리와 함께 미하일의 목소리가 들려왔다.

"갑자기 여행이라니요?"

"그러니까요, 갑자기. 사실은 그렇게 갑자기 여행이란 걸 떠나보고 싶었거든요."

소파로 가서 앉는 미하일에게 카메라를 돌리곤 나타샤가 말을 이었다.

"커피?"

"좋죠. 근데 정말 안 해 봤어요? 갑자기 어디론가 떠난다는 거?"

"그러게요. 왜 여태 그걸 못해 봤나 몰라요. 해 봐야지, 해 봐야지 하면서 결국 해 보질 못 했네요."

싱크대 쪽에서 달그락거리는 소리와 함께 나타샤의 음성이 조금은 멀리 들려왔다.

"해 봐야지 하고 벼르다 하는 건 갑자기가 아니죠."

"아, 그러네요."

나타샤가 만들어 온 커피를 미하일 앞으로 내려놓았다.

"왜 갑자기 그런 생각을 했어요?"

"그냥… 특별한 이유는 없어요. 굳이 이유를 대자면 무대 생활을 정리하는 의미, 그 정도?"

미하일은 심각해 보이는데 나타샤는 반대로 싱긋 웃었다.

"어디로 갈 건가요?"

"역으로?"

"아직 결정한 건 아니네요. 역으로 갈 거면 어느 역?"

"그러게요…. 어느 역으로 갈까요?"

"어느 역으로 가든 제가 운전해 줄게요. 근데 어쩐지 불안한데요?"

"뭐가요?"

"혹… 안 돌아오는 건 아니죠?"

나타샤가 미하일의 말에 피식 웃었다.

"제 집이 여긴데 안 돌아오면 어떻게 하라고요."

그제야 미하일도 안심이라는 듯 싱긋 웃었다.

화면은 다시 레닌그라드 역으로 바뀌었고 역사를 향해 뚜벅뚜벅 걸어가는 나타샤의 뒷모습이 보였다.

나타샤 역시 씩씩하게 역 안으로 들어갔고 잠시 행선지 안내판을 바라보다가 결심이라도 한 듯 자동 발매기 앞으로 가서 섰다. 거기서도 잠시 망설이던 나타샤는 결심이라도 한 듯 버튼들을 눌러 나갔다.

짠!

나타샤는 발권기에서 티켓을 끊어 미하일 쪽으로 착 내보였다. 순식간에 카메라 앞에 가져다 대서인지 카메라 초점이 잠시 맞지 않아 티켓에 적힌 글씨를 제대로 읽을 수 없어 나타샤가 어디로 행선지를 정했는지는 알 수 없었다.

"상트페테르부르크?"

미하일의 말에 나타샤가 비로소 상트페테르부르크로 가는 티켓을 끊었음을 알아차렸다.

"그곳에서 처음 무용을 시작했다고 했죠?"

"어떻게 알았어요?"

"나타샤의 다큐멘터리를 기획하고 준비하면서 그 정도 조사는 기본으로 했죠."

자작나무 아래로 내리는 눈

나타샤는 피식 웃어 보였다.

"그곳에 친구가 있어요."

"아! 같이 무용을 했던 친구?"

"그것까지 조사하니 나오던가요?"

다시 한 번 나타샤가 살짝 눈을 흘기며 웃었다.

"아뇨, 그건 이고르가 말해 줘서 알았어요. 어쨌거나 잘 다녀와요. 내 카메라 잘 보살펴 줄 수 있죠?"

"숙제인가요?"

"네! 전 무서운 선생님인 거 잘 기억해 둬요."

"아, 난 무서운 건 질색인데."

"그렇지만 부담은 갖지 말고요. 편하게, 편하게 알죠?"

살짝 고개를 끄덕여주는 나타샤의 표정에서 약간 서운하다는 듯한 감정이 묻어나왔다.

"같이 갈래요?"

"음… 그렇게 하고 싶기는 하지만 오늘은 딸과 약속이 있는 날이라 곤란해요."

"아, 그랬군요. 결혼을 했다고 왜 생각을 못했을까? 여태 몰랐어요."

"했었죠. 진행형이 아니라 좀 아쉽지만. 그래서 오늘은 한 달에 두 번 딸과 시간을 보내는 날이라서 동행은 어렵겠네요."

"그래요, 좋은 시간 보내요, 미하일."

카메라를 들고 있던 미하일이 긍정의 표시로 카메라를 까딱이는지 화면이 잠시 아래위로 흔들렸다.

"아, 늦었어요. 서둘러요."

미하일이 급하게 나타샤의 손에 카메라를 쥐어 주었고 나타샤는 그 길로 곧장 개찰구를 향해 급한 듯 뛰었다.

그 급함이 화면에 고스란히 드러나고 있었다.

숨을 헐떡이며 나타샤가 기차에 올라탔고 기차는 일 분도 채 지나지 않아 서서히 움직이기 시작했다. 다행이라는 듯 나타샤의 긴 한숨이 오디오로 들려왔다.

그럼 저때가? 그제야 뭔가 잘 짜 맞춰지는 각본들이 내 머릿속으로 정리되며 들어왔다.

우연이라기엔 너무나 기막힌 우연이라 생각했다.

알 수 없는 인연….

나타샤가 막 티켓을 받아들고 나와 서두를 때 나는 이미 나타샤가 타야 할 기차에 먼저 타고 있었다.

⌁

상트페테르부르크….

완벽한 러시아어로 말하는 톨스토이의 말에 내가 잘못 알아듣고 눈을 크게 떠 보이자 상트페테르부르크라고 톨스토이는 마치 한글처럼 한 음절씩 끊어서 또박또박하게 내게 말해줬다.

"그곳에 가 본다면 지루한 세미나보다는 백번 좋다는 걸 알게 될 거예요."

톨스토이의 그 말에 혹한 건 아니었다. 러시아가 처음인 나는 모스크바에만 있어도 충분히 좋았고 이국적이라 여기고 있던 참이었다. 그랬으니 그런 이유로 상트페테르부르크 갈 이유 따윈 내게 애당초 없었

자작나무 아래로 내리는 눈

다. 처음부터 그런 계획조차도 없었던 것처럼.

"내일이 가장 긴 백야거든요. 밤이 낮처럼 환한."

그 때문이었다.

내가 흔히 알고 있는 백야에 대해서, 그것도 톨스토이가 말한 백야
는 일 년 중에서 가장 낮이 긴 시간이 내일이라고 하지 않았던가.

나는 톨스토이의 그 말에 더 이상 망설이거나 할 이유는 없었다. 러
시아에 왔으니 가장 낮이 긴 하루를 경험해 보고 싶었다.

백야… 하얀 밤… 밤의 시간은 일상의 규칙일 뿐… 그것만으로도
매력은 충분했는데 거기에 내일이 가장 밤이 짧은 낮 시간을 가지게
되는 날이라니 상트페테르부르크에서 백야의 시간을 보내게 된다는
행운을 놓치고 싶지 않았다.

하지만 현실은 녹록지 않았다.

"그러고 싶지만 전 내일, 아니 시간으로 따지면 모레 새벽에 다시 한
국행 비행기를 타야 해서 상트페테르부르크까지는 갈 수 없을 것 같
아요. 시간이 조금 아쉽네요."

"그렇다면 거기에서 한국행 비행기를 타시면 되죠."

"상트페테르부르크에서?"

내가 되물었을 때, 톨스토이는 이미 자신의 스마트폰으로 상트페테
르부르크에서 한국으로 향하는 비행 편을 검색하고 있었다.

"여기 있네요. 밤 10시 40분 아시아나. 다행히 백야의 시간이 끝날
때 날아오르겠네요."

호텔로 돌아와서도 나는 망설였다.

'내일, 상트페테르부르크까지 가볼까?' 하다가 힘겨운 여정이 될 것

같은 생각에 '아냐, 다음에…' 마음먹었다가도 그게 또 괜히 아쉬웠다.

'가볼까? 아냐, 가볼까? 아냐', 몇 번을 그 생각 속을 오가다 결국 결정을 내리지도 못하고 나는 다음 날 아침을 맞았다.

잠에서 깨자마자 후회할 것 같다는 생각이 들었다.

할까 말까 망설이는 일은 살면서도 많이 생기지만 해보지도 않고 나중에 후회하는 일은 만들고 싶지 않았다.

그렇게 상트페테르부르크로 가기로 결정하고부터는 마음이 급해졌다. 나는 톨스토이의 명함을 찾아내서 그로 하여금 내가 있는 호텔로 와 줄 것을 요청했고 톨스토이는 정말이지 제시간에 맞춰 나에게 달려와 주었다.

내가 톨스토이에게 상트페테르부르크엘 갈 예정이라고 하자 그는 엄지를 척 올리며 탁월한 선택이라는 듯 나를 부추겼고, 그는 서둘러 택시를 운전했다.

왜 마음을 굳혔냐고, 상트페테르부르크엘 가기로 다시 마음먹었느냐고 톨스토이가 운전하면서 내게 물었다.

"대학 다닐 때, 러시아에서 겨울을 맞이하고 싶다는 생각을 한 적이 있어요."

"사랑하는 사람과?"

"그러면 더할 나위 없었겠지만 그랬으면 좋겠다고 생각했죠."

"근데 그러질 못했군요. 왜죠?"

"그때는… 음…"

내가 잠시 머뭇거리는 동안 톨스토이가 먼저 내 말을 가로챘다.

"여자의 현실이 허락을 안 했나 보군요."

자작나무 아래로 내리는 눈

"비슷한 경우였죠."

운전을 하는 톨스토이와 잠시 눈이 마주쳤다.

톨스토이는 충분히 이해한다는 듯이 싱긋 웃어 보였다. 웃음이 고운 사람이었다.

웃음이 고운 사람은 남에게 해를 끼치는 법이 없다. 김 교수의 웃음이 그러하듯이.

나는 그제야 어제 늦어버린 세미나 때문에 허둥대다가 김 교수에게 다시 전화를 넣겠다고 하곤 깜빡하고 있었다는 것을 알아차렸다.

비단 어제 약속을 지키진 못했지만 지금이라도 전화를 해야 할 것 같아 서둘러 전화기를 꺼내 버튼을 누르려다 말고 나는 다시 휴대전화를 집어넣었다.

딱히 할 말도 없었다. 세미나에 불참하고 상트페테르부르크로 백야를 보러 간다고 하면 김 교수는 뭐라고 할까?

내 일탈에 대해 꿈에서도 생각지 못하고 있을 김 교수에게 그런 말들을 해서 마음을 어지럽히고 싶지 않았다.

그냥 때가 되면, 김 교수에게서 전화가 걸려오거나 하면 그때 분위기를 봐서 넌지시 얘기하고 말 것이라고 생각했다.

톨스토이가 도착한 곳은 레닌그라드역이었다.

"여긴 지금은 레닌그라드역이지만 예전엔 상트페테르부르크역이었어요."

"여기가 상트페테르부르크가 아닌데도요?"

"그렇죠, 여기서 상태부르크까지는 적어도 빠른 기차는 네 시간, 혹은 여덟 시간이나 열 시간 이상 걸리는 기차도 있을 만큼 멀죠. 그게 러시아랑 다른 나라들과 다른 점이죠. 러시아에선 도착하는 도시의 이름을 따서 출발역의 이름을 붙이거든요."

"아, 그건 우리나라랑은 다르네요. 그치만 편하긴 할 거 같아요. 상트페테르부르크역에 가면 상트페테르부르크로 갈 수 있다는 걸 쉽게 알 수 있으니까요."

"그렇죠. 상트페테르부르크엘 가려면 상트페테르부르크역으로 가면 되거든요."

나라가 커서 그런 것일까?

각 지역으로 떠나는 열차가 출발하는 곳이 다 다른 이런 역이 모스크바엔 아홉 개가 있다는 톨스토이의 말에 또 한 차례 러시아라는 나라의 크기에 대해 가늠해볼 수 있었다.

톨스토이는 친절하게도 역사 안까지 따라와 내가 티켓을 끊는 것을 도와줬다.

그런 그에게 내가 사례를 하고 싶다고 하자 한사코 손을 저으며 그는 사람 좋은 얼굴을 해 보이곤 역사를 빠져 나갔다.

열차 출발 시간까지는 한 시간 정도나 남아 있었지만 나는 다른 데 기웃거리지 않고 곧장 기차에 올랐다.

나타샤가 그 기차를 타기 위해 레닌그라드역으로 오고 있다는 사실조차 모른 채.

⌁

좁은 객실의 통로를 지나며 자리를 찾는 나타샤의 움직임이 내 컴퓨터 화면에 고스란히 묻어나고 있었다.

자작나무 아래로 내리는 눈

객실은 비교적 한산했고 사람들은 그리 많지 않았다.

이윽고 자리를 찾았는지 나타샤가 자리에 앉으면서 스쳐가듯 지나가는 찰나의 화면이 나를 깜짝 놀라게 만들었다.

나였다. 내가 화면에 찰나의 모습으로 지나가고 있었다. 나타샤도 놀란 듯 그제야 카메라를 내 쪽으로 해서 내 얼굴을 찍고 있었다.

화면 속의 나는 잠이라도 든 듯 눈을 감은 채였다.

아니, 나는 실제로 잠을 자고 있었다.

유월이면 어김없이 찾아드는 서울에서의 불면을 보상받으려는 듯 러시아에선 자리에만 앉으면 그렇게 깜빡 정신 줄을 놓곤 했다.

다시 만나서 반가울 법도 하련만, 그래서 내가 설령 잠을 자고 있었더라도 깨워서 인사라도 할 법했으련만 나타샤는 오히려 숨을 죽이고 내 얼굴을 찍고 있었다.

장난꾸러기 아이처럼 어떤 때는 내 얼굴을 줌인하거나, 얼굴의 특정 부분만을 찍는다든가, 그것도 심심하다 싶으면 전체 모습을 화면에 담기도 하고, 각도까지 바꿔가며 내 모습을 담고 있었다.

깨어 있었다면 나는 그렇게 누군가에게 찍히는 것을 부끄러워했을 터였지만 내가 모르는 사이 세상은 나도 모르게 행해지고 있는 다른 일들은 많으니까 그것 역시 그 일종의 하나라고 가볍게 치부해 버렸다.

물론, 내가 모르는 사람이 그랬다면 화라도 벌컥 났을 터였다. 하지만 나를 찍는 사람이 다름 아닌 나타샤이기 때문에, 그녀이기 때문에 나는 충분히 이해할 수 있다고 생각했다.

그때의 나는 무엇에 그렇게 지쳐 있었을까?

기차가 출발할 시간까지의 한 시간도 참지 못하고 그사이 잠이 들어 버린 것일까?

무엇이 내 마음을 황폐하게 만들었기에 그리 쉬이 잠에 빠져 들었던 것일까?

근데 뭔가 이상하다는 생각이 들었다. 내가 다시 잠에서 깨어났을 때, 앞자리에 당연히 있어야 했던 나타샤는 없었다.

지금 보이는 화면에서는 나타샤는 처음 기차가 출발할 때 내 앞자리에 앉아 있었다. 그제야 나는 나타샤가 내가 잠들었던 사이 내 앞자리에 앉았었구나… 알아차렸다.

나타샤가 앉았을 앞쪽 자리에 동양인 남자가 막 자리를 찾은 듯 와서 앉았다.

또 한국 사람인가?

잠시 그렇게 생각하는 동안 남자는 내 시선 따윈 아랑곳않고 신문을 펼쳐 들었다.

러시아에 한국 사람이 많나? 내 앞에 앉은 남자가 한국 사람일 거라고 지레 짐작하고는 그런 생각까지 하고 있던 참에 나는 어쩌면 맞은편의 남자가 북한 사람일지도 모른다는 생각을 했다. 분단된 나라의 또 다른 저쪽의 사람을 만난다면 이번 나의 러시아 여행은 우연에서 어떤 필연으로 이어진 것이 아닐까 하는 생각이 잠시 들었다.

러시아엔 북한 사람들도 노동자로 많이 들어와 있다는 것을 신문이나 매체를 통해 들은 적이 있어서.

신문을 뒤척이던 남자와 잠시 눈이 마주쳤다.

남자는 잠시 목례를 하듯 고개만 까딱해 보이곤 다시 신문 속으로 얼굴을 묻었다.

　　　　　　　　　　　　　　　자작나무 아래로 내리는 눈

그 참에 무료함을 이겨내려 창밖을 보았다.

어느새 기차는 도심을 빠져나와 한적한 평원을 달리고 있었다.

들판 사이로 부표처럼 다차가 떠 있었다.

다차는 한국으로 말하자면 도시인들이 주말에 교외로 나와 가족들과 시간을 보내는 전원주택이나 주말농장 정도로 볼 수 있을 것이다.

러시아가 사회주의이던 시절에 다차는 그 의미가 조금은 달랐다. 공동생산과 공동분배의 원칙을 고수하던 터라 생산성 저하의 문제가 발생했고 그것을 해결하느라 정부가 국민들에게 작은 텃밭을 나눠주며 그 텃밭에서 생산되는 것들은 개인 소유로 해 주는 방식으로 생산성의 배가를 노렸다.

하지만 지금은 달랐다.

지금 이곳도 도시에서 생활하는 사람들이 주말이나 혹은 자신들의 휴양을 위해 사용하고 있는 용도로 거의 바뀌었다.

한국에서라면 저런 별장 하나 가지면 더할 나위 없을 것 같다는 생각을 들게 만드는 러시아의 다차의 그 모습은 자작나무를 옆에 두고 있는 아버지의 산막과도 닮기까지 해 보였다. 자작나무의 나라답게 달리는 기차의 창밖으로 열지어서 한참을 쫓아오는 자작나무 숲, 그 풍경은 내게도 낯설지가 않아 편안함까지 주었다.

하나, 둘, 셋… 창으로 지나가는 부표들을 생각 없이 세고 있던 그 참이었을까?

"남조선 사람입니까?"

말을 걸어 올 것 같지 않던 앞의 남자가 내게 묻고 있었다. 그 말투나 특이한 억양에서 나는 남자가 북한 사람이라는 사실을 확실히 알아차렸다.

"나는 북조선 사람입네다."

내가 남한 사람이라고 말한 적도 없는데 남자는 그리 단정하고 있었던 듯 자신은 북한 사람이라는 것까지 내게 말해왔다.

"아, 그러시군요."

먼저 말을 걸어 와 놓고 남자는 할 말을 다 해 버린 듯 다시 신문에 무심코 얼굴을 묻었다.

둘 사이에 침묵이 이어지고 어색한 기운들이 흘렀다. 차라리 처음부터 아무 말도 섞지 않았더라면 좋았을걸…

"걱정됩네까? 내가 북한에서 왔다고 하니까?"

남자가 신문을 이리저리 뒤척이며 건성처럼 내게 물어 왔다.

"아 아뇨, 여긴 러시아니까요."

"그렇죠. 러시아!"

"근데 러시아에는 무슨 일로…?"

아까처럼 남자와의 사이에서 침묵이나 단절의 어색한 기운이 이어질까 봐 내가 물었다.

"일 때문에 머물고 있습네다. 비즈니스. 그쪽도?"

"지금은 여행 중입니다."

"남조선 사람들이래 한가들 하구만. 이래 기차 안에서 마주 앉으니까 별 감정 없지 않습네까?"

"네, 특별히 감정이 있을 게 없죠. 여긴 러시아니까요. 그럼 가족분들은…?"

"내래 혼자 왔습네다. 마누라와 애들은 평양에 있디요. 그쪽은 아들이?"

"아, 전 미혼입니다."

"혼인을 할 때가 한참 지난 거 같은데?"

"네. 때를 놓치니까 자꾸 미루게 되더군요."

괜히 기분이 쓸쓸해 와서 나는 남자와의 대화는 이쯤에서 마쳐야 겠다 싶었다.

"눈이 확 뒤집힐 정도로 좋아하는 사람이 없었습네까?"

남자의 말에 나는 대답 대신 그저 피식 웃어 주었다.

"고런 사람이래 세상에 얼마나 있갔습네까? 고저 대충 이렇게 맞춰 살아가다 보믄 다 정도 붙고 그러는 거디요."

"그러게요. 마음이 끌리는 사람이 있으면 또 좋긴 하겠지만요."

"눈이 높으시구만?"

"안 보이세요? 내 눈 저기 있는 거."

나는 내 발끝을 살짝 들어 보였다. 내 눈이 발끝이나 바닥일 정도 로 낮다는 것을 그에게 말하려고 했는데, 남자는 정말이지 내 눈이 발끝에라도 달렸는가 싶어 바라보며 의아해했다.

아재 개그라고 했던가? 요즘 한국에선 초등학생들도 웃지 않을 개 그. 그런 구시대적인 개그를 남자는 이해 못 하고 있었다.

"어디매 눈이 달렸다구 그래요? 농도 잘하시네."

그냥 농담으로 치부해 버리는 남자를 보며 나는 다시 한 번 피식 웃 었다.

북한 남자는 다음 역에서 내렸다.

차창으로 보이는 북한 남자의 모습은 기차와 멀어지는 동안에도 낯설지가 않았다. 비단 나 혼자만의 느낌이었을지도 몰랐다.

그렇게 그가 멀어지고 다시 숲의 평원으로 열차가 달리고 있을 때…

"잠자는 게 특기인가 봐요?"

익숙한 듯, 정확한 발음의 한국어로 말하는 목소리에 놀라 나는 소리 나는 쪽으로 돌아봤다.

갑작스러운 나타샤의 등장에 나는 놀라 아무런 말도 못하고 멍하니 그녀를 바라보기만 했고, 반대로 그녀는 마치 나를 만나기로 작정하고 나온 사람처럼, 내가 지금 이 자리에 당연히 앉아 있을 거라고 생각했던 사람처럼 익숙하게 다가와 자연스럽게 미소를 지어 보였다.

"자요, 커피."

그녀가 내미는 커피 잔을 나는 얼떨결에 받아 들었고, 그녀는 북한 남자가 앉았던 창 쪽 옆자리에 앉았다.

"혹시 북한 사람은 아니죠?"

"네?"

"아님 스토커?"

"제가 그렇게 보여요?"

그녀는 깔깔 웃었다.

"설마 날 미행하거나 따라 다닌 건…"

"그렇게 생각할 만도 한 우연이네요."

그녀는 다시 깔깔 웃었다.

"이건 우연치고는 너무 확실한 우연인 것 같지 않아요? 대체 이런 일이 내게 일어난다는 게 믿기질 않아서요. 북한 사람이냐고 물었죠?

자작나무 아래로 내리는 눈

혹 그쪽이?"

그녀는 이렇게 일어난 우연에 기분이 좋은 듯했고 그 모습이 나 역시 계속해서 떠들게 했다.

"신분을 감추고 날 북한으로 납치할 계획이라도 가지고 계시다면 포기하시는 것이 좋아요. 전 쓸모가 많은 남한 사람은 아니거든요. 가진 중요한 정보도 없고."

"이렇게 다시 만난 게 안 기쁜가 봐요? 자꾸 의심만 하시네? 혹 러시아에 오실 때 북한 사람한테 납치당하지 말라고 친구가 얘기라도 하던가요?"

나는 피식 웃었다.

믿기지 않는 상황이었지만 그녀는 내 앞에 덩그러니 앉아 있었고 나는 이런 상황이 믿기지 않는다는 듯 그녀를 빤히 쳐다봤다.

그녀의 목에 걸린 카메라가 눈에 들어왔다.

"촬영을 하시나 봐요?"

"지금은 못 하고 있죠."

"아… 네."

딱히 이어갈 말이 떠오르질 않아 잠시 침묵의 시간이 지나갔다.

"손이 모자랐거든요. 커피 두 잔을 한 손에 들고 올 능력이 없다 보니."

"아, 그렇군요."

나는 그녀가 내민 커피를 입으로 가져가려다 말고 의심스럽다는 듯 장난 섞인 눈초리로 그녀를 보며 물었다.

"혹시 여기 수면제 같은 거 넣은 거 아니죠?"

"아직도 의심을…."

의심이라는 말을 꺼내는 그녀의 표정이 진지해지는 듯했다. 그 표정
에 답이라도 하려는 듯 나 역시 머쓱해지려는 순간 그녀가 가볍게 대
화를 이어 갔다.

"수면제 따위 안 넣어도 잘만 주무시는 거 아는데요, 뭐."

유쾌했다. 그리고 나 스스로 여자 앞에서 이렇게 술술 말이 나온다
는 것에 내심 놀라고 있었다. 아까 만났던 북한 남자가 문득 다시 생
각났다.

아재 개그 정도도 이해를 못하는 북한 남자하고는 비교도 되지 않
을 만치 내 의도를 짚어냈고 그에 맞는 대답으로 화답을 해 주는 그녀
와의 소통은 유쾌했다.

나는 커피 한 모금을 입에 넣었다.

커피향이 온몸으로 퍼져 나갔다.

"좋네요, 커피 향."

"곧 잠들 거예요."

그녀는 시니컬한 표정을 내게 잠시 지어보이다가 싱긋 웃어 주었다.
그 순간 설령 내가 마신 커피가 독이 든 커피든 그 순간은 좋다는 생
각이 들었다.

"근데 아까부터 납치니, 북한이니 왜 그런 거예요? 혹시…."

"아, 방금 전 내린 그 자리에 앉아 있던 남자가 북한에서 왔다고 했
어요."

"정말요? 난 여태 러시아에 살면서 북한 사람을 본 적이 없는데. 안
무서웠어요?"

정말이지 궁금한 듯한 그녀의 눈빛에서 순수를 느낄 수 있었다. 방금 전에 내린 그 남자 덕분으로 우리의 대화도 가벼운 수다가 되었다. 그녀가 다시 물었다.

"하나도요."

"비즈니스로 왔다고 했어요, 그 사람이."

"하긴 그쪽도 같은 사람이니 뭐 이곳에서 일을 보겠죠. 그럼 그쪽은요?"

"난… 백야를 찾아왔어요. 톨스토이가 알려 줬죠."

"톨스토이! 톨스토이라…. 러시아다운 답이네요."

그녀는 얘기치 못한 상황에 직면하기라도 한 듯 잠시 생각에 골똘해 보였다.

"커피는 나를 주기 위해서 두 잔을 가져 왔나요?"

"내가 두 잔을 마시기 위해 가져 왔다면 거짓이겠고 내 자리를 확인하고… 뒷자리에 잠든 모습을 봤어요. 그래서…."

별것도 아닌 내 장난기 섞인 질문에 진지하게 대답하는 그녀의 모습은 영혼마저 맑아 보였다.

나는 그녀의 대답에 싱긋 웃어 보였고 잠시 침묵이 흘렀다.

"난 상트페테르부르크에서 내려요."

왜 그 말이 흘러 나왔을까? 뜬금없이… 잠시의 침묵을 깨고 내가 꺼낸 말에서 내 목적지를 그녀에게 말하고 나니 어색함이 밀려왔다. 그러나 내 어색함과는 달리 그녀가 대화를 이어 가듯 내 말을 받았다.

"나도 상트페테르부르크 가는 거예요."

그녀는 순식간에 상대방의, 나의, 어색함을 지우는 그런 풍부한 표정도 가지고 있었다.

근데 그때 그녀는 내게 왜 미리 북한 남자가 오기 전에 그 앞자리에 앉았었다는 것을 얘기하지 않은 것일까?

커피도 두 잔 중에 하나는 나를 위해 기차의 식당 칸으로 건너가 사 온 것이 분명했다.

근데 나 역시 왜 그걸 눈치 채지 못했을까? 나의 우둔함에 나는 잠시 헛웃음이 나왔다.

"죄송했어요. 그날은 제가 많이 취해서….."

그날의 내 모습을 떠올리는 듯 싱긋 웃어주는 그녀의 웃음이 싱그러웠다.

"혹시 제가 실수 같은 건 하지 않았나요?"

"실수 같은 건 없었어요. 그냥 잠이 들었어요."

"다행이이면서 미안하네요. 옆자리에 대화 상대를 두고 그렇게 혼자 잠이 들어버리다니."

"보드카 탓이죠."

"그런가요?"

나를 배려해 주는 그녀의 마음이 따뜻하게 다가왔다.

이렇게 다시 우연히 만나게 된 것도 신기하고, 그런 그녀와 다시 대화를 할 수 있다는 것이 현실처럼 느껴지지도 않아서 그래서 무슨 말을 해야 할지 몰라 하는 바람에 둘 사이의 대화가 끊어졌다.

방금까지 잘 웃고 얘기를 나누다가 막상 대화가 끊기니 어색함이 밀려왔다.

"상트페테르부르크엔 무슨 이유로 가는 거예요?"

자작나무 아래로 내리는 눈

"한국으로 돌아가는 비행기를 타려요."

"예? 굳이 거기서 왜? 모스크바에서 한국으로 가는 비행기가 없는 것도 아니고."

"택시를 탔었어요, 어제. 운전사가 시간이 있으면 상트페테르부르크 엘 꼭 한번 들러 보라고 했어요."

"아! 그래서 택시 기사의 말만 듣고?"

"네."

택시 기사의 말만 듣고 상트페테르부르크로 가기로 했다는 내가 이 상하다는 듯 그녀는 멀뚱히 날 쳐다봤다.

"보통 택시가 아니었거든요. 그 택시 기사의 이름이…."

"이름이?"

"톨스토이였거든요. 그 사람 이름이 톨스토이였죠."

내 대답에 그녀는 웃음을 터뜨렸다.

"그럼 믿어야죠. 톨스토이는 진실한 러시아 사람이니까. 그렇더라도 뚜렷한 이유도 없이? 그 톨스토이란 사람이 상트페테르부르크엘 가야 하는 이유도 얘기해 주지 않던가요?"

"아, 백야요! 내가 아까 백야라고 했죠!"

내 대답에 그제야 '그럼 그렇지!'라는 듯 그녀는 고개를 끄덕였다.

"오늘이 낮 시간이 가장 긴 백야가 연출된다고 해서… 그 말을 듣 고 꼭 한 번 백야를 누려보고 싶었거든요. 밤이 낮이라니 신기하지 않아요?"

"지금 저한테 묻는 거예요? 러시아에서 오래 살아 온 저한테?"

"그러게요, 러시아에 오래 사셨으면 안 신기하죠? 하지만 저한텐 신기한 일이죠. 겪어 보진 않고선 모르는…."

"그래요, 저도 러시아에 처음 와선 그랬으니까요. 그렇지만 익숙해
진다는 건… 그거 어떻게 보면 참 편한 것이기도 하지만 새로움을 전
해주진 못 하는 거 같아서 아쉬워요."

그 말을 하는 그녀의 눈빛이 살짝 깊어졌다는 것을 알아차렸다.

그녀는 지금 무슨 생각을 하는 것일까? 속을 알 수 없는 깊이 때문
에 그녀의 속내를 가늠할 순 없었지만 그녀는 그 짧은 순간 어쩌면 정
말이지 익숙한 것들, 버리고 싶지도, 그렇다고 가지고 있기에도 뭣한
익숙한 것들을 생각하는 것이 분명해 보였다.

그녀에게 익숙한 것은 대체 무엇이었을까?

둘 사이에 다시 대화가 끊어져 그 어색함을 무찌르려고 내가 먼저
말을 걸었다.

"그날, 내가 보드카를 좀 많이 마셨죠?"

"나한테 묻는 건가요?"

"내가 좀 마시긴 한 거 같은데 기억이 통 안 나서요."

"글쎄요, 제가 그쪽 주량이 어떻게 되는지 모르니 많이 마셨는지 어쨌
는지는 제가 판단할 건 못 되지만 취할 정도는 마셨던 것 같은데요?"

"그러게요…. 죄송합니다."

내 말에 그녀는 다시 싱긋 웃었다.

"지금 저한테 이런 걸 물어보는 것을 보니 그날 진짜 많이 마셨겠네
요. 주량에 비해."

"네. 기억이 없으니."

"보드카는 투명해서 기억마저 투명하게 만드는 술이라고도 하죠. 그

래서 기억을 빼앗긴 걸 거예요."

"보드카에 그런 뜻이 숨어 있었군요."

"뭐 뜻이라기보다 제가 생각하는 보드카란 술에 대한 느낌정도?"

그녀는 민망스럽다는 듯 미소를 보냈고 나 역시 그런 그녀를 보며 피식 웃어 주었다.

여전히 그녀의 목에 걸린 카메라가 신경에 거슬렸다.

"목 안 아파요?"

내 시선이 그녀의 카메라에 가 있다는 것을 알아차리곤 그녀는 그제야 카메라를 벗었다.

"어쩐지 아까부터 목이 뻐근하더라니. 진작 얘기해 주지 그랬어요. 카메라를 목에 걸고 있는 것도 잊고 있었네요."

그녀는 그제야 잊고 있었다는 듯 카메라를 만지작거리다가 다시 물었다.

"촬영 좀 해도 될까요?"

갑작스레 이유 없이 나의 모습이 카메라에 담긴다고 생각하니 자신이 없어졌다. 사진 찍히는 걸 그리 좋아하지 않는 탓도 있었지만 그녀의 카메라에 내가 담긴다는 것에 그 어떤 의미도 부여하지 못하겠기에 더 그랬다.

그녀의 물음에 선뜻 대답을 못하고 있는데 그녀가 다시 말을 이었다.

"다큐멘터리를 만드는 중이거든요."

"아, 감독님? 다큐멘터리 영상을 만드는?"

"아, 그건 아니고요. 누군가 내 자신의 다큐멘터리를 만들면 다시 나를 찾는 것에 도움이 된다고 해서요. 그쪽은?"

그녀가 나에 대해 물어왔다. 어떻게 생각하면 자신이 뭘 하는 사람인지 내가 먼저 물은 꼴인데도 대답은커녕 나에게 되려 묻는 듯한 상황이기도 했고 어쩌면 무례하거나 예의 없이 보일 것 같았지만 내겐 전혀 문제가 되지 않았다.

그만큼 그녀와의 대화가 편했을 것이다.

"전 집 짓는 사람이에요. 주로 목조 주택."

"아, 집! 나무 집은 더 좋죠."

"그거 알아요? 그쪽에서 숲의 향기가 난다는 거?"

내 말에 우두커니 나를 바라보는 그녀의 표정은 진지해 보였다.

"지난번 스카이라운지에서도 그랬고, 지금… 지금도 나요."

"숲의 어떤 나무?"

그녀가 물었다.

여러 나무들이 내 머리 속에서 활동필름처럼 지나갔다.

"자작나무요."

갑자기 내 입에선 생각도 않은 자작나무란 얘기가 나왔지만, 나는 내가 자작나무라고 말해 놓고도 그 많은 나무들 중에 자작나무가 그녀를 가장 많이 닮았다는 생각이 들었다.

"자작나무라… 나쁘지 않은데요? 어릴 적 아버지는 마당에 내 키보다 작은 자작나무 한 그루를 심으셨죠. 그땐 그 작은 나무가 자작나무라는 사실도 몰랐어요. 그냥 그걸 뛰어넘는 것이 좋았어요. 얼마 지나지 않아 내가 더 이상 뛰어넘을 수 없을 만큼 커 버리긴 했지만… 어쩌면 그때 내 점프의 8할은 그 자작나무가 가르쳐 줬던 것 같아요. 자신을 뛰어넘도록 나를 배려해 줬으니까."

아련한 무언가를 기억하는 듯 그녀의 얼굴엔 추억 한 자락이 선명하게 묻어났다.

그런 그녀의 모습을 물끄러미 바라보는데 어릴 적, 원망과 분노로 내가 노려보았던 자작나무들이 잠시 떠올랐다.

그렇듯 내게 자작나무는 그리 호의적인 존재가 아니라 하더라도 적어도 그녀가 지금 기억하는 자작나무만큼은 내가 사랑할 수 있을 듯했다.

"점프를 하게 해 준 게 뭐가 대단해서요? 어릴 땐 아무거나 뛰어넘으면서 놀고 그러는 거 아니었나요?"

"전 발레리나거든요. 점프가 무엇보다 중요하죠."

"아, 어쩐지 몸이 굉장히 가벼워 보인다 생각했어요."

"처음 러시아에 왔을 때, 친구도 없고 아무도 없을 때 자작나무 숲을 자주 찾아가곤 했죠. 그러면 위안이 되곤 했거든요. 근데 자작나무에 대해 잘 알고 있는 거 같네요."

"나무로 주로 작업을 하다 보니 공부를 하게 됐어요. 내가 태어난 고향에도 자작나무 숲이 있었고, 아버지는 내가 자작나무와 함께 자란다고 하셨죠. 내가 태어나던 해 강원도 인제군 원대리에 인제군의 정책으로 자작나무를 심기 시작했거든요. 아버지는 인제군의 산림 공무원이셨죠."

"자작나무가 인연이었군요. 우리한테는…."

열차의 차창으로 잠시 해안의 풍경으로 끊겨졌던 자작나무 숲이 다시 긴 병풍처럼 펼쳐져 따라오고 있었다. 그 숲의 병풍 위로 그녀의 얼굴이 비춰지고 있었다. 숲 위로 떠 있던 그녀의 얼굴이 다시 내 쪽으로 돌아보며 현실의 입을 열었다.

"근데 그거 알아요? 우리 아직 서로의 이름도 모르고 있다는 거?"

"아! 그러네요. 전 한명호입니다, 명호."

내가 내 이름을 얘기할 땐 언제나 그렇듯이 그때도 쑥스러움이 따라 붙었다.

"나타샤예요. 한국 이름은 강유진. 그냥 나타샤라고 불러 주는 게 편해요."

"러시아니깐! 여긴 러시아. 나타샤… 나타샤."

"러시아에서도 괜찮은 발레단 소속이고요. 물론 지금은… 지금은 아니기도 할 수도 있지만…"

지금은 아니기도 할 수도 있다는 그녀의 끝말이 생채기를 내듯 내 가슴 안으로 파고들었다. 그 의미가 궁금했지만 말의 끝을 흐리는 나타샤의 눈빛을 보고선 물어봐서는 안 되겠다는 생각이 들었다.

"근데 왜 나타샤예요? 그 많은 러시아 이름들 가운데?"

나는 대신 다르게 물었다.

나타샤는 대답 대신 창밖을 보라는 듯 손을 가리켰고, 나타샤가 가리키는 창밖엔 열차길 더 가까이 한바탕 또 다른 거리의 자작나무 숲이 지나치고 있었다.

손을 뻗으면 닿을 것 같았다. 그 웅장하고도 멋진 풍경에 나는 내가 나타샤에게 왜 나타샤냐고 물었던 것도 잊었고, 그녀 역시 왜 자신이 나타샤가 될 수밖에 없었던가에 대한 대답도 잊은 채 서로 자작나무 풍경 속으로 빨려 들어갔다.

자작나무 아래로 내리는 눈

자작나무 숲은 끊일 만하면 다시 이어지고, 다시 이어졌다 끊어질 듯하다가 또 다시 이어졌다.

그 모습들에 넋이 나가 풍경을 보고 있던 참이었다.

"가난한 내가 아름다운 나타샤를 사랑해서 오늘밤은 푹푹 눈이 내린다. 나타샤를 사랑은 하고 눈은 푹푹 내리고 나는 혼자 쓸쓸히 앉아 소주를 마신다."

나타샤가 낮게 읊조리는 말에 나는 그제야 나타샤를 바라보며 퀴즈의 정답을 말하듯 급하고 높게 말했다.

"백석!"

"아! 그 시를 알고 계셨군요."

"「나와 나타샤와 흰 당나귀」."

"딩동댕!"

"그럼 그 시에 나오는 나타샤가…?"

"여고생일 때 처음 그 시를 접했는데 뭐랄까… 뭐랄까, 미칠 것만 같았어요. 자신을 죽도록 사랑해서 그리워하는 한 남자를 가진 나타샤는 얼마나 행복할까? 그런 것보다는 저렇듯 아름다운 이름을 가지고 있는 나타샤란 여자가 미치도록 부러웠어요. 처음엔 '나도 러시아 이름을 갖고 싶다'. 생각을 실행으로 옮겼죠. 러시아 무용단은 도전이었어요. 도전에 성공을 한다면 그땐 꼭 나타샤가 되어 볼 거라고 생각했었죠. 근데 그게 현실이 되어버렸어요."

"잘된 거 아닌가요? 원하던 바를 이루었으니."

"그런가요? 근데 러시아어는 언제 배우신 거예요? 꽤 잘하시던데."

"첫사랑 때문이었죠. 러시아 문학을 전공하는 여자였거든요."

"멋지네요. 그녀와 러시아어로 대화를 하고 싶었던 건가요?"

"아뇨, 한글로는 직접 써 주기가 부끄러워 러시아어로 시를 써 주고 싶었어요. 실제 써 주기도 했고요."

"어떤 시?"

나는 피식 웃으며 다시 커피 한 모금을 마셨다.

"쑥스러워서 그만둘래요."

"그럼 어쩔 수 없어요. 일어나요."

불쑥 자리에서 일어나는 나타샤를 물끄러미 바라보는데 "얼른요!" 그녀는 재촉하듯 내 팔을 잡아챘다.

나는 채 못다 마신 커피를 서둘러 차창 턱에 놓아두고는 영문도 모른 채 그녀의 뒤를 따랐다.

"보드카 있어요?"

나를 식당 칸으로 데리고 간 나타샤는 보드카부터 찾았다.

"보드카는 기차에서 마실 만한 술은 아니죠. 대신 와인은 있습니다만."

판매 직원의 미소는 그윽했다.

자작나무 아래로 내리는 눈

"그럼 어쩔 수 없죠. 그거라도 한 병 주세요."

"술을 마실 작정이에요, 이 낮에?"

내가 염려스럽다는 듯 나타샤를 바라봤을 때 이미 판매 직원은 와인병을 가져와 나타샤와 나의 탁자 앞에 놓아주었다.

"어때요, 오늘은 밤 시간이 너무 짧기도 하지만 밤이 되길 기다렸다 마시기엔 너무 시간이 길잖아요."

그녀는 싱긋 웃고는 내 앞으로 와인 잔을 디밀었다.

이런저런 얘기로 몇 잔을 마셨을까?

와인을 마시고 취할 정도는 아니었는데 기분이 꽤나 좋아졌고 나는 어느새 부끄러움조차 잃은 용기를 드러내고 있었다.

난 원대리의 자작나무 숲과 햇살이 내리 비치던 그 속에서 처음 본 지혜를 떠올리며 러시아 언어로 시를 지었다. 그녀가 나를 불러 준다면 영화 〈닥터 지바고〉에서 나왔던 그런 얼음 궁전이 있는 시베리아의 겨울 속으로 데리고 가고 싶다는 시를 지었다.

무작위로 뽑힌 학생 몇 가운데 내가 창작해 온 러시아어로 된 시를 낭독했을 때, 정작 누구보다도 들어주길 원했던 지혜는 내가 읊는 시에 대해 관심이 있는지 없는지 그저 멍하니 창밖을 보고 있었다. 김 교수가 맡은 러시아 문학 강의 시간이었다.

내가 막 시 낭송을 끝내고 지혜 쪽을 바라봤을 때도 지혜의 시선은 여전히 창밖으로 향하고 있었다.

"자네 이름이 뭔가?"

지혜가 무슨 반응이라도 해 줄 줄 알았는데 반대로 반응은 김 교수가 해 왔다.

"한명흡니다."

김 교수는 나를 오랫동안 바라봤고 그 이후로 김 교수는 수업 시간마다 내 이름을 기억하고 수시로 불러가며 수업 내용을 재차 확인하는 용도로 사용했다.

그게 관심이라는 걸 모를 리 없었지만 내겐 김 교수의 그런 관심이 중요치 않았다. 내 신경은 온통 같이 수업을 듣는 지혜에게로 향하고 있었을 뿐이었다.

지혜는 첫사랑이었다.

하지만 그땐, 그게 사랑인 줄 그때는 몰랐다.

보고 싶어지고, 만나고 싶어지고, 얘기하고 싶어지는 감정들이 사랑이란 감정임을 그땐 몰랐으니.

"저 두 사람 정말로 사랑하는 거 같지 않니?"

동아리 방에서였다. 어느 외국의 발레단이 공연한 〈잠자는 숲속의 미녀〉를 나란히 앉아 비디오로 보던 때, 지혜가 느닷없이 내게 물었다.

"그리 보여요. 남자가 열정이 있어 보이는데요?"

"그럴까?"

"무대 위에서의 사랑도 사랑이겠죠?"

내 대답을 끝으로 지혜는 말이 없었다.

⌁

지혜에 대해 이야기하는 동안 나타샤는 내 얘기에 방해가 되지 않기 위함인지 와인 잔을 들 때도, 그리고 비어 있는 내 잔에 다시 와인을 부어 줄 때도 조심, 조심이었다.

자작나무 아래로 내리는 눈

어쩌자고 이런 얘기까지 하나….

"그랬을 거예요. 무대 위에서의 그들이 느끼는 감정도 사랑일 수 있겠죠. 그래야 정말 사랑하는 사람처럼 춤을 출 수 있거든요."

"그런가요?"

괜히 첫사랑 얘기까지 꺼내 쑥스러워지려는데 그런 쑥스러움을 전혀 쑥스럽지 않게 만들려는 듯 나타샤는 진심이 담긴 얼굴로 내게 대답을 해 주었다.

"난 무대 위에서 많은 사랑을 해 보았죠. 그 느낌이 현실로 이어진 적도 있었지만…."

그러곤 차창을 물끄러미 바라보는 나타샤의 얼굴엔 짙은 과거가 회환처럼 깔려 있어 보였다.

무슨 생각을 하는 걸까?

발레 공연을 하면서 만났을 수많은 상대와의 기억들을 추억하는 것일까? 그 상대들 가운데 정말 그녀가 공연을 위해서건 그녀 자의에 의해서건 사랑했던, 사랑할 수밖에 없었던 사람에 대해 기억이라도 하는 것일까?

차창으로는 러시아의 이국적인 풍경들이 스쳐 지나갔고 러시아 크림 반도의 상표가 붙은 와인은 생각했던 것보다 풍부한 향을 품고 있었다.

다시 와인을 한 모금 입에 담았다.

"러시아산 와인도 좋은데요?"

그제야 생각에서 벗어나 내게로 다시 활짝 웃어 보이며 나타샤가 대답했다.

"그거 알아요? 처칠 수상이 모든 와인 중에서 러시아산 와인을 최고로 뽑았다는 거?"

그렇구나… 나는 다시 한 번 와인을 입에 물고 음미하며 고개를 끄덕였다. 그녀가 다시 자조하듯 혼자 중얼거렸다.

"멋진 추억을 가지고 계시네요."

"네?"

"아! 첫사랑을 따라 러시아 문학을 수강했다는 거요."

"네…."

대답을 하다 보니 나타샤와 지혜가 닮아 있다는 생각이 들었다.

그땐 막연히 '이 여자는 지혜와 참 많이 닮았구나…' 생각했을 뿐 어디가 어떻게 닮았는지는 꼬집어 찾아 낼 만한 부분은 막상 없었다.

하지만 시간이 지나서야 나는 나타샤가 지혜를 닮은 것이 아니라는 것도 알아차렸다.

닮은 것은 다름 아닌 내 마음이었다.

내 마음이… 그때 지혜에게로 끝없이 흘러가던 내 마음이… 닮았었다는 것을.

어떻게 보면 지혜와 나타샤는 너무 달랐다.

매사 활달해 보였고, 잘 웃었다.

지혜도 물론 잘 웃었다. 하지만 그 웃음의 끝엔 늘 뭔가 모를 아쉬움 같은 것들이 담겨 있곤 했다.

"네, 밖에 몰라요? 계속 네, 네 하시네?"

"네…."

나의 대답에 다시 나타샤가 피식 웃었고 나 역시 또 대답을 해 놓고 보니 우습기도 하고 민망하기도 해서 웃었다.

자작나무 아래로 내리는 눈

"닮았네요."

"뭐가요?"

"그때 그 여자도 저한테 대답밖에 할 줄 모르냐고 했거든요."

"아! 그 첫사랑?"

나는 살짝 고개를 끄덕여 줬다.

"그런데 좋아했던 여자 때문에 러시아어를 배웠다는 게 멋진 일인가요?"

"멋지죠. 그 때문에 러시아에 올 생각도 했을 거 아니에요. 그 나라의 언어를 배웠다면 한 번쯤이라도 그곳을 가고 싶어지지 않나요?"

나는 나타샤의 말에 고개를 끄덕였다.

둘 사이에 잠시 침묵이 흘렀다.

방금까지 잘 웃고 얘기하던 사이에 갑자기 찾아온 침묵의 시간은 어색함만 자아낼 뿐이었다. 그 어색함을 무찔러 보려고 내가 물었다.

"나타샤는 첫사랑이…"

"나는…."

나는 고개를 끄덕였다.

"글쎄 그게 첫사랑이었는지는 잘 모르겠어요. 난 무대에서의 사랑처럼 현실에서의 사랑도 표현을 하기 위해 사랑을 했었으니까."

"매번?"

"내가 사랑한다고 믿었던 것이 사랑인지 아닌지 그게 아직도 헷갈려서요. 그래서 첫사랑이 정말 내게 있기라도 했나, 내가 사랑했다고 믿는 몇 명의 남자들 중에 그럼 첫사랑은 누구였을까? 그게 어려워서요. 내 첫사랑이 딱히 이 사람이다! 할 수 없다는 게."

"경험이 많으신가 봐요?"

"사랑 경험이요?"

나는 또 고개를 끄덕여 주었다.

"있죠… 무대에서… 공연을 할 작품이 결정되고 나면 모든 것을 작품 속 인물에 집중을 했어요. 난 무대를 사랑했고 최선을 다해서 나를 보여 주기 위해 노력을 했어야 했으니까요. 그때부터는 상대 발레리노를 알게 되고 이해하게 되고 때로는 아파했어야 했죠. 그러다 사랑에 빠지죠. 가끔씩은 무대 밖으로 감정이 연결되면 무대에서 현실로 이어진 사랑… 그렇게 발레리노와 현실 속에서의 사랑이 만들어질 때가 있죠. 그렇지만 공연이 끝나고 나면 사랑도 곧 끝."

나타샤는 스마트폰을 꺼내 한 장의 사진을 보여 주었다.

사진 속에는 여러 켤레의 발레 슈즈가 모아져 있었다.

"내 사랑의 기억들이에요. 이 슈즈를 신고 발끝으로 서서 사랑을 향해 물처럼 다가가거나 점프로 날아가기도 하고 때론 시련 속으로 떨어져 내리기도 했어요. 제법 많이 모았죠, 사랑의 기억들을."

"안타깝네요."

내가 정말 안쓰러운 듯 그녀를 물끄러미 바라보자 그녀는 '뭐가?'라는 듯 눈을 동그랗게 떠 보였다.

"오로지 발레만을 위해서 살아왔었구나… 하고 생각되네요."

"제가요?"

"현실에서의 사랑을 먼저 알고 그 느낌을 가지고 무대에 설 때 더 풍부해지는 그런 경험은 없었나요?"

나타샤는 잠시 놀라는 듯 한동안 초점을 어디에 둘지 몰라 하는 사람처럼 당황해하며 중얼거렸다.

"안타깝다…. 안타깝다…."

갑작스러운 나타샤의 표정에서 나는 내가 무슨 실수를 했나 싶었다.

"미안해요, 제가 무슨 실수라도…."

"아, 아니에요. 그 누구도 저한테 제가 안타까워 보인다고 말한 적이 없었거든요. 늘 주인공 역할만 해 와서 다들 부러워만 했었지 그 누구도…. 그리고 저도 제 자신한테 그런 느낌을 한 번도 가진 적이 없었거든요. 왜 난 나 자신에 대해서 그리 몰랐던 걸까요."

무심코 안타깝다고 했던 내 말의 파장이 나타샤에겐 꽤나 큰 충격으로 다가갔는지 나타샤는 한동안 생각에 골몰한 채 말이 없었다.

"하지만 발레 하나만을 위해서 살아온 건 그보다 더 대단한 일 아닌가요? 그래서 솔직히 부러워요. 자기가 하고 싶어 하는 일에 평생을 건다는 건 결과야 어떻든 그 자체만으로도 대단한 거니까요."

나는 애써 처져 내린 나타샤의 기분을 끌어올리려 애썼다.

물론 실제로 발레만을 위해 한 인생을 투자한 나타샤야말로 대단한 것이긴 했다.

"그녀에게 자작나무 숲을 보여 줬나요?"

한참만에야 나타샤가 꽤 괜찮아진 밝은 표정으로 물어 왔다.

"제 첫사랑에 대해 많이 궁금하신가 봐요?"

"한잔 더 해요."

아직 와인이 남은 내 잔에 나타샤는 새 와인으로 가득 채웠다.

"보드카가 아니라 아쉬운가요?"

"아뇨. 와인은 지워졌던 생각들을 떠올리게 하네요. 이 술도 마법처럼요. 근데 또 다시 잠들면 어쩌죠? 스카이라운지에서처럼요."

"또 그럴 거라는 생각은 안 해요."

"왜요?"

"보드카는 지우는 술이고 와인은 떠올리게 하는 술 같다고."

"그럼 정신 바싹 차려야겠다."

"한잔 하고 얘기해 봐요."

내가 '무슨 얘기?'라는 듯 그녀를 빤히 쳐다봤다.

"지워진 줄 알았던 기억들, 감정들. 그 감정들은 낯선 이에게도 어떤 때는 호의로 변하게 되고, 묻지 않은 말들을 쏟아내게 만드는 마법도 지녔죠. 근데 명호 씨는 아직 덜 취하셨나 봐요. 막 떠들면 좋을 텐데."

나는 그녀의 말에 피식 웃었다.

역차 객실에서 다시 만난 구면이라 하더라도 둘 사이에 흐르는 어색함을 그녀도 파악했을 터였다. 그 어색함들 속에서 아직도 도착을 할 때까지 시간이 제법 남아 있는 상트페테르부르크까지 가는 시간들을 견디기란 그녀도 그랬지만 나 역시 힘겨울 거란 판단을 했을 터였다. 그랬으니 한잔의 술에 취해 그나마 어색한 둘 사이를 호탕하게 무찔러 보려 했을 것이다.

서둘러 식당 칸으로 나를 이끌었던 그녀의 속마음을 알고 나니 또 다시 저절로 웃음이 나왔다.

그녀의 탁월한 선택이 적중하고 있었으니까.

"그녀와 자작나무 숲에 가 본 적이 있느냐고 물으셨던가요?"

"네, 한 잔 더 하셨으니 말할 거라 믿고 기다리는 중이에요."

나타샤의 말에 나는 다시 피식 웃었다.

자작나무 아래로 내리는 눈

"시가 참 좋더라."

러시아 문학 강의를 마치고 나오던 때였다.

수업 내내 내 시에는 관심도 없다는 듯 창밖만 내다보고 있던 지혜의 입에서 나온 갑작스러운 말에 잠시 멈칫했다.

"들으셨어요? 창밖만 보고 계시던데."

"날 봤니? 응. 들었어, 잘."

내가 쑥스러워하자 그녀는 다시 말을 이었다.

"자작나무 숲, 시베리아 그리고 두 사람. 문법은 좀 틀렸지만 솔직한 것 같았어. 누구를 향한 네 감정들이 몰려가는 것 같았어. 나한테는 그렇게 들렸어."

안 듣고 있는 줄 알았다. 그래서 더 놀라웠다.

"아! 창피해… 문법."

피식 웃어 보이곤 앞장서 걷던 지혜가 무슨 생각이라도 난 듯 걸음을 멈추었다.

그런 그녀에게 막 다가갔을 때 그녀는 내 쪽으로 휙 돌아서서 물었다.

"너… 자작나무 숲을 본 적이 있니?"

"네? 저를 처음 본 그곳이 숲이었잖아요. 그곳에서 어릴 적부터 자랐으니 어떤 때는 하루 종일 보고 있었죠."

"그랬구나. 어쩐지 자작나무를 잘 아는 사람처럼 시를 써서… 근데 왜 난 기억이 잘 나지 않는 걸까 숲의 모양이, 거기가?"

"인제군 원대리?

"다시 보여 줄래?"

"네?"

"자작나무 숲."

갑자기 자작나무 숲을 보여 달라는 지혜가 다소 의아스럽기도 했다. 하지만 나는 원대리의 그 흔한 자작나무 숲 하나 사진으로도 가지고 있는 것이 없었다.

"너무 보고 싶다, 자작나무 숲."

"그래요, 언제든 보러 가요."

"지금."

"지금요?"

그녀는 당장이라도 자작나무 숲을 보지 않으면 무슨 큰일이 날 것처럼 서둘렀다.

금요일, 러시아 문학을 듣는 날만큼은 무조건 지혜를 만날 수 있었기에 나는 러시아 문학 강의가 있는 날은 다른 강의들을 선택하지 않았다. 혹 그녀와 긴 얘기를 할 수 있을지 모른다는 생각에서 시간은 모두 비워 두었었다.

금요일 오후 내게 자작나무 숲을 보러 갈 시간은 넉넉했고 지혜는 지금 당장이라고 재촉했다. 어쩌면 내가 더 그러지 못할 이유는 없었다.

"그래요, 가요."

나는 지혜와 뭐든 함께할 수 있다는 것이 좋았다.

지혜와는 캠퍼스에서만 지나치다 만났거나 기껏 해 봐야 커피숍이나 동아리 방 같은 곳에서 잠시 이야기를 한 것이 전부였다. 그것도 대부분은 단둘이 아니고 여러 명 중에 끼어 지혜를 바라보던 것이 전부였던 내게 지혜의 제안은, 지금 원대리 자작나무를 보여 달라는 제안은 설렘을 가져다주기엔 충분했다.

인제를 향해 달리는 차 안에서 들뜬 내 기분과는 달리 지혜는 오히려 더 차분해 보였다.

서울을 출발한 버스가 원대리를 알리는 이정표를 지날 때까지 둘 사이의 대화는 많지 않았다.

"갑자기 자작나무가 보고 싶어진 이유라도 있어요?"

창밖만 물끄러미 내다보던 지혜가 그제야 입을 열었다.

"어제 〈닥터 지바고〉를 봤거든."

"〈닥터 지바고〉랑 자작나무랑 무슨 관계가 있죠?"

"첫 화면에 수채화로 그려진 시베리아 겨울의 자작나무 숲이 나왔어. 그걸 보니까 자작나무 숲에 가보고 싶단 생각이 들어서."

"너무 감성적이지 않나요?"

"그러게. 그냥 자작나무 숲이 보고 싶은 정도였으면 참을 수도 있었을 거야. 하지만 자작나무 숲에 가서 꼭 해보고 싶은 게 있었거든."

"해보고 싶은 거? 뭔데요?"

"나중에… 자작나무 숲에 도착하면."

지혜는 더 이상 말을 이어가질 않았고 나 역시 그런 그녀에게 더 꼬치꼬치 캐묻지 않았다. 그녀가 더 이상 말하길 싫어했으므로.

차창 밖의 풍경은 빠르게 지나갔으나 버스는 더디게 굴러갔다.

빨리 자작나무 숲에 도착하고 싶었다. 그래서 지혜가 자작나무 숲에서 뭘 해보고 싶건 빨리 하게 해주고 싶었다.

자작나무 숲은 언제나 그 자리에 있었던 듯 내가 생각하던 그 모습

그대로였지만 그날 내 마음만큼은 달랐다.

지척에 있어도 숲을 일부러 찾아오거나 한 적이 없어서, 자작나무 숲에 대해 어쩌면 내가 건성으로 보고 지나치고 해서일지는 몰라도, 그날 지혜와 함께 찾아 들어간 자작나무 숲은 어딘가 모르게 새로웠다.

지혜는 앞서 걸으면서 자작나무 목피를 어루만져 보거나, 숨을 크게 들이쉬며 숲의 냄새를 맡거나 하며 자작나무 숲을 즐기는 모습이었다.

지혜가 제법 큰 자작나무 아래서 멈춰 섰을 때 나도 멈춰 섰다.

지혜가, 무슨 생각이라도 난 듯 내 쪽을 바라봤다. 영문을 몰라 하며 나 역시 지혜를 바라보는 순간, 지혜는 내 손을 끌어 자작나무에 기대게 했다.

그러곤 다짜고짜 나를 밀어 붙이며 내게 키스를 해 왔다.

장난스럽기도 하지만 그렇지도 않은 키스… 나를 살짝 당황스럽게 만드는 지혜의 키스….

지혜를 볼 수 없었던 시선 위로 숲이 보였고 향기가 났다, 숲의 향기….

그건 내가 예전까진 한 번도 경험한 적이 없는 향기였다.

나는 그 순간에도 그 향기가 자작나무 향기라고 생각했다.

자작나무 향기가 이런 거구나…. 이렇듯 달짝지근하고, 이렇듯 뜨거운 향기구나….

"이건 첫 키스, 이건 두 번째 키스, 이건 세 번째…"

지혜는 내 기분에 대해선 생각지 않고 자신의 감정을 솔직하게 드러내 보였다.

쉬지 않고 키스는 이어졌다.

때로는 길게, 때로는 아주 잠깐 서로의 입술이 스치듯, 어떠한 키스가 가장 좋은지 실험이라도 하는 듯 지혜는 이렇게도 해보고 저렇게도 해 보며 막무가내였다.

격정적으로 떨어지지 않고 영원히 키스를 할 것만 같던 지혜가 어느 순간 내게서 떨어졌다.

얼굴엔 실망하는 기색이 역력히 보여서 내가 잠시 의아해 바라보는데 그녀가 대답처럼 말해 왔다.

"난 첫 키스야, 너는?"

"네… 저도."

"근데 아무것도 아니네."

첫 키스가 아무것도 아니라고 말하는 지혜를 놀란 눈으로 동그랗게 쳐다봤다.

"첫 키스가 아무것도 아니라고!"

마치 화라도 난 듯 지혜는 되돌아섰다.

격정적인 키스를 할 때는 언제고 지금은 왜 또 저러나 싶은 마음이 들었다.

지혜는 마치 화라도 난 듯 성큼성큼 자작나무 숲을 헤매듯 걸었고 나는 그런 그녀의 뒤를 따랐다.

얼마쯤 숲을 지나왔을까?

멈출 것 같지 않던 그녀는 순간 걸음을 멈추었다.

나는 그때, 그녀의 어깨가 살짝 들썩이고 있다는 걸 알아차렸다.

어떤 슬픔이 발아래서부터 서서히 목까지 차올라 오는 듯 차츰 들썩임이 짙어진다 싶을 무렵, 아니나 다를까 그녀는 엉엉 소리 내 울었다.

울음은 갈수록 더 깊어져 그녀는 아예 쪼그리고 앉더니, 그것도 모자라는지 아예 바닥에 털썩 주저앉아 엉엉 서럽게 울었다.

그녀의 갑작스러운 키스, 그리고 갑작스러운 울음 앞에서 나는 아무런 말도 못하고 그저 멍하니 그녀의 들썩이는 등만 바라보았다.

한참이었을 것이다.

그렇듯 서러이 울던 그녀에게 내가 아무런 말도 해주지 못하고, 그렇다고 다가가 그녀의 슬픔이 뭐든 등이라도 토닥토닥 두드려 줬을 법도 하련만 나는 그러지 못했다.

사위가 어둑해져 올 때쯤에야 그녀는 울음을 추슬렀다.

그때까지 아무런 말도 못하고 그저 그런 그녀가 다 울기라도 하라는 듯 기다리고 있던 나를 지나쳐 성큼성큼 숲을 빠져 나갔다.

서울로 돌아가는 간이버스 정류장에 도착할 때까지 그녀는 말이 없었고 나 역시 그녀에게 그 어떤 말도 하지 않았다.

어색한 시간들… 원대리로 내려올 때까지만 해도 이런 일이 벌어질 거라고 차마 염두에 두지 못했던 일이 현실이 되어 벌어 진 일 앞에서 도무지 내가 어떻게 해야 하는지, 도무지 알 수 없었다.

서울로 가는 막차는 한 시간을 더 기다려야 했다.

서로 그러기로 하자고 약속이나 한 것처럼 나는 간이버스 정류소 구멍가게 앞 평상에 주저앉았다.

"술 마실래?"

한참만에야 그녀가 입을 열었다.

그런 그녀를 돌아다봤지만 그녀는 고개를 푹 숙인 채였다.

그런 그녀는 내가 채 대답도 하기도 전에 가게 안으로 들어가 소주

자작나무 아래로 내리는 눈

와 새우깡을 사 와서 우리 사이에 놓았다.

잔 같은 것은 따로 있을 리 없어서 그랬는지 그녀는 병째로 소주를 한 모금하고는 역시나 병째로 나에게 디밀었다.

얼결에 받아들고 이걸 마셔야 하나 망설이는데 그녀가 한숨을 길게 내쉬곤 말을 이었다.

"그 사람에게 첫 키스를 받고 싶었는데…. 나, 어제 그 사람 키스하는 거 봤다."

들고 있던 소주병으로 뒤통수를 세게 한 방 맞으면 그렇듯 정신이 까무룩해질까?

아직 소주를 한 모금도 하지 않았는데 나는 내 몸이 마치 취한 듯 까무룩 깊디깊은 곳으로 가라앉는 느낌이 들었다.

그랬었구나….

나는 그제야 지혜가 갑자기 자작나무 숲에 가자고 한 것, 그리고 내 의사도 묻지 않은 급작스러운 키스, 그리고 퍼질러 앉아 엉엉 울어 버린 오늘 하루의 퍼즐 조각들이 순식간에 맞춰졌다.

내가 바라보는 사람이 다른 곳을 바라본다는 느낌은 견딜 수 없는 경험이었다.

그것도 모르고… 그것도 모르고 나는….

나는 소주병을 만지작거리다 한 모금 입에 넣었다.

소주의 맛은 맹탕이었다.

나는 다시 소주 한 모금을 마셔봤다. 역시나 맹탕이었다.

결국 나는 소주병이 단숨에 빌 때까지 한 번에 다 마셔버렸다.

그것도 몰랐으니….

"카메라는 왜 안 켰어요?"

식당 칸에서 와인을 나눠 마시고 다시 자리로 돌아왔을 때 내가 나타샤에게 물었다.

"그냥요…."

나타샤는 물끄러미 한쪽에 애물단지처럼 놓여 있는 카메라를 잠시 바라봤다.

"아! 첫사랑 얘기, 그다음은요?"

나는 피식 웃었다.

"별거 없어요. 첫 키스는 아무것도 아닌 것 같은 느낌이었고."

애써 나타샤 앞에서 별거 아니라고 치부해 버리려 했지만 사실은 그렇지 않았다.

내가 그녀가 주고 간 마이마이를 하루에도 수백 번씩 들으며 그녀와의 재회를 꿈꾸었던 수많은 밤들과 그로 인해 '한 잔의 술을 마시고'로 시작하는 그 시의 첫 구절과 '내 스러진 술 병속에서 목메어 우는데…'로 끝나버리는 그 시를 통째로 외우고 있다는 것과 그녀를 찾아

동아리 방으로 들어서던 그 설렘과 러시아 문학 시간이면 강의보단 그녀의 표정을 살피기에 바빴던 아련함들이 정말이지 아무것도 아니게 되어 버렸다는 사실은 꽤 오래 내게 충격으로 남아 있었다.

"아니, 솔직히 말하면 그 이후론 힘들었어요. 그녀와 자작나무 숲을 걷고, 시베리아 벌판을 찾아가는 상상과 거기서 가장 길다는 시베리아의 겨울 속에서 하룻밤을 보내는… 그런 작고 소박하고 추운 사랑을 소원하던 것들이 정말이지 단박에 다 깨져 버렸거든요. 그래서 그걸로 끝이라고 여겼죠."

"정말 그렇게 생각해요?"

나는 그녀의 질문에 그녀 쪽을 다시 바라봤다.

"그녀가 자작나무 숲으로 데려다 달라고 했을 때, 어쩌면 그녀도 명호 씨와 같은 생각을 단 한 번이라도 하지 않았을까요? 모든 것이 얼어붙는 시베리아같이 인상적인 곳에서 하룻밤을 보낸다는?"

하지만 나는 설레 고개를 저었다.

"아뇨, 그건 저 혼자만의 생각이었어요. 그녀가 만약 모든 것이 얼어붙는 시베리아에서 누군가와 하룻밤을 보내야 한다면 그녀의 선택은 내가 아니라 그녀의 마음이 건너간 다른 사람이었을 테니까요. 수업 시간에 창밖을 보면서 그녀가 떠올렸던 그 사람."

"그랬을지도 모르겠군요."

나는 좌석에 깊숙이 몸을 편하게 뉘었다. 와인을 마셔서인지 나른함이 몰려왔다.

"그녀는 동아리 회장 형을 좋아하고 있었어요."

"안타깝다. 안타깝다. 그죠?"

"그녀가 자작나무 숲으로 데려가 달라고 했을 때, 난 운명도 내 편이라고 생각했죠. 근데 결과는⋯ 그래서 '난 그냥 아파해야 하나 보다'라고만 생각했어요. 실제로 많이 아팠고요."

와인의 취기는 보드카만큼이나 강렬하진 않았지만 은근히 끈기 있게 내 혈관을 파고들며 취하게 만들었다.

"아파도 아름답잖아요?"

나타샤는 싱긋 웃어 보였고 나도 씁쓸하게 입가로만 웃었다.

첫사랑은 이루어지지 않는다고 했던가? 그래서 아름다운 것이 첫사랑이라고.

"말 되네요. 아름답기 때문에 조금은 아파도 된다. 그래서 괜찮다. 괜찮다⋯."

"물론 안 아프면 더 좋겠지만 나중에 지나고 보면 아름다운 추억은 없을 거 같다는 생각이 들어서요."

나는 그녀의 말에 다시 싱긋 웃어주었다.

열차 내 스피커를 통해 기차가 곧 상트페테르부르크에 도착한다는 안내 멘트가 흘러나왔다.

"도착이네요."

기차가 역에 들어서고도 나는 서둘지 않았다. 다른 사람이 다 내릴 때까지 천천히 움직였고 나타샤 역시 그리 바쁘게 움직이지 않았다.

기차 안에 우리 둘만이 남았을 때에야 나타샤는 일어섰다.

"우리도 내려야겠네요."

그녀는 주섬주섬 짐을 챙겼고, 나 역시 선반 위에 올려 두었던 짐을 내렸다.

자작나무 아래로 내리는 눈

나타샤가 먼저 객실을 빠져 나갔고 나는 그녀의 뒤를 따랐다.

역 대합실까지 나와서야 나타샤가 돌아보았다.

"상트페테르부르크에 오신 걸 환영합니다."

"덕분에 잘 왔습니다."

나는 가벼이 목례를 해 보였다.

"네, 잘 왔습니다. 저도."

나타샤의 그 말에 나는 그녀와 내가 이제 헤어져야 할 시간이라는 것을 직감적으로 알아차렸다.

마음 같아서는 그녀와 더 많은 시간을 함께하고 싶었지만 그녀는 그녀대로 계획이 있을 터였다. 오가다 만나는 여행객 처지의 인연에서 다음을 또 기약할 수도 없는 상황이었다.

"이제 어디로 가실 건가요?"

그녀가 물었다.

나는 얼른 휴대전화를 꺼내 시계를 확인했다.

비행기 탑승 시간까지는 일곱 시간 정도가 남아 있었다.

"일곱 시간 남았네요, 비행기 타기까지. 시간도 남았으니 그냥 거리나 좀 걸어 보려구요. 나타샤는?"

"아, 나도 우선 좀 걸으면서 생각해 보려고 했는데… 그럼 우리 같은 방향인가요?"

나타샤의 말에 나타샤 역시 나와 헤어지는 것이 별로 달갑지 않다는 걸 알아차렸다.

나 역시 혼자보단 그래도 둘이라면 더 좋을 것 같았다. 그것도 상대가 다른 사람이 아닌 나타샤라면.

"그럼 일단 나가서 같이 걸을까요?"

나타샤는 기분 좋게 "오케이!" 했다.

〰️

상트페테르부르크는 모스크바보단 확실히 차가웠다.

기차역을 나설 때는 여름이라고 해도, 선선한 가을 날 아침 같은 날씨였다.

새로운 건물들이 들어서고 있는 모스크바와는 다른 느낌의 옛 왕조의 도시, 세계의 정복자들에게 속속 패전을 안겨준 동토의 땅 시베리아를 방패삼아 고전의 화려함을 고스란히 간직하고 있는 도시, 하루의 날씨도 변화무쌍한 상트페테르부르크.

얼마나 걸었을까? 새로운 도시의 운치에 흠뻑 빠져 두리번거리던 내게 나타샤는 급하게 말해왔다.

"나, 방금 할 일이 생각났어요."

나는 나타샤를 물끄러미 바라다 봤다.

'이젠 정말 혼자 거리를 걸을 때가 되었구나' 생각하니 아쉬워져서 그런 아쉬운 표정을 들키지 않으려 그저 물끄러미 나타샤를 바라만 봤다.

"설마 일곱 시간 동안 걷기만 할 건 아니죠?"

그녀가 고개를 갸우뚱해 보이며 다시 물어 왔다.

"걷다 지치면 카페에 가서 쉬거나, 밥도 먹고, 그리고 볼 만한 것 있으면 보고 뭐 그렇게 하는 거죠."

나는 코앞에 닥친 그녀와의 이별이 못내 아쉬운 듯 풀이 죽은 목소

자작나무 아래로 내리는 눈

리로 대답했다.

"그럼 같이 하죠."

그녀의 말은 놀라우면서도 반가웠다.

"같이 걷다 지치면 커피도 마시고, 밥도 먹고, 미술관이나 그런 데도 가 보고요."

"저야 괜찮지만…."

"그럼 됐어요. 저도 사실 특별한 목적 없이 여길 왔거든요. 혼자 걷는 것보단 둘이 걸으면 아무래도 재밌을 거 같아요."

그건 아니었을 것이다. 나처럼 그저 계획에도 없다가 갑작스레 상트페테르부르크행을 결정지은 짧은 여행객이라면 처음부터 계획에 없었으니 당연히 갈 만한 곳도, 가보고 싶은 곳도 마땅치 않았겠지만 나타샤의 경우는 상트페테르부르크행을 결정 지었을 때 분명 나와는 달리목적이나 계획이 있었을 터였다.

"오늘은 일 년 중 낮이 제일 긴 백야죠. 이런 날, 나 혼자 보내는 것보단 말이 통하는 명호 씨와 보내는 것도 제겐 의미가 있다 싶어지는데, 괜찮나요?"

괜찮지 않을 이유가 없었다.

그녀가 말이 통한다는 말을 내게 했을 때부터 나는 열차 안에서의 시간이 둘 사이 소통의 터널을 만들어 주었다고 그렇게 해석을 하고있었다.

아! 그녀가 지금 나와 함께하고 싶었던 것은 소통 때문이었다.

태어날 때부터 서로 같은 언어를 사용했던 같은 나라의 사람을 여행길에서 우연히 만나 같은 언어로 잠시 떠들었다면 그 시간은 잠시의 즐거움 말고는 지금처럼 특별하지는 않았을 것이다. 그런 즐거움보다는 '우린 서로가 감정의 소통을 하고 있구나' 하고 생각을 했다. 첫사랑의 이야기까지 처음으로 술에 고백을 하듯 술술 말해 버렸기 때문에.

'상트페테르부르크로 가자' 하고 마음을 먹었던 것은 백야에 끌렸기 때문이었다. 만약 어둠의 커튼이 내린 일상의 밤이었다면 그냥 모스크바에서 시간을 보냈을 것이다. 그들의 말처럼 하얀 밤. 밤에 뜬 태양 아래 선명히 보여주는 박물관과도 같은 도시로 와본다는 것이 모든 것이 우연이 아닌 행운 같았다. 그 독특한 매력을 러시아 아니면 감히 어디서도 느낄 수 없었을 터였다.

"저야 영광이죠. 더할 수 없이…."

마음속에서 일어난 어떤 기분들을 더 긴 말로 표현하려 했다가 그만두었다. 말이 길어지면 진실성이 없어 보일 수도 있다. 소통의 시간을 더 오래 하라고 백야를 만들어 준 러시아에서는 서두를 필요가 없었다. 여긴 러시아니까.

"그럼 제가 명호 씨 한국 돌아갈 비행기를 타기까지 동행해 드리는 걸로 해요."

선뜻 한국행 비행기 시간이 될 때까지 같이 있어 주겠다는 나타샤가 고마웠다.

비행기 출발 시간 전까지 일곱 시간을 나 혼자 걷고 나 혼자 밥을 먹고 나 혼자 낯선 도시를 어슬렁거리게 된다는 것도 좋은 경험이겠지만 그녀가 동행을 해 주겠다는 지금은 티브이를 켜고 여행 프로그램을 보며 그 나라의 음식을 시켜 놓고 혼자 밥을 먹으며 해설가가 전해 주는 정보를 듣다 선망하던 곳을 가보는 그런 것과는 차원이 다른

자작나무 아래로 내리는 눈

설렘이 따라왔다.

입안에 군내가 나도록 누군가와 대화 한마디 못하고, 그저 영혼이 갇힌 무색의 시선으로 낯선 도시를 바라보고 있어야 할지도 모를 일이었다.

"제가 밥 살게요. 가요, 어디든."

내가 흔쾌히 그녀의 결정에 보답하고픈 내 마음을 전달했다.

"설레는데요?"

그녀는 싱긋 웃고는 앞장서 걸었다. 마치 상트페테르부르크의 지리에 훤하다는 듯이.

"만두 좋아하세요?"

그녀가 물었다.

"한국 사람 대개 만두 좋아하지 않나요?"

"그럼 만두 먹으러 가요."

"러시아에도 만두가 있어요?"

내 물음에 그녀는 대답 대신 싱긋 웃어 보이며 앞장섰다.

"펠메니에요."

오 분쯤 걷다 골목으로 꺾어 들어가 마주친 허름한 식당 앞에서 나타샤가 멈춰서며 나를 올려다보고는 말했다.

"만두 찾아온 거 아니던가요?"

"한국식 만두는 아니에요. 여긴 러시아니까요."

"아, 러시아식 만두?"

"그렇게 보시면 돼요. 맛은 우리나라 고기만두와 흡사하니까 부담은 없을 거예요."

그녀가 성큼성큼 먼저 식당 안으로 들어섰고 그 뒤를 내가 따라 들어갔다.

가게 안은 좁았지만 주인여자의 모습은 거대했다.

흡사 가게를 꽉 채운다고 표현해도 좋을만치의 뚱뚱한 주인여자가 내온 펠메니는 정말이 나타샤의 말대로 부담 없이 먹을 만했다.

한국에서도 고기 안 들어간 만두는 즐기지 않던 내게는 주인여자의 몸집만큼이나 후덕하게 들어가 있는 고기소가 입맛에 잘 맞았다.

둘이서 세 그릇을 나눠 먹는 우릴 보며 주인여자는 엄지를 척 세워 보였고, 나타샤 역시 답례로 맛이 최고라는 듯 엄지를 척 올리며 답례를 했다.

"어디로 갈까요?"

숨도 몰아쉬기 힘들 만큼 배부르게 식사를 하고 났을 때 나타샤가 물었다.

"어디든, 전 따라만 다닐게요."

"그럼 오늘 명호 씨가 한국행 비행기를 탈 때까지는 제 맘대로네요?"

"그런 셈인가요?"

나는 피식 그녀를 향해 웃어 주었고 그녀는 서두르자는 듯 다시 짐을 챙겨 일어섰다.

"상트페테르부르크엔 궁전이 꽤 있어요. 물론 전부 가 본 것은 아니지만 두 군데 정도는 명호 씨와 함께 가도 좋을 것 같은데… 여름 궁전과 겨울 궁전 중에서 어디로 가고 싶어요?"

"여름 궁전과 겨울 궁전… 겨울 궁전이 좋을 것 같은데요?"

　　　　　　　　　　　　자작나무 아래로 내리는 눈

내 선택은 겨울 궁전이었다. 러시아니까 여름 궁전보다는 겨울 궁전이 어울릴 거란 생각이 들어서였다.

"탁월한 선택!"

그녀는 엄지를 치켜세워 보이며 내 기분을 더 좋게 만들어 주었다.

그렇게 그녀가 이끄는 대로 찾아간 겨울 궁전 에르미타주 미술관은 웅장했다. 러시아 전통의 길게 이어진 건물은 그 크기가 가늠하기도 힘들 만큼 크고 웅장해서 이곳이 왜 러시아인지를 알게 해 주는 것 같았다.

그녀는 익숙하게 티켓을 끊어 왔다.

바깥에서 보던 것처럼 실내도 웅장함 그 자체였다.

화사한 벽체와 포인트로 장식된 금칠의 벽들과 천장은 이곳이 왜 궁전이었는지를 알게 해 주는 것만 같았다.

"이 겨울 궁전은 엘리사베타 여제가 총애하던 건축가를 시켜 만든 궁전이에요. 이후 카테리나 여제가 미술품들을 하나하나 사 모으기 시작했고 그건 마지막 황제인 니콜라이까지 이어졌대요. 여기 있는 미술품들이 몇 점인 줄 아세요?"

나는 고개를 갸웃해 보였다.

"자그마치 삼백만 점."

"에에?"

기껏 많아 봐야 몇백 점 정도 생각했던 내 예상과는 완전히 빗나간 수치에 나도 모르게 놀랐다.

"근데 중요한 건 미술품 어느 것 하나 다른 나라에서 약탈한 것은 없다는 거예요. 모두 제대로 된 값을 지불하고 사온 것들이라고 해요.

그게 러시아인이 이 겨울 궁전에 느끼는 자부심이죠."

나는 또 한 번 놀랐다.

"이 궁전에 방이 자그마치 천 개라면 또 깜짝 놀라시겠죠? 유럽에서 가장 큰 궁전이고요."

"와우!"

나는 그녀의 설명에 연신 놀라며 혀를 내둘렀다.

전시된 명화들을 눈에 담으며 하나하나 훑어보다가 그녀의 발걸음이 멈춘 곳은 푸시킨의 초상화 앞이었다.

나 역시 그녀 옆에 나란히 서서 푸시킨의 초상화를 올려다보았다.

"푸시킨의 시를 들려준 사람이 있었는데 지금 그 푸시킨을 바로 눈앞에서 바라보고 있네요."

내가 푸시킨의 초상화를 물끄러미 보며 중얼거리듯 말하자 그녀가 궁금하다는 듯 물어 왔다.

"그녀가 들려줬나요?"

"아뇨, 택시 드라이버요."

"아! 그…"

나타샤와 나는 서로를 바라보며 동시에 "톨스토이!"라고 외치듯 말했고, 두 사람의 입에서 동시에 같은 말이 나온 것이 신기하다는 듯 서로를 보며 웃었다.

"톨스토이가 말해 줬어요. '푸시킨은 사랑 때문에 죽음을 선택했을 걸'이라고…. 그가 말한 뜻을 푸시킨의 눈을 보니 알 것도 같아요."

"눈?"

"뭔가 가득한 걸 품고 있는 듯한 저 눈빛이요. 사랑하는 사람을 그

자작나무 아래로 내리는 눈

육이 바라보거나 사랑에 잔뜩 만족한 현재를 살고 있다는 듯한 저 눈빛이요."

"그런 게 느껴져요?"

그녀가 되물었다.

"그러게요. 느껴지는 것 같기도 하고 아닌 것 같기도 하고…."

내 말에 그녀와 나는 서로를 바라보며 피식 웃었다.

대단한 웃음도 아니었지만 서로를 바라보며 짓게 되는 웃음은 정말이지 내가 나타샤를 오래 바라봐 온 사람처럼 익숙하고 친근하게 느끼기엔 충분했다.

다시 천천히 명화들을 감상해 나가던 내 손목을 잡고 그녀가 부리나케 나를 이끈 곳은 이동파 화가의 전시회장 이반 이바노비치 시슈킨의 작품 앞이었다.

숲이었다.

화폭 가득 자작나무 숲이 펼쳐져 있었다.

단박에 걸어들어 가고픈 숲… 미리부터 청아한 새소리가 들리고 하늘도 청명해서 소음 따위는 들리지 않는 숲의 소리와 머리가 어지러울 정도의 자작나무의 향기가 맡아지는 듯 여겨지는 자작나무 숲이 화폭 가득 펼쳐져 있었다.

우리 두 사람은 아무런 말없이 그저 정신을 빼앗긴 듯 작품만 바라보고 있었다.

"자작나무 숲에서 첫 키스를 했을 때 아무런 느낌도 받지 못했다고 했지만 사실은… 숲의 향기를 맡았어요."

나는 그제야 나타샤를 살며시 돌아다봤다. 나타샤가 싱긋 미소로 내게 화답하듯 웃어주었다.

"시베리아가 향기를 가지게 된다면 저 그림 속, 자작나무 숲의 향기 겠죠?"

나는 그저 긍정의 표현으로 대답 대신 고개를 끄덕였다.

"지금 나타샤에게 자작나무 숲의 향기가 난 거 알아요?"

"설마! 명호 씨가 어릴 때 느꼈던 자작나무 숲의 향기가 기억난 거겠죠."

"그런가?"

나는 고개를 갸웃해 보였다.

"한 번 가보고 싶네요, 명호 씨의 자작나무 숲."

시베리아의 눈 덮인 벌판에 선 자작나무들이 눈앞에서 흔들리고 있었다.

"그래요, 나타샤가 한국에 오면…."

＊＊＊

"그것들이 정말 사랑이었을까요?"

길거리 아이스크림 가판대에서 산 밀크아이스크림은 달았다.

나타샤와 나란히 아이스크림을 핥으며 넵스키 대로로 나왔다.

날씨는 궁전을 들어갈 때와는 달리 이슬같은 비를 뿌렸다. 굳이 우산을 찾을 필요도 없을 정도의 이슬비였다. 거리의 사람들조차 이런 날씨가 일상인 듯 우산을 쓴 사람이 없었다. 나타샤는 백팩에서 돌돌 만 레인코트라고 하기엔 가벼운 후드 점퍼를 꺼내 입었다.

"머리가 젖는 것은 별로라서."

내 첫사랑의 얘기에 대해 궁금해하던 나타샤는 내가 지혜와의 사이에서 어떤 일이 일어났고 어떤 사랑을 했는지에 대해 다 말해 주고 난 후에야 그녀의 첫사랑에 대해서도 얘기를 털어 놓았다.

하지만 자신이 사랑을 했는지 그렇지 않은지도 잘은 모르겠다며 오히려 내게 물었다. "그것들이 정말 사랑이었을까요?"라고.

"늘 그렇게 생각한 거 같아요. 난 무대 위에서 나와 사랑을 나누게 되는 상대방 배우들을 진짜로 사랑한다고 믿었죠. 하지만 공연이 끝나고 나면 내가 사랑했던 사람은 더 이상 내가 사랑하는 사람이 아니었어요. 내가 사랑해야 할 이유가 없어져 버렸거든요."

아직도 잘은 모르겠다는 고개를 갸우뚱하는 나타샤를 보며 '어떻게 그럴 수 있을까?' 생각했다.

"사랑은 가슴 울림을 동반하는데 못 느꼈어요?"

"현실보다 무대에서는… 가끔씩 다가왔었죠. 관객을 의식하지 않게 되는 순간이 있죠. 그 순간은 음악도 조명도 세트도 상대 발레리노도 내 감정을 따라다녔어요. 그런데 그것 역시 정해진 선을 따라 움직일 수 있는 테크닉을 몸이 받쳐 줄 때 가능하다는 것을 알았죠. 대부분의 사람들은 그것을 표현이라고 했고…. 이해 못하겠죠?"

나타샤는 공연마다 바뀌는 상대방 남자에게서 늘 가슴 떨리고 설렘을 느꼈으니 사랑이라고 믿는 듯하면서도 공연이 끝난 후 판이하게 달라지는 결과에 대해선 고개 갸웃했다.

나 역시 '나타샤가 정말 그들을 사랑했을까?' 의문이었다.

"단 한 번의 사랑도 어려운데 그래도 나타샤는 몇 번의 사랑을 했다니 운이 무지 좋았던 거 같은데요? 나는 단 한 사람이었는데 그마저도 나타샤와는 달리 운이 나빴고. 근데 그런 거 같아요. 몇 번의 사랑을 했느냐가 중요한 게 아니라 지금 사랑을 하고 있느냐가 더 중요하다는 생각…. 그리고 전 언젠가부터 사랑을 믿지 않게 되어서 나타샤가 정말 사랑을 했는지에 대해선 대답할 자격을 갖추지 못한 거 같은데요?"

나타샤가 이상하다는 듯 눈을 동그랗게 뜨고 나를 쳐다보았다.

"사랑을 믿지 않는다는 거… 그거 불행한 건데…."

"불행하다고는 생각 안 했던 거 같아요. 그땐 모든 것을 받아들이기 힘들어 오랜 방황도 했었지만 시간이 약이라고 견디다 보니 저절로 아물더라고요. 그게 사랑이었다면 아프면 영원히 아파야 하는데 시간이 그 아픔을 치유해 주더라고요. 이젠 이렇게 무덤덤하게… 아니 아주 무덤덤할 수는 없겠지만 그래도 과거 얘기를 해도 될 만큼 아픔이 많이 사라졌잖아요. 그래서 전 사랑을 믿지 않게 되었어요. 영원히 아프지 않다면 사랑이 아니다… 뭐 그런 결론?"

내 말에 그저 고개만 끄덕이며 걷는 나타샤의 목에 걸린 카메라가 유난히 도드라져 보였다.

"근데 어떤 이야기죠? 그 카메라에 담아내는 이야기가?"

나타샤는 그제야 제 목에 걸린 카메라를 거리를 두고 물끄러미 바라봤다.

"내 얘기예요. 내 이야기가 만들어질 거예요."

"근데 지금은 왜 촬영 안 해요?"

"그냥요…."

그녀는 또 다시 아까 내가 기차 안에서 물었을 때와 마찬가지로 "그냥…"이라고 대답했다.

나타샤가 "그냥…"이라고 대답했고 나는 더 이상 그냥 묻지 않았다. 하지만 그녀는 자신이 방금 내게 말했던 "그냥…"의 이유에 대해서 먼저 말해 왔다.

"내 친구들은 무대 위에서 보여 주었던 내 존재감을 찾아 주기 위해서 촬영을 제안했죠. 처음에는 이것 역시 타인들에게 나를 보여주기 위한 방법 같아 거절을 했어요. 그들의 끈질김에 시작은 해 보자 했는데 조금씩 익숙해지더라고요. 재미도 있고…. 또 덕분에 여행도 떠났고, 또 이렇게 걷고, 또 모처럼 생각을 하지 않고도 떠들 수 있는 한국말로 소통도 하고…. 혼자라면 아마 지금도 스스로를 촬영하고 있겠죠. 그게 최선으로 기분 좋은 일이거나 하진 않아도 해야 하는 의무니까. 하지만 지금은 달라요. 난 이런 카메라로 나 자신을 찍는 데 허비하는 시간과 노력, 그리고 생각들로 명호 씨와의 사이에 단절된 벽 같은 걸 만들고 싶지 않거든요. 얼마 만에 해보는 한국어로 떠드는 조잘거림인지, 그런 것들에 대한 그리움이라고 하면 너무 거창한가? 안 그래요?"

나는 그녀의 끝말에 쓰게 웃었다.

끝말이 차라리 없었더라면 더 좋았을 법했다는 생각이 들었다. 그냥 그 끝말에 괜히 서걱거리듯 가슴이 베어져 쓰라렸다.

그녀의 말대로라면 그녀는 내가 한국인이라서 좋다는 것 그 이상도 그 이하도 아니었으므로.

나는 맛이 느껴지지 않는 아이스크림을 먹으며 그녀와 다시 걸었다.

잘 걷던 그녀가 걸음을 멈춘 곳은 극장 앞이었다.

"이곳이 제가 첫 공연을 했던 극장이에요."

나는 그녀가 첫 공연을 했다는 극장의 글씨를 읽어 나갔다.

"마린스키 극장? 여기가 나타샤가 첫 공연을 한 장소예요?"

그녀는 대답 대신 고개를 끄덕였다.

나는 마린스키 극장의 모습과 나타샤의 모습을 이리저리 시선을 돌려가며 바라보았다.

"굉장히 다르네요."

나는, '뭐가?'라는 듯 그녀 쪽으로 슬쩍 돌아다봤다.

"난 지금 은퇴를 생각하는 중이거든요. 물론 은퇴를 할 나이도 되긴 했지만."

"나이가 그렇게 중요한가 봐요?"

"어느 정도는… 하지만 내 나이에 굳이 은퇴를 하지 않으려 해도 이상할 건 없는…."

"그럼 왜 은퇴를 생각하죠? 내가 좋아하는 일 더 할 수도 있다면 난 그쪽을 선택할 거 같은데."

"그렇게 마지막 끈이라도 잡고 싶었어요, 사실. 하지만 이 극장 앞에 서니 내가 왜 은퇴를 해야 하는지 알게 되네요."

"이유는?"

내가 다시 물었다.

"첫 공연을 앞둔 그때는 참 많이 설렜어요. 하지만 지금은… 그 설렘이 없거든요."

"익숙해져서 그런 건 아니고?"

설레 고개를 젓는 나타샤는 한참을 극장 건물을 바라보았다.

나 역시 나타샤의 지금 심정을 이해 못 할 바도 아니어서 그냥 침묵했고, 자신이 만든 우리 두 사람 사이의 침묵을 그녀는 기어이 스스로 깼다.

"커피 마실래요? 저쪽에 친구가 카페를 하거든요."

극장 건너편 골목을 바라보며 나타샤는 싱긋 웃어 보였다.

내가 그쪽으로 시선을 돌리는 사이 나타샤는 내 대답도 듣지 않고 성큼 앞장섰다.

"오우, 나타샤~!"

카페에 들어서자 마자 나타샤를 반겨주는 그녀의 친구는 러시아인이면서도 몸집은 나타샤보다도 왜소했고, 한쪽 발이 불편한지 조금씩 바닥을 끌면서 다가와 나타샤를 반갑게 포옹해 주었다.

"올가예요. 내 친구."

나는 나타샤가 소개시켜 준 그녀의 친구에게 꾸벅 인사를 해 보였다.

"나타샤와는 오랜 친구예요. 반가워요."

올가는 흔쾌히 나도 반겨 주었다.

카페는 한산했고 넓었다. 넓어서 한산해 보이는지도 모를 일이었지만 손님이라곤 우리 외에는 없었다.

올가는 대뜸 우리를 자리로 안내해 주는 대신 나타샤의 손을 끌고 빛이 어느 정도 바랜 사진이 가득한 벽면으로 이끌었고 나는 나타샤가 이끌려 가는 대로 따라갔다.

"사진들 봐 봐요. 마린스키 극장에서 나타샤와 함께 공연을 할 때 찍은 사진이에요. 제가 여기에 카페를 차리고 오픈한 날부터 이 사진은 여기 걸려 있었어요. 좀 오래되긴 했죠."

올가의 말에 나는 예전에 그녀도 나타샤와 함께 공연을 했던 발레리나였다는 것을 알아차렸다. 아! 그래서 서로 닮은 구석이 있었구나 하는 생각을 했다. 발레리나로서.

"이게 나예요. 여기가 나타샤."

올가는 사진 속 자신과 나타샤를 번갈아 가면서 짚어 보였지만 나의 시선은 사진 속 나타샤 쪽으로만 향하고 있었다.

아름답고, 빼어난 용모였다.

그녀가 지금보다 더 젊었던 시절의 사진을 보니 뭔가 새로워 보였다.

"대단했어요, 저때 나타샤. 나타샤의 춤은 사람의 감정을 흔들어 버리는 재주를 가졌어요. 같은 발레리나로서도 감탄할 지경이었으니까. 그중에 이 사진 봐 봐요."

올가가 가리키는 사진 속의 나타샤는 무대 위 공간을 비상 중이었다. 정말 날개가 달린 듯 공중 위로 날고 있는 그녀의 모습을 잘 찍어낸 사진이었다.

"나타샤의 점프는 따라갈 수가 없었죠. 부드럽고 나무 위를 나는 것처럼."

올가가 나타샤의 점프가 나무 위를 난다고 표현을 해 주었을 때 나는 '왜 그 표현을 썼을까?' 생각하면서도 어울리는 표현이라는 생각이 들었다.

"같은 발레리나인 나 역시 감탄할 정도로. 하지만 우리 같은 발레리나에게는 나타샤의 점프는 짜증, 짜증이었어요."

"왜요?"

내가 물었다.

"죽었다 깨어나 본들 우리는 나타샤의 점프를 따라갈 재능이나 능력 따위가 없었거든요."

"질투?"

"네, 그래서 전 나타샤가 싫었어요. 동양에서 온 빼빼한 여자에게 주인공을 빼앗겨 이곳을 떠난 애들도 꽤 많았거든요. 그중에 저도 있었고요. 호호."

"올가 너는…."

"부상은 좋은 핑계였죠. 솔직히 나는 발레가 싫었거든요. 여기에서 이렇게 카페를 차리고 앉아 새로 들어오는 공연을 보는 것은 좋았어도."

올가가 다 지난 일이라는 듯 유쾌하게 그때를 회상하듯 말을 해 오는 동안에도 나는 물끄러미 그녀의 비상하는 듯한 사진에서 눈길을 떼지 못했다.

"한 번 보고 싶네요."

나는 정말이지 그녀가 발레리나… 그것도 아주 뛰어난 발레리나였다는 것을 확인이라도 하고 싶었다. 그녀의 가녀린 몸에서 어디서 그런 폭발적인 힘이 나와 주는지 궁금했다.

"해 봐. 나도 보고 싶어지는데."

올가가 갑자기 나타샤의 팔을 잡고 흔들며 보채듯 말했다.

"여기서?"

놀란 나타샤가 물었지만 올가는 전혀 문제가 안 된다는 듯 어깨를 으쓱해 보였다.

그러곤 나타샤의 손을 한 번 꽉 잡아주고는 작정이나 한 듯 피아노 앞으로 가서 앉았다.

난처해하는 나타샤의 모습이 귀엽다고 여겨지는 순간, 나타샤는 결정이라도 한 듯 몸에 지니고 있던 불편한 것들을 죄다 탁자 위에 올리고 외투까지 벗은 채 편한 차림이 되어 카운터 앞 제법 넓은 빈자리로 가서 섰다.

나는 공연의 관람객이라도 되는 듯 탁자의 자리로 가서 앉았다.

나타샤와 서로 눈짓을 주고받은 올가가 「백조의 호수」를 피아노로 연주하기 시작했다.

사람 없는 카페 안, 피아노 소리만 가득하게 여명으로 되돌아오고 있었다.

이윽고 피아노 선율에 맞춰 나타샤가 움직이기 시작했다.

나타샤의 눈빛은 어느새 「백조의 호수」 오데트의 눈빛으로 변해 있었다.

처음으로 눈앞에서 발레 동작을 보는 것만으로도 흥미로웠지만 그

자작나무 아래로 내리는 눈

움직임이, 손끝 하나 발끝 하나가 예사롭지 않아서 나는 넋을 놓고 나타샤의 모습에 몰두했다.

나는 지금 춤에 몰두하고 있는 나타샤의 모습이 어딘가 모르게 익숙하다고 생각했다.

아주 오래전부터 봐 왔던 사람이거나, 아주 오랫동안 만나지 못하다 거의 잊어서 다시 만난 사람이거나, 정말이지 어디선가 보거나 만난 적이 있는 듯한 익숙한 느낌이 들었다.

그 느낌들 속에서 나타샤를 바라보는데 느닷없이 나타샤가 내 쪽으로 다가와 손을 내밀었다.

"같이 출래요? 지그프리드가 되어서?"

갑작스러운 그녀의 제의에 나는 설레 고개를 흔들었지만 그녀는 어느샌가 내 손을 잡고 그녀가 방금까지 춤추던 공간으로 나를 이끌었다.

나는 어쩔 줄 몰라 하며 이 상황을 어떻게 해야 하나 싶어서 피아노 연주를 해 주고 있는 올가를 슬쩍 바라다 봤다.

그런 나와 나타샤의 모습을 바라보며 피아노를 연주하고 있던 올가가 우리를 향해 싱긋 웃어 보였다.

"이건 무리인데요, 나에게는…."

나는 어정쩡한 자세로 그녀 앞에 서서 난처한 표정을 지어 보였다.

"괜찮아요, 그냥 그렇게만 서서 내 춤에 눈을 맞추기만 하면 돼요…."

나는 그녀의 춤에 최선을 다해 눈을 맞추고 그녀의 몸짓 하나하나를 머릿속에 새겨 넣고 있었다. 전기 톱날이 톱밥의 먼지를 날리고 나무의 향이 햇살처럼 들어오던 그런 공간에서 잘려진 나무 조각들이 새로운 모양의 작품을 만들듯이 그렇게 새겨 넣고 있었다.

"나… 당신을 어디선가 본 적이 있는 것 같아요."

그녀와 거리가 살짝 가까워졌을 때 그녀의 귀에 속삭이듯 내가 말했다.

"당신이 첫사랑과 함께 보았던 그「잠자는 숲속의 미녀」여주인공이 나를 닮았을지도 몰라요. 여주인공의 화장법은 대개 비슷해서 그리 느껴질 수도 있었을 거예요."

그제야 나는 나타샤의 말이 맞을지도 모른다는 생각이 들었다.

그럼에도 불구하고 나는 내가 마치 경험해 보지 못하는 새로운 무언가를 경험한 것이 아닐까 여겨졌다.

그것은 어떠한 수학적 공식으로나 과학적 근거에서도 존재하지 않는 데자뷔 현상 같은 그런 것인지도 몰랐다.

하지만 그때, 내가 지혜와 나란히 동아리 방에서 비디오로 보았던 발레 공연의 화면들 속 여자 주인공은 지금의 나타샤와 만나게 되리라는 걸 암시 같은 존재로 내게 나타나 주었던 것같이 여겨질 정도의 데자뷔였다.

～～～

네바강은 따뜻했다.

아니 손을 담그면 시린 차가운 강물이었겠지만 나타샤가 옆에 있는 네바강은 따뜻하게 다가왔다. 이슬비를 뿌리던 도시의 날씨는 어느새 개어 있었다. 이곳 도시의 날씨에 익숙한 사람들은 금세 반팔 차림으

자작나무 아래로 내리는 눈

로 햇살을 즐기고 있다.

누가 먼저 제의를 했는지, 아니면 둘 다 죽이 잘 맞았는지 올가의 카페에서 나온 우리는 네바강 유람선 위 갑판에 서 있었다.

유람선 갑판에서 바라보는 상트페테르부르크는 또 다른 매력으로 다가왔다.

이삭 성당의 금빛 찬란한 돔 지붕의 모습이 강물 위에 비치며 마치 금가루를 강물 위에 뿌려놓은 듯한 착각이 들게 만들기에 충분했고, 우리가 좀 전에 들렀던 겨울 궁전 역시 웅장한 모습을 보여주고 있었다.

해군성 본부의 뾰족한 첨탑을 흉내 낸 듯 강 건너편 피터 앤 폴 성당의 첨탑 역시 해군성 본부의 첨탑과 쌍둥이처럼 닮아 있는 걸 보며 뭐가 우스운지 나타샤는 그걸 보고 깔깔 웃었다.

나타샤의 웃음은 강물 위로 미끄러지듯 흘러갔고 유람선은 그런 나타샤의 목소리를 따라 흘러가고 있었다.

유람선이 운하의 교각 아래를 지날 때쯤, 다시 느닷없는 비가 쏟아지기 시작했다.

나는 서둘러 안으로 들어가 담요를 가져 나와 나타샤에게 덮어 주었다.

나타샤가 이런 풍경은 자주 보게 되는 게 아니라며 비를 맞게 되더라도 한사코 안으로 들어가길 거부한 탓이었다.

"들어와요."

그녀는 내가 가져온 담요를 펼쳐들고 내게도 담요 안으로 들어오라 강요했다.

하지만 담요는 두 사람이 덮기엔 작아 보여서 내가 머뭇거리자 그녀가 다가와 내 머리 위로 담요를 펼쳐 덮었다.

순식간에 작은 담요에 갇힌 나타샤와의 거리가 이만큼 가까워져 나는 나도 모르게 부끄러운 마음이 되어 갔다.

"춥네요, 갑자기."

그녀가 오싹 떨며 몸을 살짝 움츠렸다.

"안으로 들어갈까요?"

"아뇨, 대신 내 어깨 좀 감싸 주실 수 있어요?"

얼결에 나는 그녀의 어깨를 감쌌다. 그녀가 춥다 했으므로, 단지 그녀가 추위에 오싹 떠는 바람에…

그렇게 한참을 유람선이 풍경을 바꾸어 가며 보이는 동안 나타샤도 나도 말이 없었다.

그저 서로에게 전해지는 따뜻한 체온만이 우리 사이를 이어주고 있었다.

사랑할 수만 있다면….

나는 그 말이 차마 소리가 되어 밖으로 나오려는 걸 억지로 참느라 목울대가 울컥거릴 정도였다.

비는 그렇게 유람선에서 하선할 때쯤 그쳤다.

～✿～

비를 맞으며 추위를 견디고 하선한 우리가 찾아간 곳은 따뜻한 레스토랑이었다.

그녀는 배가 고프지 않다고 했고 나 역시 배가 고프지 않다고 했지

　　　　　　　　　　　　　자작나무 아래로 내리는 눈

만 기어이 나를 식당으로 이끈 것은 그녀였다.

한국 같으면 밤의 어둠이 내려앉아 도시의 사위를 가릴 시간인데도 여전히 상트페테르부르크는 낮이었다.

하지만 기어이 그녀가 나를 식당으로 이끈 것은 그녀가 밥을 먹는 중간에 나를 슬쩍 바라보며 짓던 그 웃음의 쓸쓸함의 깊이뿐만 아니더라도 나는 충분히 알아차렸다.

상트페테르부르크에서뿐만 아니라 러시아에서의 내 시간은 얼마 남지 않은 시점이었다.

그때문이었을까? 그녀가 맛있을 거라며 내게 권한 연어 스테이크는 맛이 느껴지지 않았고 그녀는 급격하게 말수가 줄어들었다.

우리는 둘 다 말없이 열심히 먹으면서도 연어에는 관심 없다는 듯 맛에 대해 서로 물어보지도 않았다는 게 뒤늦게 생각났다.

"맛있어요?"

침묵을 깨고 내가 먼저 그녀에게 물었다.

나타샤는 대답 대신 그저 고개만 까딱였고, 나는 그 모습에서 나타샤 역시 나처럼 연어 스테이크의 맛을 느끼지 못하고 있다고 여겼다.

하지만 그녀의 그런 마음을 다 꿰고 있었으면서도 나는 그녀에게 그 어떤 확신도, 그 어떤 희망도 줄 수 없었다.

그녀는 러시아에 있고 나는 곧 한국으로 돌아갈 사람이었다.

그리고 나타샤와 나는 스카이라운지에서 우연히 만나 보드카를 마시고, 백야를 보러 가는 기차 안에서 다시 만나 겨우 하루의 하얀 시간을 같이 보낸 사이일 뿐… 그 이상도 그 이하도 될 수 없었다.

다시 말은 끊어지고, 우리 둘 사이엔 옷섶을 파고들던 네바강 유람선 위에서 느꼈던 한기 같은 시림에 몸이 차츰 얼어 가는 것만 같았다.

마저 먹지 못하고 포크와 나이프를 먼저 내려놓은 건 나타샤였다.

입가심으로 음료를 마신 후 그녀는 물끄러미 내 쪽을 건너다 봤고 그런 그녀와 눈이 마주치자 그녀는 역시 씁쓰레하게 미소를 지어 보였다.

"맛있어요?"

이번에는 그녀가 내게 물었다.

"네."

"네"라고 대답할 수밖에. 달리 뭐라고 할 수도 없는 이 대책 없음이라니… 그저 헛웃음이 나오려는 걸 억지로 꾹꾹 명치께로 내려 누르며 삼켰다.

"식사를 하는 동안 한 시간이 흘렀네요."

나는 대답 대신 그저 고개만 끄덕끄덕 해 보였다.

"그거 알아요? 우리가 한 시간 동안 서로에게 한 말은 정말 몇 마디 되지 않는다는 거?"

"그러게요. 우리가 함께 있으며 가장 긴 침묵이었네요."

"싸운 것도 아닌데."

나는 차마 그녀의 얼굴을 보지 못했다. 혹여, 그녀의 얼굴에서 내가 우려했던 표정을 보게 된다면 그 상처는 내 몫이 될 게 뻔해서 그게 두려워서.

난 믿지 않아, 사랑 따위는….

나는 억지로 내게 마치 세뇌라도 시키려는 듯 마음속으로 몇 번을 되뇌며 중얼거렸다.

자작나무 아래로 내리는 눈

그렇더라도, 마음은 그녀에게로 흘러가고 있다는 걸 부정하지 못하면서도 나는 이건 도무지 말도 안 된다고 생각했다.

우리가 만난 것은 모두 해봐야 넉넉잡아 봐 줘도 하루 정도의 시간뿐이었다.

그런 사람에게서 사랑이라는 감정이 생겨난다는 건 정말이지 터무니없다고 생각했다.

내가 지혜를 첫눈에 보고 마음이 움직여 버린 그땐 아무것도 모르던 열여덟의 어린 나이였지만 지금은 달랐다. 충분히 냉정해질 수도 있었고 정확한 눈금자로 충분히 재어 볼 수도 있는 나이였다.

그런데도… 그런데도.

하지만 나는 나타샤에게 더 이상 아무런 말도 해주지 못했다.

그녀와 함께하고 싶다…. 내 마음이 인정을 해버렸음에도, 그런데도 나는 달리 그녀에게 그 어떤 해 줄 말도 생각해 내지 못했다.

그녀도 나와 같은 생각이라면?

물론 그 생각도 하긴 했지만 확신은 없었고 결국, '설마…'라고 치부해 버렸다.

"한국에 가면 어떤 일을 해요? 그러니까 내일 한국에 도착하면…."

그녀는 말꼬리를 흐렸다.

나는 그제야 더 이상 내 입이 연어의 맛을 인지하지 못하고 있다는 것을 깨달았고 동시에 포크와 나이프를 내려놓았다.

"공연장 방음 공사를 마무리 지어야 할 거예요. 논문도 마무리할 게 남아 있고…."

"그렇군요… 그렇군요."

그녀의 한숨 같은 대답이 내 마음 깊이에서, 아니 그보다 더 깊은 깊이에서부터 오롯하게 물기로 차 올라오고 있었다.

"명호 씨에 대해서 너무 아는 것이 없네요."

"나도 나타샤에 대해서 모르는 것투성이지만… 난 나타샤가 발레는 그만두면 안 될 것 같다는 생각만큼은 확고해요. 내 생각에 나타샤에게 발레는 여전히 현재 진행이라고 느꼈거든요."

"용기를 다시 가지란 말처럼 들리는군요. 내게 다큐멘터리를 제안한 사람들처럼 같은 말을 하는군요."

그녀는 쓸쓸하게 미소를 지으며 냅킨으로 입꼬리 주변을 훔쳤다.

"난 한국으로 돌아가면 가끔은 발레 공연도 보러 가고 싶어요. 나타샤의 모습이 그리울 거예요."

무엇을 보든 당신과 함께했으면….

내 진심이었다.

하지만 그녀는 내 말을 심각하지 않은 겉치레로만 여겼는지 그저 쓸쓰레한 웃음만 지어 보였다.

"백석의 시를 읽으면 생각날 거예요."

자꾸만 처져 내리는 그녀의 마음을 보고 있기가 안쓰러워 내가 장난처럼 말을 이었다.

"「목마와 숙녀」를 들으면 생각날 거 같은데요? 아니면 푸시킨이나."

그녀가 화답하며 아까보다는 밝게 웃어 보였다. 하지만 나는 그녀와 곧 있게 될 이별 앞에서 지금처럼의 그녀의 처진 표정을 마지막으로 기억하고 싶지 않았다.

"따라라라!"

자작나무 아래로 내리는 눈

내가 잠자는 숲속의 미녀를 허밍으로 음을 짚으며 자리에서 일어나자 그녀는 동그란 눈으로 나를 쳐다봤다.

그런 그녀 앞에서 나는 그녀가 내게 가르쳐 준 발레 동작 몇 개를 선보였다.

느닷없는 내 모습을 바라보던 나타샤는 그제야 활짝 열린 꽃처럼 크게 웃어 젖혔다.

～⋘⋙～

식사를 마치고 나와 우리는 식당 앞, 별것도 없는 배경으로 사진을 찍었다.

먼저 사진을 찍자고 제안한 것은 그녀였다.

나 역시 그녀와의 사진 한 장 정도는 가지고 싶었기에 선뜻 그녀의 요청에 화답했다.

그녀는 멀쩡하고 좋은 카메라를 두고 휴대전화를 꺼내 들었고 우리는 얼굴을 가까이 붙이고 그녀가 한손으로 치켜 든 휴대전화의 화면을 바라보았다.

"천천히 웃어 줄래요?"

그녀가 액정 화면을 보며 내게 부탁해 왔다.

"웃는 걸 천천히? 그건 어떻게 하면 되는 거죠?"

"그냥 지금 이 순간을 천천히 기억해 두는 거라고 생각하고 웃으면 돼요. 준비됐죠?"

이 순간을 천천히…

마음은 그렇지 않은데 나는 애써 웃음 짓고는 화면을 바라봤고 그녀는 셔터를 눌렀다.

찍힌 휴대전화의 사진을 들여다보던 나타샤가 느닷없이 웃음을 터뜨렸다.

"둘 다 눈을 감아버렸어요!"

"그러게 왜 천천히 찍자고 해서는… 지우고 다시 찍어요."

"아뇨. 둘이 함께 눈을 감았다는 게 재미있어요. 그냥 둘래요."

그녀는 다시 한 번 사진을 들여다보며 깔깔 웃었다.

하지만 그 사진을 나는 간직하지 못했다. 그녀와 내가 처음으로 같이 찍은 사진이었지만 그녀는 나의 휴대전화 번호 따위도 묻지 않았으니 당연히 내게 보내 줄 수도 없었을 터였다.

그때 내가 그녀에게 사진을 공유해 달라고 했다면 그녀는 내 전화번호를 물어보았을지도 모를 일이었다.

하지만 나는 사진을 공유하고 싶다는 얘기는 택시를 타고 공항에 도착할 때까지 그녀에게 결국 꺼내지 않았다.

이유는 간단했다. 나는 떠날 사람이었고 그녀는 남을 사람이었다는 것, 그 거리가 무려 러시아와 한국이라는 것, 그리고 또 다른 우연 따위가 있어 줄 리 만무한 거리를 두고 서로 떨어져야 한다는 것 때문에.

내가 발권 수속을 마치고 돌아왔을 때, 나타샤는 대합실 밖 하늘로 이륙하는 비행기를 우두커니 바라보고 있었다.

그 하늘 너머로 백야를 물들이는 어둠이 몰려들고 있었다.

"이제 저물어 가네요, 백야가."

그녀에게로 다가섰을 때, 그녀는 여전히 어둑하니 어두워 오는 하늘

자작나무 아래로 내리는 눈

을 바라보며 중얼거리듯 말해왔다.

"오늘 하루가…"

내 말을 받으며 그녀는 잽싸게 말을 이었다.

"하루가 아니라 이틀이죠. 우린 이틀 낮을 함께한 거고."

"시간으로는 기차에서 세 시간, 상트페테르부르크를 산책하며 일곱 시간."

나는 말을 내뱉어 놓고는 아차 싶었다.

그녀에게는 이틀이었을 시간을 숫자의 시간으로 뭉뚱그려 말하다니.

"이제 어디로 갈 거예요? 나타샤는?"

잠시 멍하니 밖만 내다보던 나타샤가 결심한 듯 대답해 왔다.

"역으로 갈 거예요. 첫차를 타고 모스크바로 갈 거예요."

"그리 짧은 여행을 계획한 건 아니지 않아요?"

"그러게요…. 그럴 생각은 아니었지만…."

그녀는 더 이상 말을 잇지 않았다.

대신 그녀는 한참만에야 몸을 돌려 나를 쳐다보았다.

사무친 눈이었다.

날 바라보는 그녀의 눈빛에 설핏 물기가 서려 보였다.

"자신이 없어요. 혼자 오늘 우리가 걸었던 길을 걷는다는 거, 우리가 먹었던 식당에 다시 간다는 거, 우리가 봤던 풍경들을 다시 본다는 거…."

그녀는 결국 고개를 떨구었다.

당신도 나와 같은 마음이었구나….

하지만 어쩌란 것인지… 어쩌면 좋을지….

나는 그녀의 손을 살며시 잡았다.

그녀는 내 손길을 외면하지 않았다. 고개를 푹 숙인 나타샤의 뺨을 내 손바닥으로 감싸주고 싶었지만 나는 그러질 못했다.

나타샤의 마음을 알기에, 그리고 내 마음도 내가 지켜야 했으므로 상처로 남을 만한 일은 할 수 없다고 생각했다.

"시간이 다 됐죠?"

나타샤가 애써 내 손을 꼬옥 잡아주며 나를 올려다보았다. 아니나 다를까 눈에 서운함이 설핏 비쳤지만 나는 모른 척 휴대전화를 꺼내 시간을 확인하는 것으로 그녀의 눈빛을 피했다.

"10분 정도? 여긴 아직 낮 같네요. 이 시간이면 한국은 깜깜한 밤 인데."

"러시아도 밤이죠, 하얀 밤."

"그래요… 그래요. 하얀 밤. 이제 난 하얗게 밤을 날아서 가야 할 시 간이네요. 건강해요, 나타샤."

나는 그녀의 손을 두 손으로 꼬옥 잡아 주었다.

"행운을 빌어요."

그녀 역시 내게 웃음으로 화답해 주었다.

"발레… 난 나타샤가 다시 하셨으면 해요. 꼭 한 번은 나타샤가 공 연하는 모습을 보고 싶거든요. 당신의 발레는 현재 진행형이에요. 당 신만 그걸 모르는 거 같아요."

그녀는 대답 대신 내가 잡고 있던 손을 꼼지락거려 손깍지를 껴 보 였다.

그러곤 서둘러 손깍지를 풀며 내 등을 떠밀었다.

자작나무 아래로 내리는 눈

"어서 가요, 늦을라."

그녀의 재촉에도 불구하고 나는 걸음이 무거웠다.

그렇게 그녀를 그 공항 대합실에 혼자 남겨두고 돌아서던 길… 무릎이 꺾이려는 걸 억지로 참으며 비행기를 탑승하기 위해 가던 길… 다시 돌아가 나타샤와 함께 시간을 보내고 싶은 마음을 참으며 그렇게 걷던 길… 그 길이 이렇게 먼 길인 줄은 그땐 알지 못했었다.

나타샤가 날아오르고 있었다.

화면 속, 나타샤는 피아노 연주자가 연주하는 「백조의 호수」에 맞춰 날아오르고 있었다.

이윽고 연습이 끝난 듯 카메라 쪽으로 다가오는 나타샤에게 묻는 미하일의 음성이 들렸다.

"여행 가서 찍은 건 왜 하나도 없어요? 카메라 안 켰어요?"

그랬을 것이다.

나타샤와 내가 만나는 시간, 그 시간 동안 나타샤는 우리를 촬영하지 않았다. 그랬으니 미하일이 보내 준 파일에는 우리가 존재할 리 없었을 터였다.

웃으며 미하일에게로 다가와 앉는 나타샤는 빙긋 웃었다.

"똑같이 말하네요."

미하일이 '무슨?'이라는 듯 나타샤의 얼굴을 화면 가득 채우고 있었다.

"그 사람도 그랬거든요. 왜 카메라를 안 켜냐고."

"그 사람? 누구? 혹시 스카이라운지?"

나타샤는 대답 대신 긍정의 표현인 듯 웃어 보였다.

"아니 둘이 미리 그러자고 약속하고 여행을 같이 떠났던 거였나요?"

"오우, 노우! 그건 아니에요. 정말 우연하게 기차 안에서 만났어요, 정말 우연하게."

"우연이라고 하기엔 너무 치밀한 거 같지 않아요?"

"스토커는 아니었어요. 그러기엔 너무 착한 사람이었고."

"그 사람도 그랬다면서요, 왜 카메라 켜지 않느냐고. 나타샤의 대답은?"

"그냥… 그냥이라고만 했어요, 그냥…."

"정말 그냥?"

"사실은 그러고 싶었어요. 그 사람과 그 순간들을 아무 제약도 받지 않은 채 보내고 싶었거든요. 미안해요."

"그래서 그렇구나…."

"무슨 말이에요?"

지금 무슨 상상을 하고 단정을 짓느냐는 듯 미하일을 바라보는 나타샤의 눈빛엔 의문이 가득 묻어났다.

"내가 처음 나타샤의 공연을 봤던 때의 나타샤를 다시 만나는 기분이었거든요. 아니, 표현은 더 풍부해졌어요. 원하면 나타샤가 지금 연습한 부분하고 공연 때의 모습을 비교해서 보여 드릴 수도 있는데. "

"아뇨…."

나타샤의 대답은 짧았지만 여유가 묻어났다.

"뭐예요, 나타샤가 얼마나 완벽한지 보여주려고 열심히 찍었는데."

"점프를 하면 알죠, 발레리나는. 내가 잘하고 있구나, 오늘은 잘되고 있구나 아니면 오늘은 꽝이구나 이런 거."

"그럼 나타샤도 오늘 나타샤의 연습이 훌륭했다는 걸 알고 있는 거군요."

나타샤는 싱긋 웃으며 고개를 끄덕여 보였다.

"언제나 감정이 문제였는데 그것이 조금씩…"

"그 비결이 혹시…"

미하일의 말에 '혹시 뭐?'라는 듯 나타샤가 미하일을 동그랗게 바라봤다.

"혹시 나타샤가 만났다는 그 사람 때문?"

나타샤는 대답 대신 잠시 무슨 생각인가를 하다가 벌떡 일어 나 창쪽으로 향했다.

그런 나타샤를 따라가며 미하일은 나타샤의 모습을 카메라에 담고 있었다.

바깥에서 들어오는 노을빛이 나타샤의 얼굴 위에 붉게 물들이고 있었다.

"아! 곱다! 노을… 그 사람과는 하얀 시간을 같이 보냈을 뿐이에요."

나타샤는 창문을 열었다.

"그 사람은 이 백야가 지는 시간에 한국으로 돌아가는 비행기를 타야 했거든요. 그래서 우린 그냥 대화하고 걷고 식사도 하고, 아이처럼 아이스크림도 날름거리고 뭐 그랬어요."

나타샤는 미하일 쪽으로 창턱에 엉덩이를 기대며 돌아서선 말을 이었다.

자작나무 아래로 내리는 눈

"미하일이 생각하는 그런 드라마틱한 에피소드 같은 건 없었어요."

"정말?"

"정말. 어쩌면 그것이 더 드라마틱했을 수도."

나타샤가 싱긋 웃으며 대답했지만 미하일은 나타샤의 말을 다 믿지 못하겠는지 다시 나타샤에게 물었다.

"단지 그 사람과 몇 시간 같이했을 뿐인데 확 달라진 나타샤를 나더러 믿으라고요? 이해하기 힘든 스토리 같은데요?"

나타샤는 다시 미하일을 향해 싱긋 웃으며 약 올리기라도 하듯 말했다.

"그러게요. 그 사람이 마술산가?"

"그거 알아요?"

미하일이 다시 능글거리며 웃는 나타샤에게 물었고 나타샤는 '뭐가요?'라는 듯 미하일을 바라보았다.

"지금 나타샤가 굉장히 행복해 보인다는 거?"

"그래요? 그럼 평소엔 불행해 보였다는 거네?"

"꼭 그렇게까지는 아니더라도 뭐랄까 행복한 사람이 한층 더 업그레이드된 행복을 느낀다고 해야 할까?"

"이건 고맙다고 해야 하는 거죠?"

"편하신 대로. 아참, 전 이고르와 만나기로 약속이 되어 있어서 가봐야 할 거 같아요. 카메라 에스디카드를 교체했고 기존의 것은 가지고 갈게요. 이고르에게 오늘 당신의 춤이 얼마나 완벽했나 보여주고 싶거든요."

"나도 지금 나가려던 참인데 태워 줄게요."

나타샤는 다시 싱긋 웃어 보였다.

"아 참, 그리고 나 없을 때 혹은 언제든 그 사람과 있었던 일들을 회상하며 카메라에 좀 담아 봐요."

"그것까지 꼭 그렇게 해야 하나요?"

"내가 궁금해서 그래요!"

버럭 소리를 지르는 미하일의 음성을 끝으로 미하일이 카메라의 전원을 껐는지 에스디카드를 꺼냈는지 화면이 바뀌었다.

～～

나타샤가 운전을 하고 있었고 그런 나타샤의 모습을 미하일은 조수석에서 열심히 카메라에 담고 있었다.

언뜻언뜻 차창으로 지나가는 모스크바 도심의 풍경들이 '다시 그 도시에 가고 싶다…'라고 생각이 들 정도였다.

아니 그 도시가 아니라 '그 도시에 나타샤가 살고 있어서'라고 함이 옳을지도 모를 일이었다.

화면 속 나타샤의 모습을 보니 더욱 마음이 그랬다.

"지금 무슨 생각해요?"

미하일이 운전만 하며 앞만 보고 있는 나타샤에게 묻고 있었다.

"그 사람요."

"그 사람의 어떤 걸 생각하고 있었나요?"

잠시 미소를 입가에 머금은 나타샤가 대답을 이어 나갔다.

"그 사람이 물었거든요. 어떤 이야기를 만들어 가고 있느냐고."

"그래서 나타샤의 대답은?"

자작나무 아래로 내리는 눈

"내 이야기를 만들고 있다고 했어요."

"맞는 말이네요. 나타샤의 스토리."

"근데 나의 어떤 이야기가 만들어지고 있는 거죠? 미하일의 생각은?"

"내가 설명을 안 해 줬었나?"

"아뇨, 대답해 줄 필요는 없어요. 내가 알아 가고 있어요. 지금."

미하일을 바라보곤 나타샤는 다시 운전에 몰두하며 마치 다 알고 있다는 듯 미하일보다 먼저 말을 뱉었다.

"처음에는 이고르가 말한 것처럼 은퇴하는 발레리나 이야기 정도로만 생각했어요. 근데 그 사람이 기차에서 나의 어떤 이야기를 만들고 있느냐고 물었을 때 나도 사실 궁금하더라고요. 나는 지금 나의 어떤 이야기를 카메라에 담고 싶은 걸까?"

"어떤 스토리를 만들어 볼까요?"

나타샤가 잠시 카메라 쪽으로 돌아보곤 피식 웃었다.

"지금 나한테 그걸 묻는 거예요? 다큐멘터리 감독을 자처하신 분이?"

"감독은 배우의 감정을 존중하거든요. 특히 난 막돼 먹은 고집만 가진 감독이 아니거든요."

나타샤는 다시 빙긋 미소를 지었다가 이내 침착해졌다.

"생각을 좀 해봐야겠는데요?"

"어렵게 생각하지 말아요. 이건 나타샤의 이야기가 될 테니까. 그냥 나타샤 모습 그대로면 충분하니까요."

"그래도 생각이 좀 필요하니까 카메라 좀 돌려줄래요?"

미하일은 말 잘 듣는 아이처럼 나타샤의 모습 대신 차창 밖으로 지나가는 모스크바의 풍경들 속으로 카메라를 돌렸다.

나타샤가 오디오의 버튼을 눌렀는지 아니면 백 뮤직인지 분간할 수 없는 「백조의 호수」 피아노 선율이 화면 가득 울려 퍼졌다.

～

화면이 바뀌자 음악도 사라졌다.

화면 속의 나타샤는 집에 있었다.

별 할 일 없는 사람처럼 몇 번 카메라 앞을 나타났다 사라지고를 반복하더니 그녀는 카메라를 들고 침대 쪽으로 고정시켰다.

그러곤 침대에 걸터앉아 발에 매니큐어를 바르기 시작했다.

백조의 발톱이 까만 것이었던가?

과거 점원 여자와의 약속처럼 나타샤가 발톱 위에 바르는 매니큐어는 까만색이었고 정성을 다해 발라가는 나타샤의 집중력에 나도 혹여 방해가 될까 봐 아무 소리도 내지 못하고 화면만 바라봤다.

그런 그녀가 혼잣말인 듯 중얼거리기 시작했다.

"그 사람 이야기를 해 보라고? 근데 막상 이야기하려고 하면 아무 생각이 안 나는걸…. 가슴 안에는 온통 가득 차 있는데 그걸 하나도 꺼내 놓을 수가 없는 건 왜일까? 몇 번이나… 몇 번이나 그 사람 이야기를 하려고 카메라를 켜곤 했는데…. 그럴 때면 하나도… 하나도 그 사람에 대한 것이 기억이 안 나…. 그 사람이 그때 무슨 옷을 입고 있었는지, 구두였는지 스니커즈였는지, 검정이었는지 갈색이었는지, 웃을 때 덧니가 보이기라도 했는지 그렇지 않은지…. 근데 막상 카메라만 끄면 또렷이 생각 나. 그 사람이 입었던 옷, 보이지 않을 것만 같던 그 미세한 주름들, 그리고 나를 보며 웃을 때 드러나던 가지런한 치아와 살짝 얇은 듯하면서도 야무진 입술이며 끝이 둥근 코… 근데 막상 카메라를 켜고 그 사람이 옷에 새겨진 미세한 옷 주름의 모양새를 말하려면, 그 사람이 입고 있던 옷의 색깔을 말하려면, 그 사람이 얼마나 하얀 치아를 가지고 있었는지 그런 것들에 이야기하려고 하면 방금까지 또렷하게 기억나던 것들이 하나도 기억이 안 나… 정말… 자고 일어나면 얼핏 떠오르다 마는 어설프게 꾼 꿈처럼… 그 사람은 정말… 정말 내게 꿈일까? 다시… 하루라도 만나 걷다가 멈췄다가 다시… 볼 수… 있을까? 이런 감정…"

중얼거리듯 말하며 매니큐어를 발라 나가던 나타샤의 손길이 순간 멈추었다.

그녀의 모습이 화면에서는 멀리 보여도 지금 그녀의 눈에서는 툭 눈물 한 방울이 그녀의 발톱 위로 떨어졌다는 것을 나는 알 수 있었다.

순간 내 가슴도 나타샤의 눈물처럼 바닥으로 떨어져 내렸다.

그러면… 아플 텐데… 그럴 텐데….

한참을 고정 화면처럼 묵묵히 앉아 있던 나타샤는 무릎 사이로 얼굴을 묻었다.

나는 그녀가 지금 울고 있다고 생각했다.

그런 그녀를 화면으로 바라보는 나도 눈물이 나서.

동그랗게 말아 넣은 듯한 그녀의 목석 같은 몸을 움직이게 한 것은 그녀의 휴대전화 소리였다.

그녀는 그제야 꿈틀거리며 옆에 놓인 휴대전화를 들어 액정을 바라봤다. 하지만 그녀는 전화를 받지 않은 채 그냥 휴대전화를 덮었다.

벨소리는 사라졌고 그녀는 다시 무릎 사이로 얼굴을 묻었다.

울고 있다는 것을 누구에게도 들키기 싫었을 것이다. 그런 나타샤의 마음을 충분히 알 것만 같았다.

하지만 다시 휴대전화가 울렸고 그녀는 보지 않아도 누구에게서 온 전화인지를 안다는 듯 휴대전화를 들 생각도 않고 꼼짝없이 웅크리고 있었다.

벨소리는 끊어졌다 다시 이어지고 끊어졌다 다시 이어졌다.

그사이 마음을 추스르기라도 한 것일까, 이윽고 나타샤가 전화를 받았다.

"미안해요, 미하일. 잠시 전화를⋯."

미하일이 무슨 얘기를 하는지, 무슨 연유로 그토록 받지 않는 전화를 수도 없이 해 댔는지 화면으로는 알 수 없었다.

"무슨 말이에요? 다시 무대에 서라니?"

다시 미하일이 무슨 얘기를 하는지 나타샤는 묵묵히 듣고 있었다.

"알았어요. 일단 이고르와 함께 만나요. 지금 극장으로 갈게요. 거기로 오실 수 있죠?"

미하일이 무슨 얘긴가를 하는지 가만히 듣고 있던 나타샤가 다시 말을 이었다.

"아, 미안해요, 미하일이 지금 극장에 있다는 아까 얘기를 깜빡했어요. 그럼 저만 거기로 가면 되는 거죠? 이따가 봐요. 준비해서 나갈게요. 삼십 분 후면 도착할 거예요."

나타샤는 전화를 끊고 잠시 무슨 생각인가를 하는 듯하다 서둘러 일어섰다.

자작나무 아래로 내리는 눈

흔들리던 화면이 바뀌어 어딘가의 문을 열고 들어가는 모습이 화면에 나타났다.

약간은 어둑하면서도 뭔가 정리되지 않은 듯한 실내의 모습에서 나는 그곳이 어디라는 것을 단박에 알아차렸다.

내가 미하일이 보내 준 동영상 파일을 처음 클릭했을 때 나타났던 그곳, 이고르의 극장이었다.

카메라는 미리 기다리고 있었던 듯한 이고르와 미하일을 동시에 비추고 있었고, 미하일과 이고르는 반갑게 나타샤를 맞이하고 있었다.

"어서 와, 나타샤."

이고르의 표정이 밝아 보였다.

나타샤가 그런 두 사람의 앞에 앉았고 카메라는 미하일이 받았는지 나타샤 쪽으로 비추고 있었다.

"미하일이 찍어 온 영상을 보고 나 사실 무척 놀랐어. 나타샤, 정말 완벽해서 너와 첫 공연할 때가 떠오르더라니까."

이고르의 표정은 한층 고무된 모습이었다.

"근데 난 아직 준비가 덜 된 거 같아. 같이 공연한다는 건 무리야."

"그렇지 않아요, 나타샤. 당신은 지금 완벽해요."

미하일의 음성이 들려왔고 이고르 역시 최고라는 듯 나타샤를 향해 두 손을 모으며 말을 이었다.

"지금 그대로의 나타샤면 충분해. 난 나타샤에게 무리하게 요구하는 게 아니라고 생각해. 그냥 지금의 나타샤면 충분하거든."

이고르의 말에 나타샤는 잠시 망설이는 기색이 역력해 보였다.

"글쎄, 자신이 없다."

결국 그녀는 설레 고개를 저었다.

"나타샤! 당신은 최고였어요. 그리고 지금도 여전히 현재 진행형으로 최고예요."

"현재 진행형?"

나타샤의 눈빛이 반짝 빛났다.

그 눈빛에서 나는 지금 나타샤가 무엇을 떠올린 것인지를 단박에 알 수 있었다.

그녀와 헤어지기 직전 공항에서 내가 그녀에게 그랬었다.

당신의 발레는 현재 진행형이에요. 당신만 그걸 모르는 거 같아요… 그 말을 나타샤가 떠올린 것이라고 확신했다.

나는 조마조마한 마음으로 화면 안 나타샤의 모습을 물끄러미 바라봤다.

"잘… 할 수 있을까?"

그녀가 조심스럽게 말을 뱉자 이고르와 미하일은 마치 자신의 일이라도 된 것처럼 서로 좋아라하며 하이 파이브를 해댔다.

그런 두 사람의 모습을 바라보던 나타샤가 피식 웃었다.

그 모습이 얼마나 편하고 아름답게 보이는지, 내 마음에 평온이 찾아오는 듯한 느낌이었다.

꽃

화면은 땀을 흘리고 지쳐 쓰러지고 헐떡이는 나타샤의 노력하는 모

자작나무 아래로 내리는 눈

습들이 짧게 파노라마처럼 화면을 채워 나갔다.

　그런가 싶게 실제 공연인 듯 무대가 어둠 속에 숨었다 일순간 조명이 들어오며 나타샤가 무대 위로 튀어 나왔다.

　가슴이 철렁 내려앉았다.

　뜬금없이 나타샤의 모습을 무대에서 보니 초등학교 운동회날 달리기 출발선에 섰을 때처럼 조마조마 가슴이 쿵쾅거렸다.

　제발… 제발 잘해 주기를….

　나는 음악에 맞춰 춤사위를 이어나가는 나타샤의 몸짓과 발짓, 표정 하나까지 놓치지 않고 살폈다.

　짙은 분장이었지만 나는 그녀가 처음부터 나타샤라는 것을 단박에 알아차렸다. 저렇듯 날렵한 몸매와 송곳처럼 발끝으로 곧추설 수 있는 능력, 그리고 손가락 끝까지 혼을 불어넣은 듯한 춤사위, 그것들은 나타샤의 모습에서가 아니면 쉬이 볼 수 없는 모습이었기에.

　무대 위에서의 나타샤는 역시나 날아올랐다. 점프는 높았고 우아했으며 턴은 중심이 확실히 잡혀 있었다. 우아한 백조였고 자유로운 나비였다. 상대 발레리노가 된 이고르의 눈빛과 동작까지도 기대치에 충분히 차오르게 했으며 둘은 아름다운 조화를 만들어 냈다.

　혹 실수라도 하면 어쩌나…. 기우는 곧 확신으로 바꾸었다.

　발레에 대해서 잘 모르는 내가 그녀의 몸짓들을 넋을 놓고 바라볼 정도였으니.

　삼 분?

　나타샤가 무대 위에서 춤을 추는 시간은 화면을 편집해서인지 고작 삼 분 정도에 지나지 않았다. 하지만 그 여운은 몇 배나 길었다.

그녀가 공연을 마치고 커튼콜을 하기 위해 다시 무대로 다시 등장을 했을 때 관객들이 보인 뜨거운 반응만으로도 감동이었다.

객석을 꽉 채운 관객과 동료 무용단원의 갈채를 고스란히 가슴으로 받으며 숨을 몰아쉬는 나타샤의 상기된 모습은 그동안 신념처럼 지탱해 온 노력과 감정의 소용돌이가 만들어내었던 갈등마저도 작품 속에 용해되어 그 자체로 빛나고 있었다.

나타샤가 그 얼마나 아름다운 공연을 만들었는지, 나는 나도 모르게 그 감동에 젖어 가슴에 물방울이 맺히기 시작하고, 급기야 그 맺힘을 어떻게 할 수 없어 화면을 정지시키곤 창가로 가서 창문을 열었다.

내가 눈물이 났던가?

후우 후우 몇 번이나 들숨과 날숨을 몰아쉬고서야 나는 다시 모니터 앞으로 다가 가 앉았다.

그리고도 여운이 다 가시질 않아 한참 동안 정지 화면 속 나타샤의 모습을 멍하니 바라보는데 다시 울컥 속 깊은 데에서 차오르는 습기에 이런… 싶어져서 서둘러 플레이 버튼을 눌렀다.

펑~!

폭죽이 하얗게 허공 위로 올라갔다 나풀거리며 떨어져 내렸다.

쫑파티라도 하려는 작정일까?

공연에 참석했던 사람들과 관계자들이 다 모인 장소 같아 보였다.

다들 즐거워 보였고 그런 만큼 밝아 보였다.

사람들 속에서 나는 나타샤를 찾느라 시선을 오락가락했지만 나타샤로 보이는 사람은 선뜻 내 눈에 비치질 않았다.

그때, 누군가가 무대 위로 뛰어 올라갔다.

자작나무 아래로 내리는 눈

이고르였다.

거기 모인 사람들 모두가 이고르에게 박수를 보냈다. 박수는 끊이지 않았고, 끝날 기미가 보이지 않았는지 이고르는 들고 있던 샴페인 잔을 스푼으로 두들겨 박수를 멈추게 했다.

박수가 멈추가 이고르가 소리쳤다.

"나타샤! 나타샤! 앞으로 나와요."

그제야 사람들이 나타샤를 찾는 듯 두리번거렸고, 사람들의 시선은 일제히 한곳으로 향했다.

사람들이 시선이 향한 곳, 수줍은 듯 자리에서 일어나는 나타샤가 보였다.

그런 나타샤를 향해 사람들은 다시 환호성과 박수를 보냈고, 그 환대가 조금은 쑥스러운지 나타샤는 꾸벅꾸벅 인사까지 해 가며 이고르에게로 다가갔다.

미리 준비한 듯, 이고르가 빨간 장미 한 송이를 나타샤에게 건넸다. 그리곤 마치 연극의 대사처럼 목소리를 높여 나타샤에게 말했다.

"나타샤! 당신과 무대에 서면 나는 늘 당신이 내 첫사랑과 같은 느낌을 주어서 좋았어요! 서로를 알아 가면서 그 설렘들에 차츰 길들여지고 익숙해져 새롭게 느껴지지 않을 때도 있었지만 나타샤! 나는 무대 위에서 당신과 사랑을 느낄 수 있어서 정말 영광이었습니다. 고마워요, 나타샤!"

이고르와 가볍게 포옹을 하는 나타샤가 이고르의 귀에 대고 무엇인가 속삭이는 것 같았고 조금 당황한 표정의 이고르는 사람들을 향해 다시 외쳤다.

"나타샤가 진심이냐고 물었습니다."

"나타샤 오늘 무대에서만큼은 진심으로 감동을 느꼈어요."

그의 갑작스러운 말에 잠시 사람들도 당황을 했고 누구보다도 당황을 했던 나타샤가 천천히 박수를 쳐 주자 모두의 박수로 이어졌다.

이고르는 나타샤와 다시 한 번 포옹을 마치고 사람들 앞으로 나타샤를 내세우며 손을 들어 한 말씀만… 이라는 듯 나타샤를 재촉했다.

무슨 말을 해야 하나… 잠시 생각하는 듯하던 나타샤가 입을 열었다.

"고마워요 이고르! 고마워요 나의 친구들! 그리고… 발레를 통해 나에게 아주 많은 멋진 발레리노와 친구들을 알게 해 준 차이코프스키…."

감정이 치솟는지 나타샤가 잠시 울컥하는 모습을 보이며 더 이상 말을 잇지 못하자 사람들은 그런 나타샤를 향해 다시 환호성과 박수를 보내 주었다.

그 박수와 환호에 다시 마음을 추스른 것일까? 나타샤가 말을 이어 나갔다.

"무대 위에서 감정과… 무대 아래에서의 감정들이 서로 다르게 지내는 것은 발레를 하는 우리들의 운명이란 걸 오늘 다시금 알았지만 늦은 만큼 더 행복해하고 있어요. 덤덤하게… 또 때로는 화가 난 모습이었다가 언제 그랬냐는 듯 다시 까르르 웃어도 흉이 되지 않는 여기 내 친구들이 있어서 오늘 밤은 정말이지 행복한 거 같아요. 모두에게 고마워요… 고마워요, 정말."

나타샤가 손 키스를 보내자 사람들의 박수가 이어지고 나타샤의 마음을 다 안다는 듯 몇몇은 고개를 돌려 눈물을 훔치기도 했다.

나도 모르게 가슴에 맺히는 물방울을 지우려 이유 없이 창가에 가

자작나무 아래로 내리는 눈

서성이다 다시 돌아와 플레이 시킨 화면이었는데… 나 역시 나타샤가 감정에 겨워 말을 이어 갈 때 어느샌가 같은 감정이 일어나고 있었다는 걸 알아차렸다.

화면 속 사람들은 춤추고 노래하고 보드카를 마시며 즐거워했다.

하지만 나는 화면에서 전해져 나오는 그 즐거움과 같이할 수 없었다.

사람들 속 나타샤의 모습이 슬로우 모션처럼 지나갔다.

저 속에 내가 있었다면….

⁓

카메라와 꽃을 함께 들었는지 흔들리면서 나타샤의 집 현관문으로 향하는 화면에선 언뜻 언뜻 모스크바의 가을이 보였다.

나타샤일까?

누군가에게서 꽃 선물이라도 받았을까?

그런 짐작들을 싹 무시하듯, 카메라를 든 사람이 나타샤의 집 초인종을 누르고 있었다.

미하일일 것이라 여기는 순간 초인종 소리에 문을 열어주는 나타샤의 모습은 보고픈 사람이나 다정한 사람이 갑자기 집을 방문해 온 것에 놀라는 듯한 동그란 눈을 하곤 활짝 웃었다.

"미하일~!"

나타샤가 카메라를 든 사람이 미하일이라는 것을 알게 해 주었다.

미하일이 내미는 꽃다발을 받고는 아이처럼 좋아라하는 나타샤의 모습은 그걸 바라보고 있는 나까지 기분 좋게 만들기엔 충분했다.

"잘 지냈어요?"

카메라가 잠시 꺼졌다가 다시 들어왔을 때 나타샤의 응접실에 앉은 미하일 앞에는 커피 잔이 놓여 있었다.

"아직도 촬영을 할 것이 남았어요? 이제 그만 해도…."

"그러게요."

맞은편 소파 위에서 책상다리를 하고 앉아 있는 나타샤에게 미하일은 케이스에 담긴 CD를 디밀었다.

"뭐예요?"

"미완성작이에요. 나타샤가 더 이상 다큐멘터리를 찍지 않겠다고 했을 때부터 미완성으로 그 자리에 멈춰버린 작품."

"미완성작을 이렇게 작품처럼 CD에 담아서 저한테 주신다? 이거 뭔가 불안해지는데요?"

"눈치 채셨구나. 그래요, 나타샤는 지금 불안해해도 좋아요. 정확히 내 의도를 가늠하고 있으니까."

"다시 다큐멘터리를 찍자는 건 설마… 아니죠?"

"그래 주면 좋겠지만 싫다고 해서 미완성의 작품으로 두기로 했어요. 공연은 완성시켰고…."

"그래서 이렇게 불쑥 왔어요?"

"지금부터는 개인적인 것이지만 알고 싶은 게 너무 많아서요."

한 모금 커피를 마신 나타샤가 커피 물을 입안에 잠시 머금고 있다 삼켰다.

"왜 그런 결심을 한 거예요?"

'뭐가요?'라는 듯 나타샤가 미하일을 바라봤다.

"더 이상 다큐멘터리를 찍지 않겠다고 한 이유…."

잠시 생각 속으로 빠져드는 듯한 나타샤의 얼굴에서 복잡한 속내가 고스란히 드러나 보였다.

　다시 커피를 한 모금 마시고 잔을 소파 앞 탁자에 놓은 나타샤가 입을 열었다.

　"미안해요, 미하일 때문에 다시 공연을 하게 되었는데."

　"이고르 때문이기도 했죠. 여전히 나타샤와의 무대를 동경했던."

　"이고르, 글쎄요…. 이고르와의 공연은 그다음 문제고 미하일에게 보답하려면 정말이지 더 열심히 다큐멘터리를 찍었어야 했는데."

　"아, 아니에요. 나타샤! 나는 나타샤가 다시 공연을 하게 된 것만으로도 최고로 고마워하고 있는걸요. 물론 다큐멘터리가 나타샤에게 다시 무대에 서게 해 주는 자그마한 힘이 되었다면 더할 나위 없겠지만요."

　"고마워요. 어쩌면 제가 괘씸할 수도 있을 텐데 그렇게 말해줘서."

　"그러지 말아요. 잘 알잖아요, 나란 인간. 그렇게 뭔가를 마음에 의문을 하나를 감추고 상대를 이렇게 환하게 볼 수 있는 능력 따위 아예 없는 인간이라는 거."

　미하일의 말에 그제야 나타샤는 피식 웃었고 다시 커피를 마시려는 듯 커피 잔을 집어 들었다.

　"혹시 그 사람 때문인가요?"

　막 커피 잔을 다시 입으로 가져가던 나타샤의 손길이 멈칫, 멈춰졌다. 잠시 그대로 정지 화면처럼 고요히 멈춰 있던 나타샤가 결국은 들고 있던 커피 잔을 다시 탁자에 놓았다.

　"나타샤가 다시 무대에 설 수 있도록 해 준 사람이."

　잠시 미동도 않고 앉아 있던 나타샤가 어느 순간 벌떡 일어나 창가로 가서 섰다.

그런 나타샤의 동선을 따라 카메라가 움직이며 나타샤를 잡아내고 있었다.

한참을 창밖만 물끄러미 바라보던 나타샤가 입을 열었다.

"처음엔 그저 스쳐지나가는 인연이겠거니 했어요…. 그렇게 대수롭지 않게 나 자신을 세뇌시켜 가며 지냈는데…. 어느 날엔가 그 사람이 어렸을 때 본 자작나무의 옹이처럼 가슴 한쪽에 단단히 박혀 있다는 걸 알았어요."

"어제 마지막 공연이 끝나고는 급기야 펑펑 울고 싶어지는 걸 억지로 참았어요."

"알아요, 어제 마지막 공연을 끝낸 나타샤는 평소 같지 않았어요. 그것도 그 사람 때문에?"

"눈치 채고 계셨네요."

"다른 사람은 눈치 못 챘을 테지만 난 알 수 있었죠. 그거 알아요? 어제 나타샤가 마지막 공연을 끝내고 나와 극장 앞 횡단보도를 건널 때 내가 불렀던 거."

무심히 창밖을 바라보던 나타샤가 다시 미하일 쪽으로 돌아서며 정말 그랬느냐는 듯이 의아한 눈빛으로 대답했다.

"그랬어요? 못 들었어요."

"못 들은 게 아니라 안 들린 걸 거예요. 나타샤는 온통 생각에 빠져 있는 사람처럼 보였으니까."

"그랬군요."

나타샤는 정말 미안한 듯 시선을 떨구고 잠시 그대로 서 있다가 말

자작나무 아래로 내리는 눈

을 이었다.

"무심해지자…. 무심해지자…. 그 사람이라는 존재에 무심해지는 길만이 내가 일상을 사는 길이라고 아침에 눈 뜰 때부터, 잠을 자려 누울 때까지 하루 종일 제 자신에게 주술처럼 주문을 외우며 하루하루를 버텨냈어요. 근데 정말이지 그렇게 마음먹으니 무심해지는 거 같기도 했어요. 근데 이번엔 달랐어요."

"달라요? 뭐가요?"

"난 공연을 할 때마다 내 상대 역의 남자와 가장 좋은 호흡을 유지하기 위해서 정말 그 사람을 사랑하지 않으면 안 된다고 생각했어요. 하지만 이번엔 이고르를 사랑하고 있다는 생각은 전혀 들지 않았어요."

"근데 어떻게 그렇게 완벽한 춤사위가 나올 수 있죠?"

"아니까요. 이제 정말 사랑이 뭔지…. 그 느낌들… 그 숨결들… 그 웃음들… 그걸 아니까요."

"명호라고 했나요, 그 사람 이름?"

나타샤는 다시 멍하니 창문 쪽으로 시선을 돌려 바라보다가 다시 미하일의 앞쪽 자리로 와서 앉았다.

"꼭 찍어야 하나요, 이런 얘기도?"

나타샤는 카메라 쪽을 멍하니 응시하며 미하일에게 물었다.

"원한다면 꺼 드릴게요."

미하일이 막 카메라를 집어 들었을까?

"아니에요. 그냥 찍혀도 좋아요. 훗날 남겨 둘 것을 그렇게 후회하는 것보다는 나을 것 같네요."

잠시 멈칫하는 듯 카메라를 든 미하일이 다시 카메라를 소파 위 탁자에 내려놓았다.

"그거 알아요?"

"나타샤가 상트페테르부르크에서 돌아온 후부터 달라졌다는 거."

"음… 알았군요?"

"그 사람 얘기 좀 해 주면 안 될까요? 물론 스카이라운지에서 만났다는 것, 그리고 상트페테르부르크로 가는 기차 안에서 정말 우연히 재회했다는 것도 알아요. 하지만 그 사람이 나타샤 당신을 어떻게 했기에 은퇴까지 고려하던 당신을 다시 무대에 서게 만들었는지."

나타샤는 그러나 아무런 말 없이 탁자 위에 놓인 커피 잔만 물끄러미 바라보고 있었다.

"한 잔의 술을 마시고 우리는…."

"네?"

"시인의 시처럼 우리는 상트페테르부르크로 향하는 기차에서 술을 마셨죠."

나타샤는 커피 잔을 집어 들고 일어났다.

"식어버렸네요. 다시 데워 와야 할까 봐요."

나타샤가 커피 잔을 들고 싱크대 앞으로 향하고 있었다.

자작나무 아래로 내리는 눈

커피를 데우겠다고 향한 싱크대 앞이었지만 그녀는 정작 커피를 다시 데우거나 새 커피를 만들려는 의지 따위는 아예 없어 보였다.

그녀의 등은 잎새처럼 여려 보였다. 설움을 당하다 당하다 엄마 품을 찾은 아이의 울음처럼, 다가가 툭 건드리기라도 할라치면 금세 울음을 터뜨릴 것만 같은 간당간당함이 묻어났다.

"시간이 좀 지나고 나서 알았어요. 여행길에 만났던 낯선 남자의 추억에 언제나 내가 들어가 살고 있었다는 걸…"

싱크대를 짚고 선 나타샤의 어깨가 더 처져 내렸다. 그 모습을 그저 화면으로 바라보고만 있는데도 마음이 가파르게 골짝을 치닫고 있는 기분이었다.

얼마나 오래 쌓아두고 쌓아두었던 말이었을까?

저 말을 하기까지 나타샤가 그 얼마나 많은 감정의 소용돌이 속에서 살아 와야 했을까를 생각하니 가슴 한쪽이 예외 없이 맵싸해져 왔다.

"나타샤?"

미하일이 싱크대 앞에서 등을 보이고 있는 나타샤를 나지막하게 불렀다.

그제야 천천히 돌아서는 나타샤의 눈가엔 물기가 돌고 있었다.

"내가 어떻게 해야 하죠?"

나타샤를 우울에 빠지게, 그럴 의도는 아니었는데…. 미하일은 정말 이 상황을 어떻게 해야 할지 몰라 하는 투로 묻고 있었다.

하지만 나타샤는 쓱 손바닥으로 눈물을 훔치고는 밝게 웃어 보이며 미하일의 앞으로 와서 앉았다.

"공연한 내 감상이 미하일을 곤란하게 만든 것 같네요."

"아니에요. 아닙니다."

"그럼 그만할까요?"

"아! 그건 아니죠! 하다 말면 안 한 것만 못하다는 얘기도 있잖아요."

"러시아에도 그런 말이 있어요?"

"글쎄요, 있겠죠. 지금 내가 즉흥적으로 만들어 낸 말이기는 하지만."

미하일의 말에 나타샤는 그제야 픽 하고 웃었다.

"역시, 나타샤는 웃는 게 제일 매력적이라니까."

"그럼 그 사람 얘긴 안 하는 거예요. 그래도 되죠?"

"해 봐요, 그냥. 나타샤의 마음 안에 깃든 사람의 얘기는 행복한 얘기 아닌가요?"

미하일의 말에 그제야 나타샤는 '그런가?'라는 듯 잠시 고개를 갸우뚱하곤 긍정의 표시로 고개를 끄덕였다.

"그러니까 기쁘게 해요. 아니, 그 사람과 기뻤던 일부터 얘기해요.

미하일의 말에 나타샤는 잠시 고개를 갸웃했다.

"기쁜 일이라… 아, 그때! 그 사람을 다시 만났던 기차 안에서요. 그

자작나무 아래로 내리는 눈

사람은 자고 있었고 그걸 몰래 카메라로 찍었죠."

"네? 근데 나타샤가 제게 준 파일에는 그 사람의 모습은 어디에도 없던데, 그렇지 않던가요?"

나타샤는 미하일을 향해 싱긋 웃었다.

"이런 그걸 지웠어요?"

나타샤는 고개를 끄덕였다.

"그러지 말지… 하여튼 그래서요?"

"근데 그 사람이 잠에서 깰 생각을 않는 거예요. 난 그렇게 우연히 다시 만난 게 기뻐 죽겠는데, 그래서 그 기쁜 마음을 말하고 싶은데 도무지 잠에서 깨야 말이죠. 그때 알았어요. 내가 흥분하고 있다는 것을…. 그래서 애써 마음을 가다듬으려 그 사람이 자고 있는 사이에 잠시 커피를 마시러 식당 칸을 다녀와야 했죠. 다시 돌아와 보니 그 사람은 깨어 있었죠. 놀라는 그 사람 앞에서 나도 아까는 본 적이 없는 것처럼 일부러 행동했어요, 혹 그 사람이 자신이 자고 있었다는 걸 알아차리곤 무안해할까 봐서요."

"혹시 자고 있는 모습이 천사 같던가요?"

천사! 미하일의 뜬금 없는 질문에 나타샤는 깔깔 웃었다.

"다 큰 어른 천사? 그것도 남자 천사? 에이, 그건 좀 어쩐지 그림이 안 맞다."

"그런가요?"

미하일도 하하 웃었고 나타샤도 고개까지 설레 저어 가며 웃었다.

두 사람의 웃음이 멈출 즈음 나타샤가 다시 말을 이었다.

"흥분이 급기야 설렘으로 다가온 건 그 사람과 기차에서 와인을 나

뭐 마시고 그 사람의 첫사랑 얘기를 들었을 때는 아니에요."

"그럼 언제?"

"기차에서 내려 이제 서로가 가야 할 길을 가야 하는 사람처럼 역대합실로 나와 섰을 때 그 사람과 동행할 수 있다는 사실을 알게 된 후부터요. 그 사람과 7시간을 함께 보낼 수 있다는 생각에 속으론 얼마나 기뻤는지 몰라요."

"미리부터 그 사람을 사랑하게 된 게 아니었을까요? 좀 이른 것 같긴 하지만."

나타샤는 다시 잠시 생각을 하는 듯 미하일의 말에 고개를 갸웃해 보였다.

"글쎄요. 잘은 모르겠어요, 그때의 제 감정이 정말 그랬는지 어떠했는지는."

"그러곤요?"

화면엔 보이지 않지만 묻는 미하일의 눈빛이 어떨지 짐작 갔다. 나타샤가 내 첫사랑에 대해 궁금해하며 이렇게 저렇게 물어 올 때의 눈빛과 닮아 있을 게 뻔해서.

"우리 둘은 어디를 먼저 갈까 생각하며 걷기만 했어요. 이야기를 해도 좋았고 안 해도 그만이었죠. 우린 같이 걷기로 했으니까요."

"무작정?"

"특별히 계획해 두던 일이 없었거든요. 그 사람에게도 그리고 내게도."

"설마 7시간을 내내 걷기만 하고 이 이야기가 끝나는 건 아니죠?"

미하일의 말에 나타샤는 다시 피식 웃었다.

"넵스키 대로를 나란히 걸은 건 그리 길지 않았어요. 지치면 카페에

자작나무 아래로 내리는 눈

서 커피를 마셨고, 길거리 아이스크림도 핥으며 걸었고, 관광객들 사이에 끼여 거리를 걷다 네바강의 운하를 따라 도는 유람선도 탔죠. 갑자기 쏟아지는 비에도 불구하고 우린 꿋꿋이 풍경들을 감상했어요."

"비를 맞으면서요? 춥지 않던가요?"

미하일의 질문에 그녀는 손사래까지 치며 부정의 의사를 확실히 지어 보였다.

"전혀요! 그 사람이 담요를 가져와 덮어 주었거든요. 따뜻할 뿐이었죠. 그리고… 음… 배가 고파져 우린 만두도 먹었고…"

"만두?"

"아, 펠메니요. 한국에선 그런 걸 만두라고 하죠. 다르긴 하지만 아주 비슷하거든요."

"아, 그렇군요. 먹어보고 싶네요, 한국 만두."

"나중에 기회되면 내가 만들어 볼게요. 어쩌다 얘기가 옆으로 샜죠?"

"제가 괜히 만두에 대해 물어서…"

"아, 하여튼 만두도 먹고 그렇게 서로를 배려하며 백야를 보냈어요. 그 사람에겐 시간이 없었거든요. 그 사람이 한국으로 떠나야 해서 공항 출국장에 들어서기까지 기차 안에 갇혀 있었던 시간을 빼곤 정확이 6시간 20분 동안 우린 함께 있었죠. 그 6시간 20분 동안은 하얀 밤이었다는 것에 그는 걷다가 문득문득 신기해했죠."

잠시 말을 멈춘 나타샤는 테이블 위로 비쳐 든 햇살을 커피 잔 위에 얹었다.

"백야가 보게 해준 인연, 그것이 인연이었다면 그런 생각이 드네요."

"아! 겨울 궁전에도 갔었어요."

"에르미타주 미술관! 거기 좋죠."

"좋았는지 어땠는지 솔직히 나는 알지 못했어요. 그때… 우리가 가장 오래 바라봤던 그림이 뭐였는 줄 아세요?"

"렘브란트? 레오나르도 다 빈치?"

"땡!"

그녀는 가차 없이 미하일에게 낙점을 매겼다.

"자작나무가 그려진 숲 그림요."

"외국인이라면 아무래도 렘브란트나 다 빈치의 작품을 보려고 기를 썼을 것 같다는 생각이 들었거든요."

미하일에게 열은 미소를 지어 보이고 나타샤는 다시 말을 이었다.

"그 사람이 그러더군요. 내게서 숲의 향기가 난다고…."

"숲? 어떤 숲이요?"

"자작나무 숲…."

"그러고 보니 나타샤와 자작나무가 잘 어울린다는 생각이 드네요. 그 사람 안목이 꽤나 좋은 사람 같아 보이는데요? 뭐 하는 사람?"

"건축가이면서 대학교수라고 했어요. 세미나 때문에 모스크바까지 왔었다고 들었어요."

"정확하지도 않다는 얘기네요. 나타샤, 근데 왜 연락처 같은 건 받아 두지 않았나요? 나중에 나타샤가 한국에 갈 일이 있으면 만날 수도 있는 거잖아요."

미하일의 질문에 잠시 무슨 생각에 빠졌다 깨어난 나타샤가 말을 이었다.

"그땐… 그래야 한다고 생각했어요. 서로 연락처를 묻고 서로를 생

자작나무 아래로 내리는 눈

각하겠다는 듯 행동한다는 게 무모하게 느껴졌거든요."

"오우, 나타샤! 그건 무모한 것이 아니라 멍청한 거죠!"

"알 수 없는 것들과 더 알게 되면 불편해질지도 모른다는 그 사람의 주변들, 그런 것들 때문에 그냥 그래야 한다고 생각했어요. 우린 일 년 중 가장 긴 백야의 시간을 고스란히 함께 보낸 정도의 인연… 그거면 충분할 것 같았거든요. 그래서 다시 만날 기약 따위도 하지 않았어요. 여긴 러시아이고 그 사람은 한국으로 가야 했으니."

"근데 나타샤의 말대로 그걸로 끝난 거면 또 몰라도 달라졌잖아요, 나타샤. 그 사람이 어떻게 나타샤를 달라지게 했는지 알고 싶어요."

"그건 아까 말하지 않았던가요? 달랐다고."

"그러니까 그 다른 점이 뭔지 묻는 거예요, 나타샤."

미하일의 송곳 같은 질문에 나타샤는 잠시 생각에 빠진 듯했지만 쉽사리 대답을 내어 놓지 못하다가 한참만에야 입을 열었다.

"느낌… 감정… 안심하고 마음을 놓게 만드는 뭐 그런 거?"

"어려워요, 나타샤."

미하일의 말에 나타샤는 다시 피식 웃었다.

"나도 어려워요."

"하긴 사랑이란 게 어렵긴 해요."

"사랑?"

미하일을 바라보는 나타샤의 눈빛이 반짝 빛났다. 하지만 이내 창 쪽으로 시선을 멍하니 두곤 중얼거리듯 말을 이었다.

"그게 사랑이었을까요? 고작 두 번, 그것도 채 하루도 되지 않는 시간을 함께한 사람과?"

"모르긴 해도 사랑이었을 거예요. 나타샤를 달라지게 만들었으니."

"아!"

나타샤는 다시 뭔가를 떠올린 듯 눈이 커진 채로 미하일을 바라보았다.

"내가 달라지는 데에는 미하일도 한몫한 거 아닐까요?"

"제가요?"

"미하일이 그랬죠. 이고르의 극장에서. 저의 발레는 현재 진행형이라고."

"그건 공연을 못하겠다고 우기는 나타샤의 마음을 돌리기 위해서 한 말인데…."

"그럼 그게 빈말이었어요?"

"그땐 꼭 무대에 서는 모습을 보고 싶었어요."

"그러니까요! 그 사람도 그랬어요, 내가 다시 무대에 서는 걸 보고 싶다고…. 그러면서 마지막으로 비행기를 타러 들어갈 때 제 발레는 현재 진행형이라고 했거든요."

"설마? 진짜예요?"

나타샤는 빠르게 몇 번 고개를 끄덕여 보이며 진짜를 강조하듯 해 보였다.

"그렇다면 정말 그 사람 안목이 대단한데요? 대학교수라고 했죠? 한국의."

나타샤가 고개를 끄덕였다.

그 사람에 대해 기억할 수 있는 단서가 있을까요?

"단서? 그건 왜…."

미하일이 보내 온 동영상은 거기서 끝이었다.

"왜?"라고 묻던 나타샤의 목소리는 동영상이 끝난 후에도 오래 여운처럼 내 귓전에 일렁거렸다.

왜! 왜요?

나타샤는 미하일의 물음을 느낀 것일까? 묻는 것일까? 나타샤가 내게 묻고 있었다.

우린 왜 다시 만날 수 없는지, 당신도 나만큼이나 나를 생각하고 있는지, 다시 만나 백야의 그 짧은 시간을 같이 보낸 우리는 정말 사랑을 했던 것인지….

머리가 복잡해져 왔다.

그렇게 그녀와 러시아에서 일 년 중 가장 낮이 긴 백야의 하루를 보내고 한국으로 돌아온 게 작년 여름이었다.

누군가가 일 년이란 시간 동안 당신에게 나타샤는 어떤 존재였냐고 물어 온다면 그 마음… 동영상에서 본 나타샤의 그 마음… 그 마음과 닮았다고 선뜻 얘기할 수 있을까?

나는 창문을 열어젖혔다.

곧 다가올 여름의 열기가 벌써부터 찾아온 듯 바깥 공기가 후덥지근하게 여겨졌다.

김 교수에게 떠밀리듯 해서 러시아엘 다녀온 후, 김 교수는 소극장 공사를 전면 중지한다고 통보해 왔다.

"꿈을 오래 가지고 싶거든."

왜냐고 묻는 내 말에 김 교수는 간단하게 대답했다.

'빨리 끝내고 싶어 닦달을 할 땐 언제고 지금 와서?' 싶었지만 예산 문제에 부딪혔기 때문일 거라는 걸 나 역시 모르지 않았기에 더 이상 묻지 않았다.

그렇게 흐지부지되었던 공사를 다시 시작하게 된 것은 사월이었고 다시 김 교수의 닦달은 시작되었다.

그럴 거면 작년부터 계속 해 왔으면 끝나도 벌써 끝났겠다며 핀잔을 주는 내게 김 교수가 말했었다.

"공사를 마치고 나면 허무할 거 같아서. 이렇게 꿈을 가지고 공사를 할 때가 가장 행복할지도 모른다는 생각이 들었다. 이놈아!"

김 교수의 속내를 모르는 바 아니었기에 내가 일부러는 아니었지만 늑장을 부리는 모습을 뻐기는 듯 해보일 때마다 김 교수는 나와 반대로 안달을 해 댔다.

그런 김 교수의 모습에서 나는 가끔 못되게도 희열 같은 것을 느꼈고 김 교수가 조금은 부당하고 무리한 것을 요구할 때마다 무기처럼 꺼내 작업의 속도를 줄여 뭉그적거리는 것으로 대신 했다.

"어른 놀려 먹는 게 좋냐?"

내 속을 다 꿰고 있는 듯한 김 교수의 그 한마디 이후로 내 마음을 들킨 것 같아 더 이상 그 방법도 써 먹지 못했지만.

하지만 내가 러시아에 다녀온 후 상황은 반대로 달라졌다.

나는 일부러 김 교수 앞에서 뭉그적거리며 김 교수를 안달 나게 만들었던 것과는 반대로 실제로 나는 작업이 더뎠다.

"뭐냐?"

자작나무 아래로 내리는 눈

러시아엘 다녀온 후, 평소엔 땀이 삐질하게 나올 만큼 힘을 줘 가며 '싹싹싹싹' 거침없이 하던 내 대패질이 '싹싹싹… 싹싹… 싹… 싹…'으로 변해 있는 것을 눈치라도 차린 듯 김 교수가 물어 왔을 때에야 나는 비로소 '아차!' 싶었다.

물론 내 대패질 소리 때문만은 아니었을 것이다. 평소 같으면 꼼꼼하던 일처리가 느슨함으로 바뀌고, 방금 자로 재 놓고도 잊어버려 다시 목재를 재러 간다거나, 괜히 허둥대다가도 멍해지는 내 모습들을 김 교수가 모르고 있을 리 만무했다.

그런 것들을 뭉뚱그려 "뭐냐?" 한마디로 김 교수가 묻고 있었지만 나조차도 그땐 '내가 왜 이러나?' 싶을 정도였을 뿐 그 원인에 대해선 알 수가 없었다.

아니, 알 수가 없었다… 가 아니라 알려 하지도, 단정을 짓지도 않았다… 라고 해야 함이 옳을지도 몰랐다.

단정함이 흐트러짐으로, 똑 부러짐이 헐렁해짐으로, 단단하던 조임이 느슨함으로 변해 버린 이면에 그녀… 나타샤가 있다는 것을 내가 모를 리 없었다. 일상이 나쁘게 변해 버린 탓을 나타샤 때문으로 돌리기엔 나타샤에게 미안함이 앞섰다.

너는 지금 어디서 무엇을 하고 있을까?

누구와 얘기를 나누고 누구와 밥을 먹고 누구와 웃는지.

그 웃음 속에 가끔 내 기억도 있어 주기나 하는지.

그것도 모르면서 어쩌자고 내 맘이 너한테 기울어져 버렸나….

어쩌자고 나는 널 기억하는 것만으로 보고 싶다… 몸서리 처지는 것일까?

내 영혼은 그렇게 서서히 말라가고 있었다.

아무리 나타샤에게로 향하는 마음을 멈추어도, 아무리 건너가는 마음을 멈추려고 해도… 그건… 불가능했다. 정말이지 그땐.

"Неизвестна судьба …."

나는 소주잔을 입안에 털어 넣고는 습관적으로 중얼거렸다.

소극장이 드디어 완성을 향해 달려가던 즈음이었고 작업을 마친 저녁, 김 교수와 선술집에서 소주잔을 기울이면서였다.

"밥 먹고 갈래?" 작업을 마치고 막 장갑을 벗는데 김 교수가 다가왔고 나는 "밥보단 소주 한잔해요" 했다.

그래서 찾게 된 선술집은 주인여자의 헤픈 웃음만큼이나 편안했다.

그래서였을까?

김 교수와 몇 번 서로의 잔에 소주를 채워주었고, 빈속에 마신 소주는 금세 취기가 올랐다.

취기 때문이었을까? 그 말을 무심코 내뱉는 나를 김 교수가 무심코 바라봤다. 그러다 다시 내 잔에 술을 채웠다.

"보드카라면 좋았을 뻔했지 않아?"

김 교수가 금세 잔을 비워 버린 내 잔에 다시 소주를 따라주며 물었다.

"그러게요. 보드카는 소주보단 독주니까 이렇게 자주 술잔을 채워주실 일도 없을 텐데…."

"내 걱정 하냐? 술 따라주는데 팔 아플까 봐?"

"제가요? 걱정은 무슨…."

자작나무 아래로 내리는 눈

김 교수는 급하게 소주잔을 비우곤 탁자 위에 빈잔을 놓았다.

내가 그런 김 교수의 빈잔에 술을 채우려는데 김 교수가 대뜸 물었다.

"이제 말해도 되지 않냐?"

나는 김 교수에게로 가져가던 술병을 멈칫 하곤 김 교수를 바라봤다.

"하겠지, 하겠지 하고 기다렸는데 안 하더라. 너 원래 그런 놈이긴 하지만 어째 섭섭해서 내가 묻기로 한 거다. 뭐냐?"

나는 잠시 멈칫했던 손길을 다시 움직여 김 교수의 잔에 소주를 채웠다.

"Неизвестна судьба… 그거랑 관계가 있다는 건 진작 알고 있었다. 누구냐? 니가 러시아에 가서 만난 사람. 나한테까지도 말 않고 그렇게 티만 팍팍 내가며 한숨만 푹푹 내쉬게 만든 사람이."

김 교수의 말에 나는 피식 웃었다.

"이제 관상도 봐요? 아주 돗자리를 펴시지 그래요?"

"등신이냐? 내가 아니라 누구라도 네가 하는 짓들을 보면 알 수 있었을 거다. 저 인간이 뭔 일이 있구나 느낄 수 있도록 행동하고 다니는데 그걸 몰라? 그렇게 티 팍팍 내고 다닌 건 너지, 이놈아."

그랬었나?

나는 적어도 사회에 잘 적응된 얼굴로 사람들을 대했다고 믿었다. 그래서 내 맘속 깊은 곳에 자리한 것들은 절대 내가 말하지 않는 이상은 들키지 않을 줄 믿고 있었다.

하지만 김 교수가 벌써부터 내 행동들에서 달라진 것을 보았다니 괜히 쑥스러워졌다.

"말해, 오늘 아니면 안 들어준다?"

반협박조로 눈을 부라리며 내게 억박지르는 듯한 표정을 지어보이는 김 교수가 괜히 장난스럽게 보여 피식 웃었다.

그 바람에 김 교수 역시 사람 좋은 웃음으로 '헤~' 해 보였다.

"나타샤요."

무심코 나는 나타샤의 이름을 김 교수 앞에서 말했다.

어색할 줄만 알았다. 그렇지만 내 입으로 "나타샤…"라고 불러보니 작년 여름, 러시에서의 나타샤가 마치 내 앞에 앉아 있는 듯 마음이 온순해져 가는 것을 알아차렸다.

"나타샤? 그 많은 러시아 이름 가운데 왜 하필 나타샤래?"

"근데 왜 나타샤예요? 그 많은 러시아 이름들 가운데?"

내가 나타샤에 물었었다. 상트페테르부르크로 가던 기차 안이었을 것이다.

하지만 지금은 내가 나타샤에게 물었던 것과 같이 김 교수가 내게 묻고 있었다.

"백석이요."

"아~!"

그제야 김 교수는 이해한 듯 안주로 나온 전을 집어 입에 넣고 오물거리며 말을 이었다.

"백석 시 좋지. 박인환 선생을 좋아했으면 버지니아 울프였겠네."

김 교수의 말에 나는 막 한 모금 입안으로 털어 넣던 소주를 하마터면 뿜을 뻔하다 겨우 참아내며 삼켰다. 그리고 핀잔이라도 주려고 한마디 하려는데 급하게 삼킨 소주 때문인지, 사래 걸린 내 목에선 소리가 잘 나오지 않아 버벅댔다. 그 사이 김 교수가 말을 이었다.

"뭐야? 한국 여자였어?"

"여자라곤 안 했죠. 그리고 한국 사람이었다는 말도."

나는 겨우 목을 추슬러 대답했다.

"백석이라며?"

'그게 왜요?'라는 듯 나는 김 교수를 물끄러미 바라봤다.

"러시아 사람들 백석 잘 몰라. 적어도 백석 시를 이해하고 좋아해서
이름까지 나타샤라고 지을 정도라면 한국인의 감성 아니면 불가능하
거든. 그리고 여자 이름이잖아, 나타샤."

"예리하시네?"

"얌마! 내가 그 예리함으로 한평생 버틴 사람이야, 왜 이래!"

내 쪽으로 불쑥 디미는 김 교수의 잔은 언제 비웠는지 비워져 있었
고 나는 김 교수의 잔에 다시 소주를 채웠다.

"사랑이냐?"

채워진 소주잔을 자신 쪽으로 가져가며 김 교수가 건성처럼 가볍게
묻는 바람에 나는 잠시 생각했다.

사랑? 사랑이라….

물론 사랑일 것이다. 하지만 이런 사랑을 사랑이라고 함부로 말해도
되는 것일까? 서로 만나지도, 보지도 못하고, 다시 만날 기약 따위도
하지 않았고, 그리고 지금 나는 한국에, 그녀는 러시아에 있으니….

"인연이란 게 알 수 없는 것은 맞나 보네요."

나는 한참만에야 다시 중얼거리듯 말을 뱉었고 김 교수가 내 말을

받았다.

"알 수 없는 인연이라…. 꼭 그렇게만 생각하니까 진도가 안 나가지, 인마."

나는 멀뚱하니 김 교수를 바라봤다.

"그래, 넌 평생을 그렇게 살 놈인 걸 내가 잘 알지. 넌 아파도 아프다 말 안 하지? 가슴에 통증이 심해도 절대 말 안 하지? 사랑하는 사람이 앞에 있는데도 그래서 사랑한다는 말 한마디 못하지?"

나에 대해 너무 잘 꿰고 있는 김 교수의 말이니 맞는 말일 것이다.

"안 그래요, 난."

애써 부정하려 그렇게 말하면서도 속으로는 김 교수의 말이 맞는다고 나는 생각하고 있었다.

"나타샤… 차이코프스키?"

나는 막 술잔을 다시 들려다 말고 놀라 김 교수를 바라봤다.

"알고 계셨어요?"

"내가 눈치는 좀 빠르거든. 우크라이나 호텔 스카이라운지, 맞지?"

마치 내가 "나중에…"라고 택시 운전사에게 말하고도 우크라이나 호텔 스카이라운지를 찾았을 때부터, 그리고 그곳에서 내가 나타샤를 처음 만났던 것까지 내 옆에서 마치 투명인간처럼 따라다니며 내 일거수일투족을 모두 바라보기라도 하고 있었다는 듯한 김 교수의 눈치에 나는 혀를 내둘렀다.

"어떻게 알았어요, 정말?"

김 교수는 그제야 피식 웃곤 옆에 놓아 둔 자신의 휴대전화를 들어 보였다.

"내가 차이코프스키를 들려주고 있을 때 나타샤? 그래, 뭐 그땐 나타샨지 누군지는 몰랐지만 하여튼 너한테 다가와 이런저런 얘기를 하던 게 나한텐 다 들렸거든."

그제야 나는 그랬었구나… 알아차렸다.

"근데 말이야. 알 수 없는 인연이란 건 세상에 없어. 어떻게든 이어 가면 왜 그랬는지 다 알 수 있게 되거든. 근데 이어 가려고 넌 노력도 안 해 봤지? 니가 술에 취해 지혜를 말하고 그때부터."

나는 더 이상 김 교수에게 대답을 할 수가 없었다.

술이 확 깨는 기분이었지만 얼굴은 화끈거렸다.

'내가 마음에 품게 된 한 사람… 정말 그 사람을 위해 내가 무엇을 했던가? 아니 무엇이든 하려고 했던 적이 단 한 번이라도 있었던가?' 그렇게 생각하니 마음이 무겁게 처져 내려 애꿎은 소주잔만 만지작거렸다.

"이건 뭐 멜로도 없고 그 흔한 다큐멘터리도 없고… 에라이."

김 교수가 혀를 끌끌 찰 때까지도 나는 아무런 말도 못 했다.

그 밤, 김 교수와 함께 술잔을 기울여야 했던 그 밤….

나는 술에 더 취했고 나타샤와의 사랑에 취해 김 교수 앞에서 아무렇게나 막 지껄였다.

그런 나를 다 이해한다는 듯이 묵묵히 잔을 채워주던 김 교수의 미소만큼이나 소주는 감미로웠지만 막 내뱉은 내 이야기는 위험했다.

겨울은 소극장 개관을 앞둔 김 교수의 웃음과 그 웃음과는 반대로 탈진한 듯 지쳐버린 내 육신과 정신의 피폐함과 함께 찾아왔다.

삼 년이었다.

처음 김 교수가 소극장 얘기를 꺼냈을 때부터 개관을 앞둔 지금까지의 시간… 김 교수에게는 희망이 되고 꿈이 서서히 이루어져 나가는 과정이었을지도 모를 테지만 내겐 부족한 예산을 어떻게든 끼워 맞춰야 하는 퍼즐 같은 게임이었다.

그날 밤, 선술집에서 취하도록 마신 우리가 다다른 결론 따위는 아무것도 없었다.

나는 내 속을 처음으로 김 교수에게 술김에 막 꺼내보였고 김 교수는 그저 웃음으로만 그런 나를 지켜 봐 주었다.

마치 다 알고 있다는 듯, 사랑 때문에… 여자 때문에 아파하는 나를 속속들이 다 알고 있는 것처럼, 마치 사랑에 대해서만큼은 달인의 경지에 오른 사람처럼.

"자작나무로 하길 잘했지?"

"네에… 잘했다."

개관을 하루 앞둔, 비로소 완성된 극장 안 객석 중간쯤에 앉아 회한에 잠겨 있을 때 김 교수가 어느샌가 옆으로 와서 털썩 주저앉으며 말했다.

"이제 자유를 주마, 한명호! 이제 날아가라."

갑자기 속 시원하다는 듯 말하는 김 교수의 말이 의아하게 들려 힐끔 김 교수를 바라봤다.

"왜? 맨날 너 붙잡고 고생시킨 게 미안해서 드디어 자유를 주겠다는데 싫냐?"

김 교수는 또 다시 씩 사람 좋은 웃음을 지어 보이며 내 쪽을 바라봤다가 다시 무대 쪽으로 시선을 돌렸다.

"그러니까 날아가라고. 점프해 봐. 날개가 나올지?"

나는 피식 웃었다.

"그럼 날개라도 달아 주시든가. 어때요, 지금 기분?"

"글쎄다."

김 교수의 대답은 의외였다. 평생 소원하던 일을 이뤄 놓은 그 앞에서 현재의 감정을 묻는 내게 그렇게 간단하게 "글쎄"라고 말해 버리다니.

그 짧은 말을 들으려고 삼 년 동안 애쓴 것이 생각나서 잠시 서운해지려는데 김 교수가 대뜸 일어났다.

"가자."

나는 '어딜?'이라는 듯 김 교수를 바라봤다.

"오늘 강원도에 첫눈 치곤 폭설이 내렸단다. 눈 보러."

"예? 지금요? 내일 개관식인데 이렇게 막 돌아다녀도 되는 거예요?

강원도까지 짧은 거리도 아니고 오늘 밤 안으로 돌아오지 못하면 어쩌려구요, 폭설이라면서요."

내 반문에도 불구하고 김 교수와 나는 어둑할 무렵 인제군으로 들어서고 있었다.

도로만 빼곤 온통 하얀 눈이었다.

폭설이 내릴 줄 미처 모르고, 채 정비하지 못하고 나왔는지 제설차마저도 고장이 난 채 도로에 방치되어 있을 정도였다.

눈 보러 가자던 김 교수는 내가 익히 잘 알고 있는 방향으로 핸들을 꺾어 들어갔다.

아버지가 산림 공무원으로 재직하던 내내 가꾸던 원대리 자작나무 숲이었다.

늦은 시각이었는지 사람의 그림자라곤 보이지 않았다. 공원 매표소 안, 난로 위에서 끓고 있던 따뜻한 물을 막 컵라면에 부으려다 말고 나타난 이방인에게 놀란 듯 매표 직원은 우릴 한참을 멍하니 바라보았다.

"시간이 늦었으니 대충 보고 내려와요. 길 잃어버리면 얼어 죽어요, 이런 날씨에…"

매표소 직원은 입장 시간이 끝났다고 했고 우리는 서울에서 왔노라고 했다. 그랬기에 매표 직원은 어쩔 수 없다는 듯 우리가 공원으로 들어가는 것을 허락했다.

어둑하니 어둠이 몰려드는 숲은 온통 눈이 덮여 마치 낮 속으로 들어가는 것만 같았다.

김 교수와 잘 걷다가 잠시 상트페테르부르크의 백야가 생각나서 나도 모르게 자작나무 한 그루 아래에서 걸음을 멈추고 우두커니 자작나무를 올려다보고 있던 때였다.

후두둑!

갑자기 자작나무 가지에 쌓여 있던 눈들이 내 쪽으로 우르르 쏟아졌고, 그 눈을 피하려다 허우적대는 나를 보고 김 교수는 웃었다.

그제야 나는 김 교수가 자작나무를 흔드는 바람에 내가 눈을 뒤집어 썼다는 걸 알아차렸다.

"애도 아니고…"

나는 핀잔처럼 말하곤 옷에 가득 묻은 눈들을 툭툭 털어냈다.

"그러니까 좀 알라고, 이놈아."

나는 눈을 털어내다가 '뭘?'이라는 듯 김 교수를 물끄러미 바라봤다.

"너의 감정…"

감정? 나는 잠시 혼돈스러웠다. 내 감정이 어떠하단 말인지….

김 교수가 방금 흔들어 버려 털려나간 앙상한 가지만 내보이고 있는 자작나무 아래로 가서 섰다.

"자작나무는 기다림이지. 잔뜩 기다리고 있을 뿐이지. 누군가가 와서 가지마다 잔뜩 얹힌 눈을 흔들어 내려주기까지."

나는 김 교수가 무슨 말을 하려고 저러나 싶어 눈을 털다 말고 김 교수 쪽으로 바라봤다.

"사람도 같은 거야. 잊고 있거나 포기하고 있던 일상들을 눈처럼 얹어 놓고 있는 자작나무처럼. 누군가가 자작나무를 흔들어 나무 아래로 눈을 내리게 한다면 몰라도 그 전까진 일상의 무게와 무료함들을 그냥 막연히 받아들이고만 있을 뿐이지. 지금 너처럼…"

지금 너처럼… 지금 너처럼….

김 교수의 그 말이 옹이처럼 마음 안에 깊이깊이 박혀 있던 응어리들을 비로소 들추고 있다는 느낌이 들었다.

쏙 빠져 나가버리기라도 한다면 정말이지 속이 시원할 것 같은 내 마음속 옹이 진 자리에 그러나 여전히 끄떡도 않고 박혀 있는 그 무엇….

그것 때문에 나는 지난여름 러시아엘 다녀온 후 자주 까무룩 지쳐 갔다. 그걸 모르는 바가 아니었기에 나는 김 교수의 말에 그 어떤 말로도 토를 달거나 대꾸를 할 수가 없었다.

"스스로를 흔들어 쌓인 것들을 털어 내면 좋겠지만 그러지 못한다면 나라도 흔들어 주어야겠다고 생각했다."

눈 보러 가자고 나선 길, 그것은 단순히 눈 보러 가는 길이 아니라 김 교수가… 사람 착한 김 교수가 내 상처를 아물게 하려고 일부러 자작나무 숲을 찾아온 것이라는 걸 깨닫고는 나는 김 교수에게 잠시 미안한 마음이 들었다.

그동안 나는 스스로는 '괜찮다, 괜찮다…' 하면서도 사실은 끝없이 아팠다. 누구에게도 말하지 않았으니 그 누가 알아 주리라고도 생각지 않았다.

하지만 내 지치고 결국에는 바스라지듯 스러져가는 생각들을 아는 김 교수는 거뜬하게 나를 다시 치켜 세워주고 있었다.

늘 생각 속에 얹혀 있기만 했을 뿐, 스스로 아래로 내리지 못하는 자작나무 위의 눈처럼 살아왔구나, 내가….

자괴감이 빛살처럼 머리를 찌르고 들어왔다.

자작나무 아래로 내리는 눈

그때, 내가 지혜에게 나 자신을 흔들어 자작나무 아래로 눈이 내리도록 만들었다면 지혜는 지금쯤 나와 여전히 인연을 이어가고 있었을까? 하지만 나는 그러지 못했고 지혜는 떠났다.

그것이 내 탓이라고 말할 순 없겠지만 난 내 상처만 보고 지냈다. 단 한번이라도 내가 용기를 내어 지혜에게 내 맘을 전했더라면 어땠을까? 어차피 지금의 결과보다는 어쩌면 조금은 다른 결과가 나와 주었을지도 모를 일이었다.

생각이 거기까지 미치자 나는 가슴이 더워져 오는 것을 알아차렸다.

아무것도 하지 않을 것일까, 그렇지 않다면 나 스스로 내 상념과 내 존재 안에 있는 것들을 털어 내고 나타샤에게로 달려가야 할 것인가?

거기까지 생각이 미쳤지만 나는 어느 쪽으로 치우치지 못하고 어정쩡한 위치에 내내 서서 망설이고만 있었다. 당장 내가 할 수 있는 것이란 건 아무것도 없었다.

인제군으로 내려오던 차 안에서, 눈 보러 강원도까지 가느냐며 수도 없이 운전하는 김 교수의 옆자리에서 구시렁거리기만 했던 나의 우매함을 일깨워 준 김 교수 앞에서 내가 할 수 있는 것은 정말이지 아무것도 없었다.

나는 그저 툭툭 아직도 내리고 있는 자작나무 아래로 내리는 눈을 보고 있었다.

꿈꿈

밤늦게 도착한 서울에도 막 눈이 내리고 있었다.

"기다리면 될걸. 그러니까 뭐 하러 눈 보러 강원도까지 가요."

내 집 앞에서 차로 내려주던 김 교수에게 나는 기어이 또 한마디 했다.

'내가 무엇을 해야 하는지 알게 해 줘서 고마워요…'라고 했어야 옳 았지만 내 판단을 다행히 김 교수는 그런 뜻으로 해석한 듯 사람 좋은 웃음을 지어 보이곤 손까지 흔들어 주곤 다시 출발했다.

나는 거세어져 가는 눈발을 뚫고 나아가는 김 교수의 빨간 후미등 이 보이지 않을 때까지 "고마워요… 고맙습니다" 중얼거리며 눈 속에 서 있었다.

집 안은 썰렁했다.

갑자기 눈이라도 내릴 줄 알았더라면 아침에 집을 나설 때 실내의 온도를 조금 높여 놓고 나갈걸, 싶을 정도였다.

미하일에게 또 다른 동영상이 도착한 것을 알게 된 것은 내가 서둘 러 따뜻한 물로 몸을 닦고, 양치를 하고, 커피가 내려지기를 기다리는 그 잠깐 새에 컴퓨터를 켜고 나서였다.

가슴이 또 다시 쿵쾅대기 시작했다.

미하일이 먼젓번에 보내 온 첫 번째 동영상을 그 이후로 나는 딱 두 번 더 봤다.

한 번은 술에 취해, 또 한 번은 무심코 다른 동영상을 보려다가 얼 결에 보게 된 것이 전부였다.

그렇게, 술김이거나 어쩌다 잘못해서 영상을 다시 보는 것 말고 나 는 일상에서 그 동영상을 일부러 보려 하지 않았다.

아니, 솔직히 말하자면 미하일이 보내 준 동영상들 속의 환하게 웃 는 나타샤의 모습이 그립기는 했다.

하지만… 하지만….

나는 일부러 김 교수의 소극장 일에 밤늦게까지 매달려가며 바쁜 척했고, 목공소에서 간단하게 기계 대패질로 끝낼 수 있는 일을 예산이 부족하다고 김 교수에게 둘러대며 직접 땀이 날 때까지 손대패질해서 뭐든 잊으려고만 노력했다. 그게 뭐든.

그렇게 잊힐지도 모른다는 생각을 비웃듯 미하일은 새로운 메일을 보내 왔다.

첨부 파일엔 동영상 하나가 첨부되어 있었지만 나는 먼저 미하일이 보낸 짧은 메일을 읽었다.

　'나는 내가 사랑하는 사람이 아파하는 걸 원치 않습니다.

　당신도 지금의 나타샤와 같은 마음이길 바랄 뿐이라면 위선이라고 하실 텐가요? 당신이 타고 떠난 마지막 비행기에서 당신의 단서를 찾기란 어렵지 않았습니다. 당신의 학교에서 당신의 이메일도 알았고요. 처음에 밝히려 했지만 이제야 말하는군요. 그동안 나도 당신께 나타샤의 영상 파일을 보내며 망설였나 봅니다. 기회는 자주 오는 게 아니라죠?'

미하일의 메일은 짧았지만 강렬하게 다가왔다.

나와는 단 한 번도 보거나 만난 적이 없는 미하일이었지만 메일 속의 글귀에서 마치 오래된 친구나 연인에게 보낼 법한 그런 이해와 배려 같은 것이 느껴질 정도였다.

기회는 자주 오는 게 아니다….

나는 미하일의 마지막 글귀를 눈에 담으며 천천히 그가 첨부해 온 동영상을 열었다.

～～～

모스크바 시내에도 겨울이 오는 듯 사람들의 옷차림이 아주 두툼하게 스쳐 지나가는 모습으로 동영상의 처음이 장식되고 있었다.

추위에 잔뜩 웅크린 거리를 걸어 카메라를 든 미하일에게로 다가오는 이고르와 나타샤가 나타났다.

내 시선이 나타샤에게 머물렀을 때에야 비소로 나는 너였구나… 알아차렸다.

나를 아침마다 생각에 젖게 하고, 물기 없이 축축 처져 내리는 마음을 가지게 하고, 늘 뽀송뽀송하지 않은 시선으로 사물들을 멍하니 오래 바라보게 한 사람… 그런 사람이 바로 너였구나… 너였구나.

비로소 갑작스레 김 교수의 손에 이끌려 원대리 자작나무 숲엘 가기 전의 마음과 지금의 마음이 달라져 있다는 것을 알아차렸다.

비로소 그간의 내 아픔들에, 그간의 내 우울함들에, 그간의 내 설렘들에 모두 그녀, 나타샤가 있었다는 것을 확연히 깨달았다.

그걸 알면서도 묵묵히 나를 바라만 봐 왔던 김 교수의 마음은 또 얼마나 답답했을까를 생각하니 금세 가슴이 먹먹해져 왔다.

화면 속, 거리를 걷는 기분이 꽤 좋은 듯한 나타샤의 함박웃음만큼이나 이고르의 표정도 밝아 보였다.

"나타샤! 올해의 모든 공연을 마친 소감이 어때요?"

카메라를 든 익숙한 목소리의 미하일이 물었다.

"잠시 떠날까 싶어요. 정말 시베리아로!"

나타샤의 대답에 나타샤의 옆에서 나란히 걸어오던 이고르가 깜짝 놀라며 나타샤에게 돌아섰다.

"응, 겨울을 본 지가 오래된 거 같아서."

나타샤의 말에 웃겨 죽겠다는 듯 이고르가 크게 웃었다.

"그건 좀 웃기지 않아? 모스크바에 살면서 겨울을 본 적이 오래되었다고 한다면 강아지도 웃지 않겠어?"

이고르의 말이 끝나자마자 나타샤의 손이 이고르의 등을 후려쳤다.

"아야!" 하며 과하게 몸을 움츠리며 아파하는 표정을 짓는 이고르에게 나타샤가 따지듯 물었다.

"봤니, 겨울? 그냥 겨울을 지내기만 했지 본 적이 단 한 번이라도 있냐고!"

그제야 멀뚱해지는 이고르가 고개를 갸웃거리다 말했다.

"그러게. 겨울을 본 적이… 없나?"

이고르의 대답에 나타샤와 미하일은 다시 소리 높여 웃었다.

웃고 떠들며 거리를 걷는 그들의 모습은 겨울도 움츠리게 만들 듯 씩씩해 보이기까지 했다.

"설마 아주 있을 건 아니죠?"

나타샤에게 묻는 미하일의 음성에 걱정이 묻어 있다는 생각이 들었다. 물론 내가 잘못 알아차린 것인지도 모르지만.

"모르죠. 가 보고 좋으면 눌러 살지도."

나타샤의 말에 과하게 깜짝 놀라던 이고르가 소리치듯 말했다.

"야, 야, 그건 아니지! 내년에도 우리 같이 해야 하는데. 안 되겠다 미하일! 니가 따라 가."

"그럴까?"

이고르의 말에 정말 따라갈 듯이 말하는 미하일의 음성엔 들뜸이 묻어 있었다. 나타샤가 정말이지 같이 가자 하면 뒤도 안 돌아보고 따라 나설 것같이.

"소주 한잔 어때?"

미하일과 이고르가 마치 농담처럼 주고받는 말들에서 튀어나와 나타샤가 불쑥 소주 얘기를 꺼냈다.

"소주? 한국 소주?"

"마셔 봤냐, 미하일? 맛은?"

"예전에 딱 한 번! 오래돼서 그 맛이 기억은 안 나."

"그럼 가자! 소주 마시러!"

나타샤는 신나하며 앞장서서 성큼 폴짝폴짝 뛰듯 걷는 이고르가 우습다는 듯 까르르 화면 속에서 웃다가 카메라를 든 미하일에게 다가오라는 듯 손짓을 해 댔다.

영문을 모르고 나타샤에게로 다가가자 나타샤는 미하일이 들고 있던 카메라를 빼앗은 듯 보였다.

"난 우리 셋이 함께하고 싶은 거지. 이렇게 이고르와 나 따로, 그리고 미하일 혼자 따로, 그건 싫어요. 꺼도 돼죠?"

"오우, 안 돼요. 나타샤, 오늘은…."

미하일의 말이 채 끝나지도 않은 시점에서 화면은 암흑으로 변했다.

다시 화면이 드러날 때까지 잠시 숨을 고르듯 화면 역시 암흑이었다.

자작나무 아래로 내리는 눈

그러다 순식간에 밝아진 화면 속에는 이고르는 없고 다시 익숙한 실내 풍경 속에서의 나타샤의 모습이 드러났다.

나타샤의 집이란 걸 단박에 알아차렸다. 등을 보이고 싱크대 앞에서 뭔가를 꼼지락거리는 나타샤의 뒷모습은 저번 영상에서 본 탓이었는지 익숙한 풍경이었다.

막 만든 커피 두 잔을 들고 돌아서는 나타샤의 얼굴엔 홍분이 잔뜩 묻어나 보였다.

"정말 그래도 돼요?"

미하일 앞으로 커피 잔을 놓아주며 나타샤가 재차 확인하듯 물었다.

"어차피 우리 가족은 여름에나 찾아가서 지내곤 하니까 겨울엔 가지 않거든요. 하지만 겨울에도 너끈히 살 수 있을 만큼의 준비는 해놓았으니 지내는 데 문제없을 거예요."

"시베리아에 있는 다차라… 미하일. 끝까지 내게 잘해 주어서… 정말 고마워요."

"그 정도는 내가 할 수 있잖아요. 어차피 비워 둔 곳인데. 그리고 시베리아는 무지 추우니까 감기 들지 않도록 조심해요."

나타샤는 미소를 가득 머금은 채 미하일을 향해 고개를 끄덕여 보였다. 정말이지 고마워하는 표정…

그런 나타샤 앞으로 새 카메라가 나타났다.

뭐냐는 듯 바라보는 나타샤의 표정에 대답처럼 미하일이 말을 이었다.

"아쉬워서요. 물론 완성하겠다는 건 아니에요. 그건 나타샤가 원하지 않았으니."

"근데 카메라를 다시 왜?"

"시베리아의 겨울밤은 길어요. 그리고 다차는 시내와도 먼 거리라 사람 보기도 힘들 거예요. 그렇게 지내다 보면 금세 지칠지도 몰라요. 그럴 때쯤 누구랑 대화를 하고 싶거나 할 때 카메라를 켜 놓고 자기 자신하고 얘기를 나눠 봐요. 그럼 또 며칠은 더 너끈히 견딜 수 있을 거예요."

나타샤가 천천히 카메라를 집어 들었다.

"하나 물어봐도 돼요?"

"열 개라도."

아무 문제없으니 뭐든 물어보라는 투로 미하일이 대답했다.

"왜… 왜 나한테 이렇게 잘해줘요, 미하일은?"

나타샤의 물음에 잠시 뭔가를 생각하는 듯, 미하일의 대답은 곧장 나와 주지 않았다.

"그냥 그러고 싶어서요. 다른 이유가 필요해요?"

삼 초쯤? 침묵으로 버티던 미하일이 툭 던진 대답이었다.

"그냥 단순히?"

"음… 처음엔 내가 좋아하는 여자를 작품으로 만든다는 게 좋았고, 그 후론 그녀가 변해가고 결국엔 다시 무대에 서게 되는 게 너무 좋았어요. 그럼 그냥 다 좋았다는 말인가?"

스스로 말해놓고도 스스로가 우스운지 미하일이 크게 웃었다.

하지만 나타샤의 표정은 굳어 있었다. 한참을 카메라를 만지작거리던 나타샤가 그제야 뭔가를 알아차린 듯 미하일 쪽을 물끄러미 바라봤다.

"왜 좋아한다는 말을 안 했어요?"

나타샤의 질문이 미하일의 정곡을 찌른 탓일까? 이전의 나타샤처럼 한참을 말이 없었다.

"알아버렸거든요. 누군가 다른 한 사람을 마음에 품는다는 거… 그 감정들이 어떻다는 걸 알아 버렸거든요. 내가 바라보던 그녀가 지금 내가 가지는 똑같은 감정을 가지고 다른 사람을 보고 있다는 걸요. 나타샤가 그 사람에 대해 이야기할 때의 표정들에서 알았어요. 그 마음을 나도 잘 아니까요. 너무 잘 아니까 말할 수 없었던 거 같아요."

미하일의 말을 듣고 있던 나타샤가 손을 내밀었고 미하일이 그런 그녀의 손을 잡았다.

"고마워요, 미하일…."

맞잡은 두 손은 오래 그렇게 있다가 떨어졌다.

"버지니아 울프를 사랑했던 사람이 나타샤를 사랑할 수 있을까요?"

나타샤가 낮게 말했다.

"무슨 말이에요?"

그제야 나타샤는 피식 웃었다.

버지니아 울프와 나타샤….

나는 막 중얼거리듯 버지니아 울프와 나타샤에 대해 언급하는 그녀의 말을 이해할 수 있었다. 굳이 백석이라는 시인과 박인환이라는 시인을 들먹이지 않더라도.

하지만 '미하일은 그걸 알 리가 없겠다…'라고 생각하니 나와 그녀, 단둘이 알고 있는 비밀 같은 것이 생긴 듯 괜히 마음이 뿌듯해졌다.

"모를 거예요, 미하일은. 미하일은 러시아 사람이니까요."

"행복한 생각에 대해 말해 달라고 했는데 엉뚱하기는."

"다차라는 곳엘 머물러 본 적이 없어서 잘은 모르겠지만 내가 가야 할 곳이 미하일이 제공해 주는 다차라서 참 행복하다는 생각이 들어요."

"아까 말했잖아요, 하루나 이틀을 버티다 곧 돌아오게 될지도 모를 걸요?"

하지만 아무 문제도 없다는 듯 나타샤는 우두커니 웅크린 채로 선물을 뜯어보기 전 기대감을 잔뜩 가지고 있는 아이 같은 표정이 되어 중얼거리듯 말했다.

"다차 안, 화목 난로 위 포트에선 항상 뜨거운 김이 뿜어져 나오고, 실내는 적당히 따뜻할 거예요. 침대 옆 창문에는 뿌연 김이 서려 밖이 잘 보이지 않아도 커피 한 잔을 들고 창가에 앉기엔 충분할 거예요. 김 서린 창문을 손바닥으로 쓱 문지르면 자작나무 숲 사이로 난 다차로 들어오는 길은 흔적도 없이 쌓인 눈에 사라지고 그리 넓지 않은 평원 너머 보이는 자작나무 숲은 우리가 상트페테르부르크에서 봤던 이동파 화가들의 그림처럼 숲은 온통 하양, 하양… 일 거예요. 커피 잔이 반쯤 비워질 때쯤 쓸쓸하다는 생각이 들지도 몰라요. 하지만 지워 놓은 창문에서 다시 김이 서리게 될 때쯤, 그때쯤 반전이 일어나는 거예요. 누군가가 쌓인 눈을 뚫고 눈보라를 헤치며 내 쪽으로 다가오는 거예요. 자세히 보지 않으면 사람인지 눈인지도 모를 만큼 온몸이 눈으로 덮인 사람…. 그때쯤 나는 소원하게 될 거예요. 그 사람이… 일년 중 가장 낮이 긴 백야를 함께 보낸 그 사람… 그 사람이길…. 그 사람과 함께한 백야는 내게 온통 들끓음만 남겨 주었으니 시베리아 한지대의 추위 속, 밤이 가장 긴 극야에 그 사람이 내게로 와서 내 들끓음에 마침표를 찍어 주기를…. 그렇게만 된다면… 거친 눈발을 뚫고 내

자작나무 아래로 내리는 눈

게로 다가온 그 사람에게 나는, 돌아가서 처음인 듯 깃들 수 있는 그런 집이 될 거예요. 그런 따뜻한…."

나타샤의 말은 끝났고 미하일은 침묵했다. 마치 나타샤와 지금 거기 같이 있지 않은 것처럼.

얼마의 시간이 지났을까? 웅크린 나타샤의 모습은 정지된 듯 보였고 오디오로도 들리는 뭔가 부대끼거나 스치는 소리가 사각거리며 들렸다.

그럼에도 불구하고 한참을 움츠리고 앉아 있는 나타샤에게로 뭔가가 적힌 메모지를 미하일이 디밀고 있었다.

부대끼고 스치던 소리는 미하일이 그사이 뭔가를 메모에 적느라 생긴 소리였던 것 같았다.

"다차가 있는 곳의 주소예요. 잊어버리지 말아요."

의도한 것인지 미하일은 카메라를 집어 들고 자신이 막 내민 메모지의 주소를 비추고 있었다.

비뚤지만 또렷하게 미하일의 다차가 위치한 곳의 주소를 쓴 손글씨가 화면 가득 들어왔다.

주소는 클로즈업이 되어 한동안 그렇게 정지되어 있었다.

이번 화면은 거기서 끝이었다.

먼젓번 보내 준 것보다는 턱없이 짧았다.

기회는 자주 오는 게 아니라죠?

메일 말미에 적어 놓은 미하일의 그 글귀가 터엉! 길게 내 머릿속을 치고 달아났다.

🌿 14. _____ 자작나무 아래로 내리는 눈…

아버지의 전화를 받은 것은 내가 미하일이 보내 준 영상을 다 보고 한참을 멍하니 앉아 있던 시간이었다.

이 시간에?

시간을 보니 밤 열한 시가 넘어서고 있었다.

뭔가 알 수 없는 불안이 스멀거리며 온몸을 감쌌다.

아버지에게서 전화가 걸려오는 일은 좀처럼 없던 일이었다. 꼭 필요한 말이 있어도 아버지는 짧게 문자로 대신하곤 했을 뿐이었다.

얼굴을 맞대고 얘기하는 것도 아닌데도 전화를 거는 대신 문자로 주로 내 의견을 묻거나 일방적으로 통보하는 것이 아버지의 방식이었다.

그걸 알기에 밤늦게 걸려온 아버지의 전화는 철렁 가슴부터 내려앉게 만들었다.

"내일 내려왔다 가거라."

아버지는 그 말부터 했다. 이유도 명분도 없는 아버지의 그 말에 전화를 받기 전의 불안감은 어디에도 없고 부아가 치밀어 올랐다.

내일은 김 교수의 개관식이 있는 날이었고 거길 참석하겠노라 했기에 나는 인제까지 내려갈 여유가 없다고 생각했다.

그럼에도 불구하고 "그럴게요" 나는 짧게 아버지에게 대답했고 아버지는 전화를 끊었다.

전화를 끊고 보니 무슨 일 때문에 그러느냐고 묻기는커녕, 몇 시까지 가면 되는 거냐고도 물어보지 못했다는 것이 기억났지만 이미 전화는 끊긴 후였다.

그렇지만 나는 아버지의 확고한 말에 대해 어느 정도의 확신은 가지고 있었다.

매사 허투루 사는 분이 아니셨다. 거기다가 문자가 아니라 전화를 걸어 온 것만 봐도 아버지에게 중대하거나 내게도 해가 되지 않는 일을 아버지가 계획하고 있다는 그런 믿음 혹은 확신.

⁓

몇 시까지 가겠다 약속을 하지 않았기에 나는 서두르지 않았다.

느긋하게 일어났고 느긋하게 커피를 마셨고 느긋하게 김 교수에게 개관식 불참을 전화로 통보했다.

그럴 줄 알았으면 어제 김 교수와 같이 원대리로 내려갔을 때 아버지의 집을 들러 보기라도 했다면 어쩌면 오늘 다시 원대리로 가는 일은 없었을지도 모를 거라는 생각이 잠시 억울하게 들기도 했다.

어제, 오후 늦게 서울을 출발한 김 교수의 차 안에서 바라보던 겨울 풍경들과 오늘 내가 바라보는 풍경은 판이하게 달라 보였다.

지난밤의 잠도 산처럼 깊었다.

유월만 되면 찾아와 대개 8월이나 늦어도 9월이면 끝나곤 했던 내

불면증은 평년과 달리 올해는 겨울의 초입까지 끈질기게 따라 다녔다.

아니, 정확하게 말하자면 그제까진 그랬으나 어제는 달랐다.

평소엔 잠에 잦아들다가도 뭔가에 화들짝 놀라며 그간 잠으로 가던 그 먼 길을 단번에 되돌아와 생시처럼 또렷하게 정신이 드는 것이 밤새 이어졌었다.

어제, 산처럼 깊디깊은 잠을 잔 탓이었을까?

마음마저도 한결 가벼웠다.

아버지 집에 도착한 것은 정오쯤이었다.

"너도 좋냐?"

아버지는 마당에서 커다란 등을 내게 보인 채 쪼그리고 앉아 진순이와 대화를 나누느라 내가 들어서는 것도 눈치 채지 못하셨다.

"너도 좋냐?" 진순이에게 마치 사람에게 말하듯 하는 아버지의 그 말이 그냥 스쳐지나가지 않고 마음에 와서 박혔다.

진순이에게 하는 아버지의 그 말이… "나는 좋은데 너도 좋냐?"라는 말로 들렸다.

그렇다면 아버지의 기분을 좋게 만든 것은 무엇일까?

잠시 생각에 빠지려는데 나를 먼저 알아보고 펄쩍 뛰어 오르는 진순이의 행동에 아버지는 비로소 내 쪽으로 돌아섰다.

평소 아버지의 집을 찾아갈 때마다 그냥, "왔냐?" 하고 말던 아버지는 다른 날과 달랐다.

날 기다리고 있었던 듯한 느낌도, 그렇다고 아주 생판 모르는 남을 대하는 것 같은 느낌도 들지 않는 딱 중간쯤의 태도로 아버지는 나를 맞았다.

자작나무 아래로 내리는 눈

"왔구나."

마치 와도 그만 안 와도 그만인 사람이라는 듯 아버지의 첫말은 그랬다.

하지만 그날의 아버지는 평소 내가 보아왔던 아버지와는 많이 다르다고 생각했다. 아니 실제로 달라 보였다.

평소와는 달리 비록 구식이긴 했으나 양복을 깔끔하게 갖춰 입고 마당에 나와 계셨다.

아버지에게 양복은 언제나 남의 나라 얘기라고 생각했다. 아버지가 양복을 입은 모습을 나는 커 오면서 별로 본 적이 없었다. 내 기억 속에 아버지의 모습은 늘 작업복 차림에 작업화 차림이었다.

늘 그렇듯 해진 작업복이 아버지만 생각하면 떠오르던 내 안의 아버지의 모습이었다.

"준비가 됐을 게다, 가자."

아버지는 집 안으로 걸음을 옮겼다.

가자, 하시더니 집안으로 걸음을 해놓는 아버지가 좀 이상하다 싶어 나는 아무 말도 못하고 아버지를 바라보기만 했다.

그러나 곧 다시 모습을 드러낸 아버지는 그리 크지 않은 나무 상자 하나를 품에 안고 나오셨다.

'뭐지?' 싶었지만 아무 말도 못하고 있는 내게 아버지께서 먼저 입을 여셨다.

"니 엄마다."

나는 놀라 아버지를 바라봤다.

어머니의 유골은 납골당에 오래 보관되어 있었다, 그런데 왜 갑자기?

"오늘이 좋은 날이라는구나."

아버지는 나를 스쳐 지나 대문 쪽으로 걸음을 옮겼다.

영문도 모른 채, 그 뒤를 따라 나섰다.

내가 타고 온 차 옆을 막 지나다가 말고 아버지가 멈춰 서서는 내 차를 물끄러미 바라봤다.

"타고 가자, 니 엄마 다리 아플라."

아버지의 그 말이 평범하게 쓸려가지 않고 내 뇌리에 강한 충격으로 와서 세게 때리고 지나갔다.

나는 서둘러 차문을 열었고 아버지는 엄마를 안은 채로 차에 올랐다.

"그쪽으로 가야 할 것 같구나."

내가 막 차에 올라 시동을 켰을 때 아버지는 내가 가야 할 행선지를 알려 주듯, 그쪽이라는 표현을 썼다.

걸어서 가도 충분할 거리였다.

집 마당에서 고개만 들면 보이던 자작나무 숲이었다. 그렇듯 지천에 있는 거리인데도….

아버지의 말처럼 유골함의 어머니가 다시 되살아나서 살아생전처럼 걸을 수 있는 것도 아니었고, 설령 걸어야 한다 처도 엄마의 유골함을 품에서 내려놓으실 아버지가 아니었다. 그런데도 엄마가 다리가 아플까 걱정을 하시다니….

한 번도 아버지에게서 본 적이 없는 모습이었다.

한 번도 아버지가 엄마를 위해 배려하는 것을 본 적도 없었기에 나는 아버지의 그런 말과 행동들이 부자연스럽게 다가왔다.

묻고 싶은 말들은 태산이었으나 나는 입을 닫았다. 그래야 할 것만 같았다. 집 나간 탕아가 다시 돌아와 만난 부모 앞에서 그 어떤 말도 할 수 없는 입장처럼, 나는 아버지 앞에서 이유 없이 죄스러웠고, 이유 없이 마음이 숙연해졌다.

아까는 왜 보지 못했을까?

산이 가까워질 무렵, 아버지가 가꿔 놓은 자작나무 숲 허리께, 햇살이 잘 스며들어 멀리서라도 한눈에 잘 보일 법한 자리에 사람 몇이 일렁거리고 있었다.

좋은 날….

그제야 나는 아버지가 아까 한 말이 떠올랐다.

아버지가 말씀하신 좋은 날은 길일을 뜻함이었을 것이다.

그런 생각이 들자 나는 아버지가 어머니를 납골당에서 모셔 와 이장을 할 심산이라는 것을 알아차렸다.

하지만 왜? 오랫동안 그렇게 어머니를 납골당에 모셔 왔는데 지금에 와서 왜?

"니 엄마가 원했다."

마치 내 맘속에 들어와 있기라도 하듯 아버지는 무심하게 그 말을 내뱉었다.

아버지는 엄마에게 다정한 남편은 아니었다. 그런 아버지가 이제 와서 말 잘 듣는 착한 아이처럼 행동하고 있어서, 나는 그런 아버지의 속내를 선뜻 받아들이지도 못하고 그렇다고 밀쳐내지도 못한 채 어중간한 거리에서 헷갈려했다.

아버지의 그 말이, '귀찮지만 니 엄마가 원해서 이러는 거다…'라는 의미하고는 다른, '정말이지 아버지도 소원하고 어머니도 소원하고 있었던 일이어서…'라는 듯 내게 들려 왔기 때문에.

산 아래 차를 세우고 아버지와 내가 산 허리께까지 푹푹 빠지는 눈길을 걸어올라 갔을 때, 이미 이장님을 비롯한 몇 분들이 아버지와 나를 기다리고 있었다.

나는 동네 어른들께 꾸벅 목례로 인사를 대신했다.

대여섯 뼘쯤 사각으로 잘 파서 겹겹이 황토로 덧칠을 해 놓은 듯한 구멍이 보였다.

주위의 하얀 눈과 대조적으로 그 자리가 선명하게 드러나 보였다.

기다리다 추웠던 걸까? 타다 꺼진 장작불에선 마지막 연기가 피어오르고 있었다.

"직접 모시게."

이장님이 유골함을 들고 멍하니 서 있는 아버지를 향해 말했다.

그제야 아버지는 천천히 사각의 구덩이 앞으로 가서 섰다.

그러곤 품에 꼭 안고 왔던 나무상자에서 어머니의 유골 단지를 꺼냈다. 하지만 아버지가 선뜻 구멍으로 유골함을 내려놓지 못하고 망설이자 이장님의 한 소리가 아버지의 등을 때렸다.

"아따, 이 사람. 뭘 망설이는가. 이제 제자리로 찾아 왔으니 어여 모시지 않구선."

이장님의 말에 아버지는 그제야 천천히 엄마의 유골 단지를 구멍 안으로 내려놓았다.

기다렸다는 듯 동네 어른 한 분이 낑낑대며 마대자루를 들고 와 사각의 구멍 옆에 쏟아 부었다.

마대 안에서는 황토가 쏟아져 나왔다.

자작나무 아래로 내리는 눈

"자, 자네가 첫 삽을 뜨시게."

이장님이 아버지에게 삽을 들이미셨다.

하지만 아버지는 삽을 마다하고 직접 손으로 천천히 황토를 한 줌, 한 줌씩 손바닥에 퍼 담아 어머니의 유골 단지 위로 쏟았다.

그 정도의 양과 속도라면 어쩌면 하루 종일 걸릴지도 모르겠다고 생각했는지 이장님이 급하게 나를 불렀다.

"자, 이제 자넨 나오고! 명호 니가 마저 하거라."

이장님은 내게 삽자루를 건네셨다.

나는 아버지와는 달리 삽으로 황토 흙을 퍼 어머니의 유골 단지 위에 부었다.

두어 삽쯤 떴을까?

내 삽질은 그걸로 충분하다는 듯 나머지는 이장님과 동네 어른들이 마무리 지었고 꼭꼭 발로 다져 빈틈이 보이지 않도록 마무리했다.

사람들은 다시 산을 내려갔지만 아버지와 나는 그러질 못했다.

아니, 정확히 말하자면 아버지가 내려갈 생각을 안 해서, 그런 아버지를 두고 나 혼자서 내려갈 수도 없는 입장이었다.

사위는 어느 새 해가 져 어둑하니 어둠이 몰려오는 시간이었다.

겨울바람이 자작나무 숲 사이를 휘젓고 다니고 있었다.

아버지는 커다란 등을 내 쪽으로 보이며 산 아래께를 물끄러미 바라보며 퍼질러 앉아 계셨다.

무슨 생각을 하는지, 아버지의 등은 깊어 보였다.

그런 아버지에게 내려가자는 소리도 못한 나는 괜히 어머니 옆으로 가서 황토 위에 심은 잔디가 겨울 추위에 들뜰까 꾹꾹 발로 연신 짚고 또 짚었다. 꾹, 꾹….

⌒

아버지가 자리에서 일어선 것은 그 후로도 한참이 지난 시간이었다.

내려가자는 말 한마디 없이 천천히 산 아래로 발길을 돌리는 아버지를 보며 여태 기다려 온 내가 무안해져 괜히 섭섭한 마음까지 들었다.

아버지의 뒤를 따라 천천히 나 역시 산을 내려갔다.

뒤에서 후드득 자작나무 위에 쌓였던 눈들이 떨어지는 소리가 들렸지만 돌아보지 않았다.

저만치, 조심스레 눈길을 헤집고 내려가는 아버지의 등은 산으로 올라오기 전 진순이와 노닥거릴 때의 거대하던 아버지의 등이 아니었다. 아까 봤던 그 거대했던 아버지의 등은 지금은 다가가 손을 짚기라도 하면 허물어져 내리거나 바스러져 버릴 듯 초라한 등으로 변해 있었다.

그냥 아버지가 왠지 작아 보인다고 생각만 했다. 사위가 어두워져가기 때문일지도 모른다고 생각했다.

아니면 내가 잘못 보고 있는 것일지도 모른다며 애써 나는 내 마음을 내가 편한 쪽으로 몰아붙이고 있었다.

나는 먼저 내려가는 아버지가 밟아 놓은 발자국 위로 내 걸음을 뒤덮어가며 한 발, 한 발 아버지를 따라 내려갔다.

반쯤 갔을까?

아버지는 더 이상 내려가지 못하고 그 자리에 멈춰 섰다.

내가 아버지의 뒤를 다 따라붙어 지척의 거리가 되었음에도 아버지는 얼음 조각처럼 그대로 서 계셨다.

자작나무 아래로 내리는 눈

"잠깐 있거라."

급하게 볼일이라도 보려는 것일까? 아버지는 길을 벗어나 자작나무 숲으로 걸어 들어가셨다.

아버지의 발자국이 밤새 내린 눈 위에 선명하게 찍혀 있었다.

겨울 초입의 바람은 매서웠다.

얼마나 지났을까?

발이 시리고 뺨은 얼얼하다 못해 입이 굳어질 듯 추위가 몰아 닥쳤지만 숲으로 들어간 아버지가 나올 생각을 안 해 결국 나는 아버지의 발자국을 따라 천천히 아버지가 들어간 방향으로 걸음을 옮겼다.

아버지는 거기 계셨다.

자작나무 아래에 마치 자작나무처럼 우뚝 서 계셨다.

뭘 보려고 저렇듯 고개를 꺾고 계시나? 의아해하며 아버지의 모습을 바라보는데 아버지의 등이 흔들리고 있었다.

설마 지금 울고 계시는 것일까?

나는 순간 내 눈을 의심했다.

어머니가 돌아가셨을 때에도 눈물 한 방울 흘리지 않았던 아버지였다. 어머니의 죽음 앞에서도 그렇듯 그런 모진 아버지였으니 그 이후로도 나는 아버지의 눈물을 본 적이 없었다.

그런 아버지가 우시다니… 나는 내가 뭘 잘못 보았나 다시 또렷하게 눈을 뜨고는 아버지를 바라봤지만 내가 잘못 본 것이 아니라는 듯 아버지의 어깨는 아까보다 더 들썩이고 있었다.

나는 못 본 척 그 자리에서 벗어났지만 그런 아버지의 모습을 본 충격은 아버지가 다시 돌아오셨을 때까지 계속되었다.

자작나무 숲에서 나온 아버지는 마치 아무런 일도 없었다는 듯 다시 성큼 앞장서셨다.

나는 아버지에게 무슨 말이든 해야 할 것 같아서, 아니면 아버지가 무슨 말이라도 해 주길 바라는 것처럼 일부러 아버지의 옆으로 가서 걸음을 옮겼다.

"두 가지 중에 이제 하나를 이루었구나."

중얼거리듯, 내가 귀를 기울이지 않으면 잘 들리지 않을 정도로 작은 소리로 아버지는 말을 내뱉었다.

"그 두 가지가 뭐였어요?"

아버지의 눈물을 보고 난 다음이라서 그랬을까? 나는 조금은 다정스럽게 아버지에게 묻는다는 것이 뱉어 놓고 보니 퉁명스럽게 여겨졌다.

"니 엄마, 저기 숲에 묻어 주는 것."

"니 엄마가 원했다…" 산으로 오던 차 안에서 아버지가 했던 말이 떠올랐다.

그 말은 어머니가 자작나무 숲에 묻어 달라고 아버지에게 부탁을 했다는 말과도 일맥상통한 것이었다.

그래서? 설마… 설마 그래서?

울컥, 속에서 뭔가가 뜨겁게 밀려 올라오고 있었다.

왈칵 눈물이 쏟아지려는 걸 억지로 참아냈다.

"니 엄마 병을 알았을 땐 이미 손쓸 수가 없는 상태였다. 엄마도 그걸 알고 있었고… 그때부터 아버진…"

하지만 아버진 더 이상 말을 잇지 않으셨다.

하지만 아버지가 이어가야 할 말들이 무엇인지 나는 짐작이 갔다.

자작나무 아래로 내리는 눈

아버지는 어머니의 그 소원을 들어주기 위해 그때부터 미친 듯 자작나무 숲을 가꿔나갔을 것이다.

한 여자의 소원을 들어주기 위해 한 남자로서 오로지 하나의 일에 몰두했을 것이다.

그 세월들… 때론 바람도 불고, 때론 햇살도 진했을 것이다.

때론 오기가 생겼을 수도, 때론 위안이 잔잔했을 수도 있었을 것이다.

그렇더라도 그 오랜 세월을?

나는 머리가 어지러워 잠시 휘청했고, 아버지는 그런 내 팔목을 잽싸게 잡아 나를 바로세웠다.

"조심하거라. 잘못 짚으면 그리된다. 내 뒤로 따라오렴."

발을 헛디뎠다고 생각하신 듯 아버지는 나를 바로세워 주곤 나보다 한걸음 앞서 숲길을 걸어 내려가셨다.

나는 묵묵히 손만 뻗으면 잡힐 거리의 아버지의 등을 바라보며 걸었다.

"니 엄마, 나보다 자작나무를 더 좋아했다. 기분 나쁘게."

아버지의 약간은 가벼운 말투에 나는 피식 웃었다.

몇 걸음, 대답 없이 몇 걸음 더 숲길을 내려가던 아버지의 발길이 서서히 느려지고 있다는 걸 알았다.

급기야 걸음을 멈춘 아버지는 자작나무께로 시선을 올려다보았다.

"다행이다… 다행이다… 이제 실컷 울어 봐도 되겠다…"

텅! 무심한 듯 내뱉는 아버지의 그 말에 갑자기 내 머리를 치고 가는 무언가 때문에 나는 머릿속이 온통 하얗게 변해가고 있는 느낌이었다.

그 순간, 내 눈앞에선 아까까지 멀쩡하던 하늘에서 눈이 퍼붓기 시작했다.

눈은 서서히 내리기 시작하다가 급기야는 폭설처럼 쏟아져 내렸다.

그 폭설이, 실은 폭설이 아니라 내 눈물이었다는 걸 알아차렸을 때, 나는 우두커니 서서 자작나무를 올려다보고 있는 아버지를 등 뒤에서 꼭 안았다.

흠칫! 놀란 듯 아버지는 잠시 몸을 움츠렸지만 나를 떼어 놓으려고는 하지 않으셨다.

"새삼스럽게."

대신 그 말만 중얼거리셨다.

말은 그렇게 하면서도 아버지는 아버지의 가슴께에서 아예 깍지를 낀 내 손등을 토닥토닥 해 주셨다.

눈물이 났다. 살면서 그렇게 큰 울음과 만나 본 적이 있었던가 싶었다. 하지만 나는 소리 내어 울지 못했다.

나보다 더 아팠을, 나보다 더 쓰라렸을 아버지의 세월들 앞에서 내 울음이 너무 초라하게 여겨져서.

아버지의 커다란 등에서 전해져 오는 어머니와의 세월….

얼마나 아팠을까, 아버지는?

얼마나 사랑했기에 평생 눈물까지 참아야 했을까, 아버지는?

아버지의 그런 안타까움들이 밀물처럼 거대하게 아버지의 등에서부터 고스란히 건너와 내 가슴 안으로 파고들었다.

아버지에게 소원했던 지난 세월들이 견딜 수가 없었다.

아버지에게 무심해지는 길만이 내가 사는 길이라고 생각했던 시간들이 안타까워서 꺼이꺼이 목을 놓아 버리고 싶었는데 나는 울음을 가슴 저 아래로 밀어 넣었다.

자작나무 아래로 내리는 눈

진즉에 알았더라면, 내가 조금만 더 다정한 사람이었더라면 아버지에게 한걸음 더 다가갔을 수도 있었을 텐데… 회한이 가슴을 쳤다.

결국 나는 참지 못하고 설움을 당하다 당하다 엄마 품을 찾은 아이처럼 꺼억 꺼억 소리 내 울었다.

〰〰

"니 엄마 옆에 나란히 눕는 거."

내가 막 아버지의 집을 떠나오려 차문을 열다가 불현듯 생각나서 "두 가지라고 안 하셨어요?" 아버지에게 물었을 때, 아버지의 대답은 그것이었다.

아버지의 두 가지 소원 중 남은 소원이기도 했다.

"근데 그건 내 맘대론 안 되는 거라…."

아버지는 내게 부탁한다는 듯한 눈빛으로 잠시 쳐다봤다.

나는 그런 아버지에게 대답하는 대신 웃어주고는 차에 올랐다.

자고 가라는 말도 없었지만 자고 갈 만큼 내 마음은 여유롭지 못했기에 서두르는 나는 마음만 더 바빴다.

〰〰

창밖은 온통 어둠이어서 아무것도 보이지 않았다.

아버지의 집에서 돌아와 며칠 간, 김 교수는 첫 연극 공연을 무대 위에 올리느라 바빴고 나는 나대로 바빴다.

내가 다시 러시아엘 가겠다고 했을 때, 김 교수는 "미친놈"이라고 했다.

내 그런 마음을 일깨워 러시아엘 가게 만든 장본인이었음에도 그런 말을 아무렇지도 않게 툭 내뱉는 김 교수에게 잠시 서운하던 차에 김 교수가 말을 이었다.

"이제?"

그 말의 의미를 모르는 바 아니었다.

진작 갔었어야지 이제 그런 결정을 내렸느냐는 김 교수의 핀잔이 그 한마디에 고스란히 담겨 있다는 걸 알아차렸으므로 곧 서운하던 마음은 눈처럼 녹아 사라졌다.

싫다는데도 기어이 공항까지 따라 와 김 교수는 내게 공항 식당가에서 사이다와 김밥을 사 주었다.

먼 길 배고프지 말라고 밥만 사주고 곧장 돌아가겠다더니 김 교수가 내게 사준 것이 고작 김밥에 사이다여서 고작 이거 사 주려고 공항까지 왔느냐고 핀잔을 주었더니 "싫음 말고!" 했다.

세상 편하게 사는 것 같은 김 교수의 엉뚱함에는 가끔 나를 들여다보게 하는 마법 같은 그 무언가가 있었다.

사람 사는 일에 왜 걱정이 없을까. 하지만 김 교수는 걱정도 두루뭉술, 기쁨도 두루뭉술 그렇게 둥글둥글 엮어 나가는 탁월한 사회성을 내게 인식시켰다.

그런 김 교수를 볼 때마다 '나도 저렇게 늙어 갈 수 있을까?'를 생각하게 할 정도였으니.

서둘러 김 교수를 돌려보내고 나는 모스크바행 비행기에 올랐다.

잠시, '내가 지금 뭘 하고 있나?' 하는 생각도 들었지만 그것은 잠시였다.

나는 더 이상 내 자작나무에 눈을 얹어두고만 사는 예전의 내가 아

자작나무 아래로 내리는 눈

니었다.

"싫음 말고!" 했던 김 교수의 말처럼 해보고 안 되면 어쩔 수 없이 조금은 아프게 되겠지만, 또 나타샤의 말처럼 아파도 아름다우면 그것으로 족하다고 생각했다. 그러니 그 전에 미리 포기할 필요 따윈 없다는 생각이 들었으므로 나는 일단 아버지의 집에서 돌아와 급하게 모스크바행 비행기 티켓부터 예약했고 실제 비행기 안으로 들어서고 있었다.

자작나무 숲의 향기가 어지럽게 내 주위를 감쌌다.

고작 모스크바행 비행기에 올랐을 뿐인데 벌써 자작나무 숲의 향기가 느껴지다니…

물론 자작나무 숲의 향기일 수도 있었지만 그건 어쩌면 나타샤의 향기일 수도 있었다.

나는 알 수 없는 좋은 예감 같은 것이 내 몸을 감싸며 나를 보호하고 있는 것 같은 느낌까지 들 정도였다.

내 좌석을 찾아 자리에 앉았을 때에야 나는 정말 내가 나타샤에게로 가고 있구나… 실감이 났다.

이윽고 비행기가 이륙할 때쯤, 나는 조용히 눈을 감았다.

고마웠다. 감사했다.

김 교수가 나를 자작나무로 이끌어 비로소 내가 나타샤에 대한 감정들을 받아들이게 만들어 주었다면 아버지는… 아버지는 내게 사랑은 이러이러해야 한다고 직접적으로 말하진 않았어도 그걸 느끼도록 해 주었다.

그 두 사람이 한없이 고맙게 여겨졌다. 그리고 미하일….

아직도 나타샤는 나를 기다리고 있을까?

'불쑥 나타샤 앞에 나타나면 나타샤는 어떤 표정으로 나를 맞이해 줄까? 기뻐하기나 할까?' 하는 따위의 우려도 내겐 더 이상 필요 없었다.

내가 나타샤를 사랑하고, 그런 내가 그녀를 만나면 그것으로도 나는 충분하다고 생각했다.

그리고 그다음은… 김 교수의 말대로 처음엔 알 수 없는 인연으로 시작을 했다손 쳐도, 그 인연을 이어나가면 그건 필연이 되어 줄 터였다.

행여 그것들이 필연으로 끝나지 않는다고 하더라도 나는 더 이상 슬퍼하거나 예전의 나로 돌아가진 않을 것이라 확신했다.

그렇듯 불안한 마음을 가지기 이전에 내가 할 일은 명백히 정해져 있었다.

그것은 나만큼 바보 같은 나타샤의 자작나무 위에 얹힌 눈을 이제는 내가 흔들어 아래로 내리게 하는 것….

김 교수가 나에게 그러했듯이, 아버지가 어머니에게 그러했듯이… 이번에는 내가… 내가 나타샤에게 그리하리라….

이 어둠을 뚫고 날아서 기어이 그녀에게로 가서 나는 그녀에게 지울 수 없는 그 어떤 운명이 되리라….

우리가 백야가 있던 그곳에서 그 시간을 걸으며 온통 하얗게 새웠으니, 시베리아 겨울 속에서 맞이하게 될 흑야의 밤엔 두고두고 추억으로 남을 이야기들을 새기리라… 내 아버지가 어머니에게 그리했듯이 오래, 오래….

나는 시베리아의 자작나무 숲 사이를 걷고 있다.

끝.

눈을 감는다.

강유진, 러시아에 있는 동안 그녀의 이름은 나타샤였다.

그녀를 따라가려고 겨울밤이 내리고 있는 시베리아의 언덕을 오르는 명호를 생각한다.

어쩌자고… 이 세상에, 이 우주에서 시작하는 순간부터 슬픈 게 있다면 그건 바로 사랑이라는데….

인제군 원대리 눈 덮인 겨울의 자작나무 숲….

그 숲에서 나는 그들을 보았다.

그때 나는, 그 숲의 자작나무 표피에 새겨진 모양새를 손가락으로 짚어가던 참이었고, 그들은 막 내 눈앞에서 자작나무 숲으로 사라지려던 참이었다.

문득 그들의 이야기가 궁금했다.

자작나무 사이로 사라진 그들의 과거와 그들이 고심했던 작은 것들까지.

그래서 그들을 찾아내고 싶었다.

모스크바의 스카이라운지에서 보드카에 취해 백야를 배경에 두고 이야기를 나누는 두 사람을 봤다.

상트페테르부르크라는 낯선 도시에서 지구상 낮의 시간이 가장 긴 백야의 속을 함께 걷던 두 사람의 모습도 봤다.

처음엔, 그렇게 어렴풋이 서로를 스쳐 지나가는 인연인 줄 알았는데 두 사람은… 각자의 일상으로 돌아가 가끔씩 멍하고 문득문득 아프다고 했다.

나타샤는 무용 연습실로 들어오는 석양을 보면 연습을 멈추었고, 생각이 깊은 탓이었던지 잘못 갖다 댄 톱날에 손을 베이는 명호의 모습도 봤다.

그것들이 아픔이라는 걸 나중에야 알았다.

그들의 아픔들을 짚어 나가다 보니 손끝이 바늘에 찔린 것 같았다.

아팠다.

꼭

섣불리 짚어보려 하는 게 아니었다는 생각이 든 것은 내가 아프기 시작한 후부터였다.

이미 아파버린 후였다.

무엇이 내 마음을 그 두 사람에게 쏟아지게 했던가.

서로를 바라보던 그 눈빛… 겹겹으로 파문을 일으키게 만드는 그 두 사람의 눈빛이었을까?

느슨하게 감아 놓은 털실 뭉치를 풀듯 가볍게 풀리지 않던 그들의

자작나무 아래로 내리는 눈

혼적들을 따라갈수록 거울이 흐려지듯 슬픈 일들이 일어날 것에 대한 예감은 줄지 않았다.

미하일 앞에서 방금까지는 잘 웃다가 금세 자신이 없는 듯 웃음기가 지워지는 나타샤의 얼굴과 김 교수의 농담들을 농담으로 받아들이지 못해 팩 토라지는 명호의 얼굴에서 비로소 나는 그들이 한 방향을 바라보고 있다는 것을 알았다.

그걸 알아차렸을 때, 나는 그 두 사람에게서 희망을 보았다.

나는 그들이 얼굴을 돌리고 서로 모르는 사람처럼 사는 슬픔을 뚫고 희망 한 자락을 키우는 것을 봤다.

그 희망이 어떤 모양인지는 상관이 없었다.

나는 그들이 서로에게 사소해지는 것만은 용서할 수 없었다.

～

사랑은 없다.

백야가 끝날 무렵 막 밤이 찾아올 때 나를 태우고 그녀의 곁을 떠나는 비행기처럼 가고 나면 사랑은… 없다.

사랑은 버릴 수 있기에 있다가도 없어지는 것이다.

아무렇지 않게 그냥 '그렇구나…' 하고 넘기면 될 것을, 그러지 못하고 무미건조하게 지나갈 뻔한 두 사람 사이의 끈을 바락바락 버텨가며 애쓰는 나를 봤다.

그랬기에 기어이 나는 명호를 시베리아로 향하게 했다.

지구상에서 가장 긴 밤이 내려앉는 시베리아의 자작나무 숲 사이 보이는 다차로….

가장 긴 밤이 새도록 이야기를 나누고….

그들의 사랑이 부디 이루어지길….

∼∽

다시 눈을 뜬다.

지천에서 자작나무가 아래로 눈이 소복하게 쌓이는 소리가 사각사
각 들려온다.

자작나무 아래로 내리는 눈